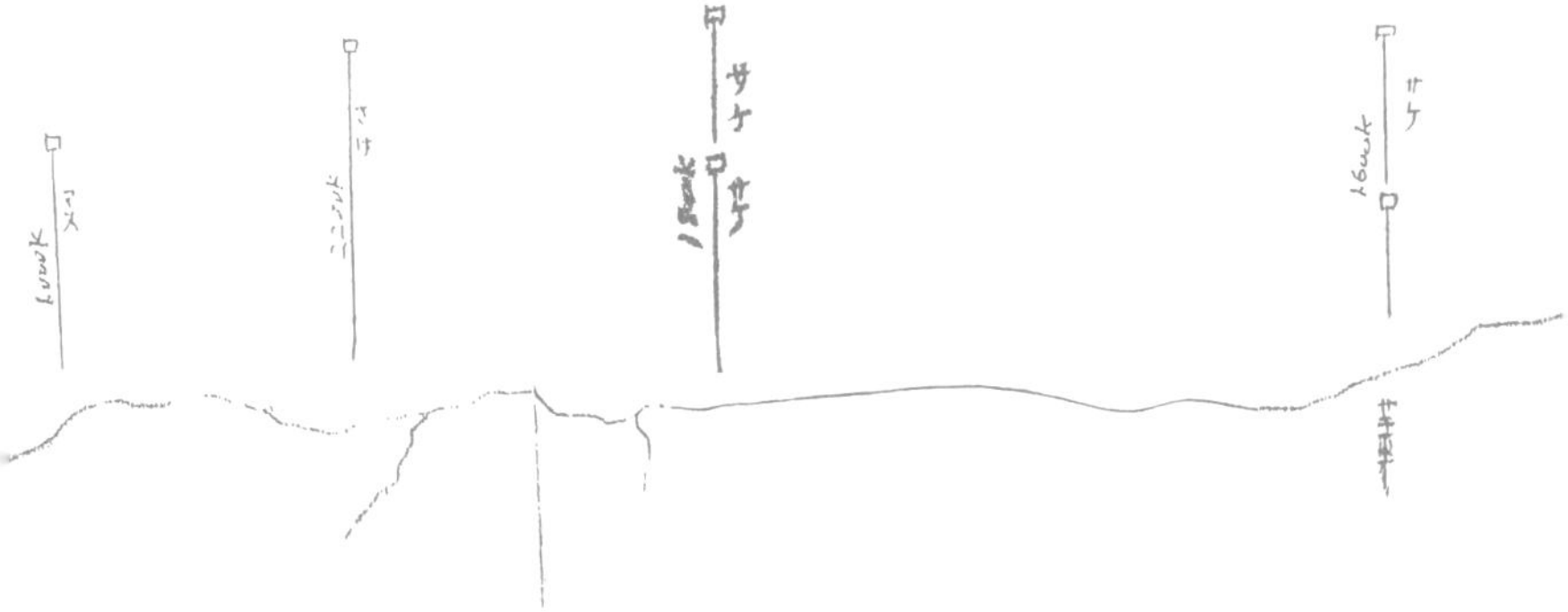

昭和二十六年　枝幸海区調整委員会議事録付属漁場一覧図：右側
（中央水産研究所　図書資料館所有）

佐賀郁朗
Saga Ikuro

オホーツク鮭物語

時代に翻弄された網元一家

亜璃西社

オホーツク鮭物語——時代に翻弄された網元一家

「忘れるんじゃないよ、ダリエ。なんにも忘れるんじゃないよ。
おまえの子供に話してやるんだよ。そして、おまえの子供たちに子供が生まれたら、
その子供たちにも話してやるんだよ……わかったかい、ダリエ？
忘れるんじゃないよ……忘れるんじゃないよ、ダリエ………」

（ザハリア・スタンク『はだしのダリエ』より）

梟《カムイチカプ》の神が自ら歌った謡《ヤイエユウカル》
「銀の滴《しずく》降る降るまわりに」

「銀《シロ》の滴《カニペ》　降る降る《ランラン》　まわりに《ピシカン》、
金《コン》の滴《カニペ》　降る降る《ランラン》　まわりに《ピシカン》、」
という歌を私は歌いながら　流に沿って下り、
人間《アイヌ》の村《コタン》の上を　通りながら下を眺めると
昔の貧乏人《ウエンクル》が　今お金持《ニシパ》になっていて、
昔のお金持《ニシパ》が　今の貧乏人《ウエンクル》になっている様です。

海辺に人間《アイヌ》の子供たちが

おもちゃの小弓に　おもちゃの小矢をもってあそんで居ります。

「銀の滴《シロカニペ》　降る降る《ランラン》　まわりに《ピシカン》
金の滴《コンカニペ》　降る降る《ランラン》　まわりに《ピシカン》。」
という歌を　歌いながら子供等の上を通りますと、

(子供等は) 私の下を走りながら云うことには、
「美しい鳥《ピリカチカプ》！　神様の鳥《カムイチカプ》！
さあ、矢を射てあの鳥
神様の鳥《カムイチカプ》を射当てたものは、
一ばんさきに取った者は
ほんとうの勇者《ソノラメトク》、ほんとうの強者《シノチパパ》(引用者注・つわ者) だぞ。」

(知里幸恵編訳『アイヌ神謡集』より)

＊ルビは引用者による

オホーツク鮭物語＊目次

第一章　オホーツクの漁場オカィスマ

第二章　時代という名の荒波

第三章　光と影

第四章　網元・佐賀家の終焉

《宗谷・枝幸《えさし》（含む蝦夷地）場所請負の変遷》

☆ゴシック体は佐賀家の動き

貞享年間（一六八四〜八八）　松前藩、西蝦夷地に宗谷場所を開設する。

寛延三年（一七五〇）　初代阿部屋《あぶや》村山伝兵衛（能登阿部屋出身）、宗谷場所を請け負う。

宝暦五年（一七五五）　宗谷場所、浜屋平田與三右衛門、天満屋佐野専右衛門、材木屋建部七郎右衛門の共同請負となる。

（注）いずれも加賀の宮腰湊の人々か、天満屋は大坂木津川の説あり（『海商三代』より）

宝暦十一年（一七六一）　宗谷場所、松前藩の直轄となる。

安永三年（一七七四）　三代飛騨屋武川久兵衛、松前藩への貸付金の引当として、国後《クナシリ》・霧多布《キイタップ》・厚岸《アッケシ》・絵鞆《エトモ》（現室蘭）を、そのほか宗谷場所も請け負う。

寛政元年（一七八九）　国後・目梨（現在の標津、羅臼一帯）のアイヌ、飛騨屋の虐待に耐えかねて蜂起する。松前藩、アイヌの首領《オッテナ》を通じて懐柔し、首謀者三十数名を騙し討ちにする。松前藩、飛騨屋よりすべての請負場所を取り上げ、三代村山伝兵衛へ請け負わせる。

寛政四年（一七九二）　ロシア使節ラクスマン、漂流漁民の返還を理由に根室・松前に来航し、通商を求める。

寛政八年（一七九六）　松前藩主松前道広、三代村山伝兵衛より宗谷・斜里・北蝦夷（のちの樺太）場所を取り上げ、愛妾の兄・板垣豊四郎に支配を命じる。経営には小山屋小山権兵衛があたるが、三か年で場所を放棄する。

寛政十年（一七九八）　幕府、幕吏百八十余名（含む近藤重蔵）の蝦夷地調査隊を派遣する。

寛政十一年（一七九九）　幕府、ロシア対策の一環として東蝦夷地を七年間幕府直轄とする。

寛政十二年（一八〇〇）　松前藩、宗谷・斜里・北蝦夷場所を柴屋長太夫に仕込みを命ずる。

享和二年（一八〇二）幕府、箱館奉行所をおき、期限を定めずに東蝦夷地を直轄とする。

文化元年（一八〇四）ロシア使節レザノフ、長崎に来航、翌年幕府、通商を断る。

文化三年（一八〇六）ロシア船、北蝦夷地（樺太）に来襲する。

文化四年（一八〇七）幕府、松前藩本領（和人地）と全蝦夷地を直轄とし、松前藩を奥州梁川《やながわ》に国替え。幕府、ロシア船打ち払いの達しを諸大名に下す。

文化五年（一八〇八）宗谷・枝幸《えさし》・常呂・網走・斜里・北蝦夷場所、初代柏屋藤野喜兵衛、住吉屋西川准兵衛、鍋屋坪田佐兵衛三人の組合請負となる（天満屋・住吉屋・鍋屋の異説あり）。

文化八年（一八一一）幕府、ロシア艦長ゴローニンを国後で捕らえ、箱館に幽閉する。翌年、高田屋嘉兵衛、カムチャツカに連行される。

文化十年（一八一三）ゴローニンと高田屋嘉兵衛、交換釈放される。

文化十二年（一八一五）初代藤野喜兵衛、入札により宗谷・斜里場所を単独で請け負う。その後、文化十四年に国後場所も請け負う。

文政四年（一八二一）幕府、直轄をやめ松前藩に本領・東西蝦夷地を返還する。藤野喜兵衛、宗谷・紋別・斜里場所を十年間六百両で請け負う（文化の頃、塩引百石の相場は九十両）。

天保三年（一八三二）南部・津軽は天明を上回る大凶作となる。天保四、六、七年と大凶作が続いた結果、西蝦夷地へ移住者が増加する。＊十七歳となった佐賀長兵衛、風間浦村（下北半島）から西蝦夷地の漁場へ渡る。

天保八年（一八三七）＊佐賀長兵衛、藤野家の経営する宗谷場所へ炊丁《かしき》として雇われる。

天保十一年（一八四〇）ハママシケ（浜益）以北の西蝦夷地への漁民の出稼ぎが許可される。漁民は漁獲高の二割を場所請負人に上納する（二八取り）。

安政元年（一八五四）日露和親条約締結される。千島は択捉《エトロフ》、得撫《ウルップ》島間を国境とし、北蝦夷地（樺太）は国境を定めず雑居地とする。

安政二年（一八五五）幕府、箱館を開港、松前・江差を除く蝦夷地全域を再び幕府直轄とする。

安政六年（一八五九）蝦夷地は会津など六藩の分領となり、礼文・宗谷・枝幸は秋田藩領、紋別から斜里は会津藩領となる。

文久二年（一八六二）藤野喜兵衛は紋別・斜里場所を取り上げられ、藤野の請負は宗谷・枝幸と幕府直轄地・網走場所に狭まる。

慶応三年（一八六七）北蝦夷地、日露両国民の雑居決定。幕府、秋田藩に給地の返還を命じ、宗谷・枝幸・利尻・礼文は箱館奉行の支配下におかれる。十月、第十五代将軍徳川慶喜、大政奉還する。

明治二年（一八六九）七月、開拓使が設置される。八月、東西蝦夷地を北海道と改称する。九月、開拓使、宗谷・枝幸・礼文三郡の支配を金沢藩に仰せ付ける。

明治三年（一八七〇）六月、開拓使、宗谷・枝幸・礼文三郡を金沢藩より引き揚げ、開拓使庁の行政下におく。七月、開拓使、三代藤野喜兵衛に宗谷・枝幸・礼文・網走場所の返上を申し渡し、官捌きとする。

明治四年（一八七一）開拓使庁を札幌に置く。開拓使、直轄を止め、宗谷・利尻・礼文・枝幸の四郡について五代伊達屋伊達林右衛門らに漁場持ちを命ずる。＊佐賀長兵衛、伊達家の取締役となる。

明治五年（一八七二）開拓使庁、開拓使札幌本庁と改称、函館・根室・宗谷・浦河・樺太の五支庁を置く。

明治八年（一八七五）日露、樺太・千島交換条約を結ぶ。樺太はロシア領となる。

明治九年（一八七六）開拓使、漁場持を廃止し、宗谷・枝幸二郡の漁場十余か所は五代伊達林右衛門・十代栖原《すはら》角兵衛に貸しさげられる。

明治十年（一八七七）十月、伊達家は家産が傾き、宗谷・枝幸漁場を家屋、漁具、船舶ともすべて栖原家に譲り渡す。**＊佐賀長兵衛、栖原家に仕える身となる。**

明治十一年（一八七八）枝幸郡に頓別、枝幸、歌登、礼文の四村をおく。

明治十二年（一八七九）**＊春、佐賀長兵衛、栖原家から独立し、福山の従二《じゅうに》宇左衛門（チヨ）の仕込みを受け、歌登村オカィスマにおいて鮭建網漁に着業する。**

明治十三年（一八八〇）道内の大小区画を廃止し、郡区町村を編成、郡区役所、戸長役場を置く。

明治十五年（一八八二）開拓使廃止、札幌、函館、根室の三県と管理局を置く。枝幸郡は札幌県の管轄となる。

明治十七年（一八八四）栖原家、経営に行き詰まり三井物産会社の管理下におかれる。

明治十八年（一八八五）栖原家、宗谷・枝幸二郡の漁場を田中組（前・栖原家支配人田中小右衛門、八谷理兵衛ら七名）に譲り渡す。

明治十九年（一八八六）三県一局を廃止、北海道庁を置く。六月、北海道土地払下規則公布。

明治二十年（一八八七）三月、北海道水産税制公布（産出価格の百分の五）。

明治二十一年（一八八八）三月、北海道水産取締規則公布（漁業者の届出を義務付け）。

明治二十二年（一八八九）田中小右衛門の没後、田中組に内紛が起き、八谷理兵衛らが共同で北見商会を設立し事業を引き継ぐ。**＊北見商会のもとで、枝幸管内で佐賀長兵衛と広谷源二が鮭漁場を経営する。**

明治二十四年（一八九一）枝幸、歌登、礼文に戸長村役場設置される。

明治三十年（一八九七）郡役所制度を廃止し、枝幸郡は宗谷支庁の管轄となる。**＊十一月十五日、佐賀長兵衛没（行年八十二歳）。**

明治三十四年（一九〇一）漁業法公布。翌三十五年七月一日施行。

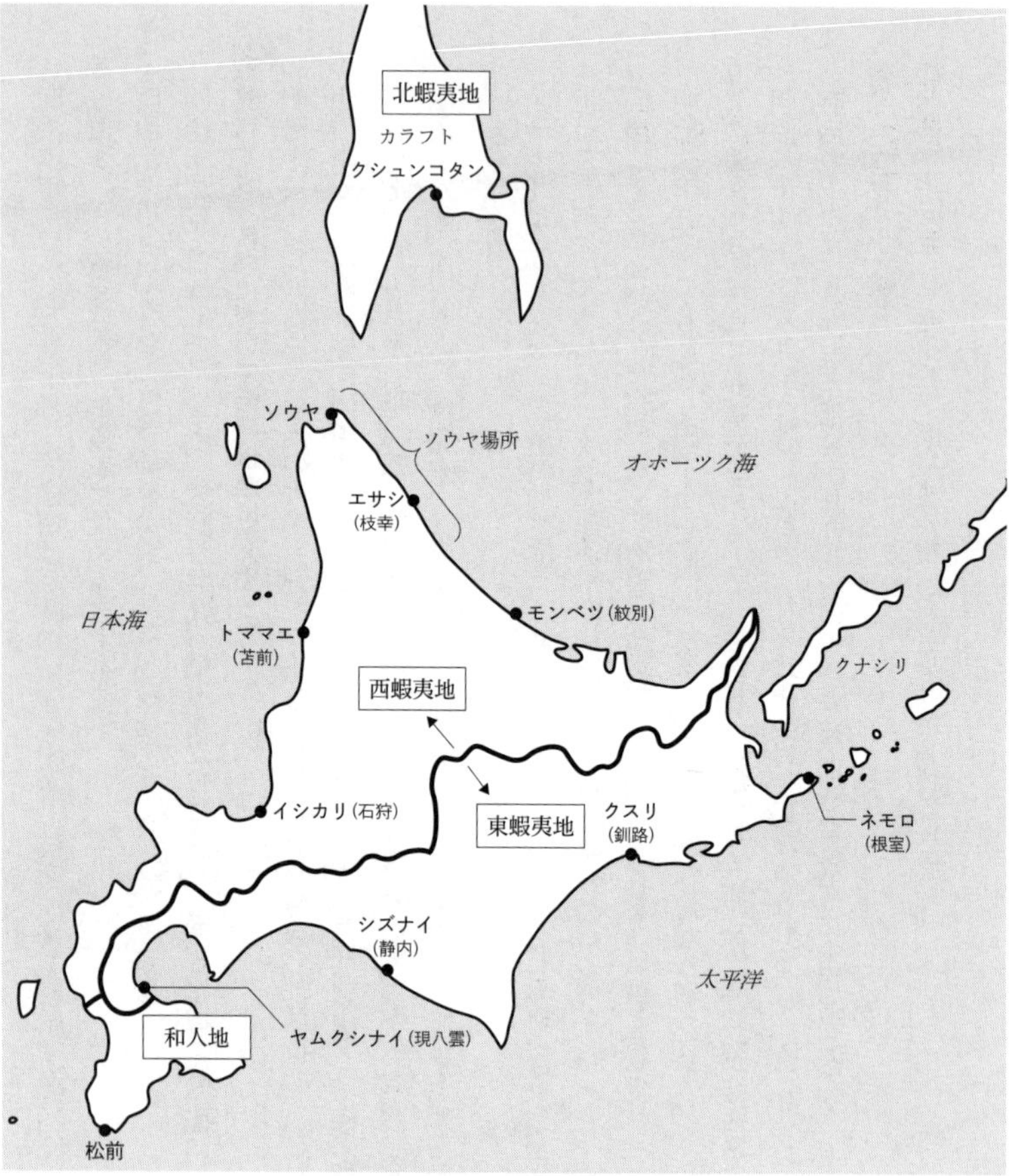

近世後期の蝦夷地区分図

安政年間、八雲町野田生から熊石町熊石までが松前藩領、それ以東の北海道南岸から知床岬までを東蝦夷地、以西の日本海・オホーツク海沿岸から知床岬までを西蝦夷地、樺太を北蝦夷地と称した。

蝦夷地では米ができなかったため、松前藩は有力な商人を場所請負人として、「場所」と呼ばれる一定の区域内に産出する海産物や木材・毛皮などの交易権を与え、引き換えに上納させる運上金で財政や藩士の禄を賄った。場所は46か所あったとされる。

(佐々木利和ほか『街道の日本史1　アイヌの道』〈吉川弘文館、2005〉より)

【佐賀家略系図】

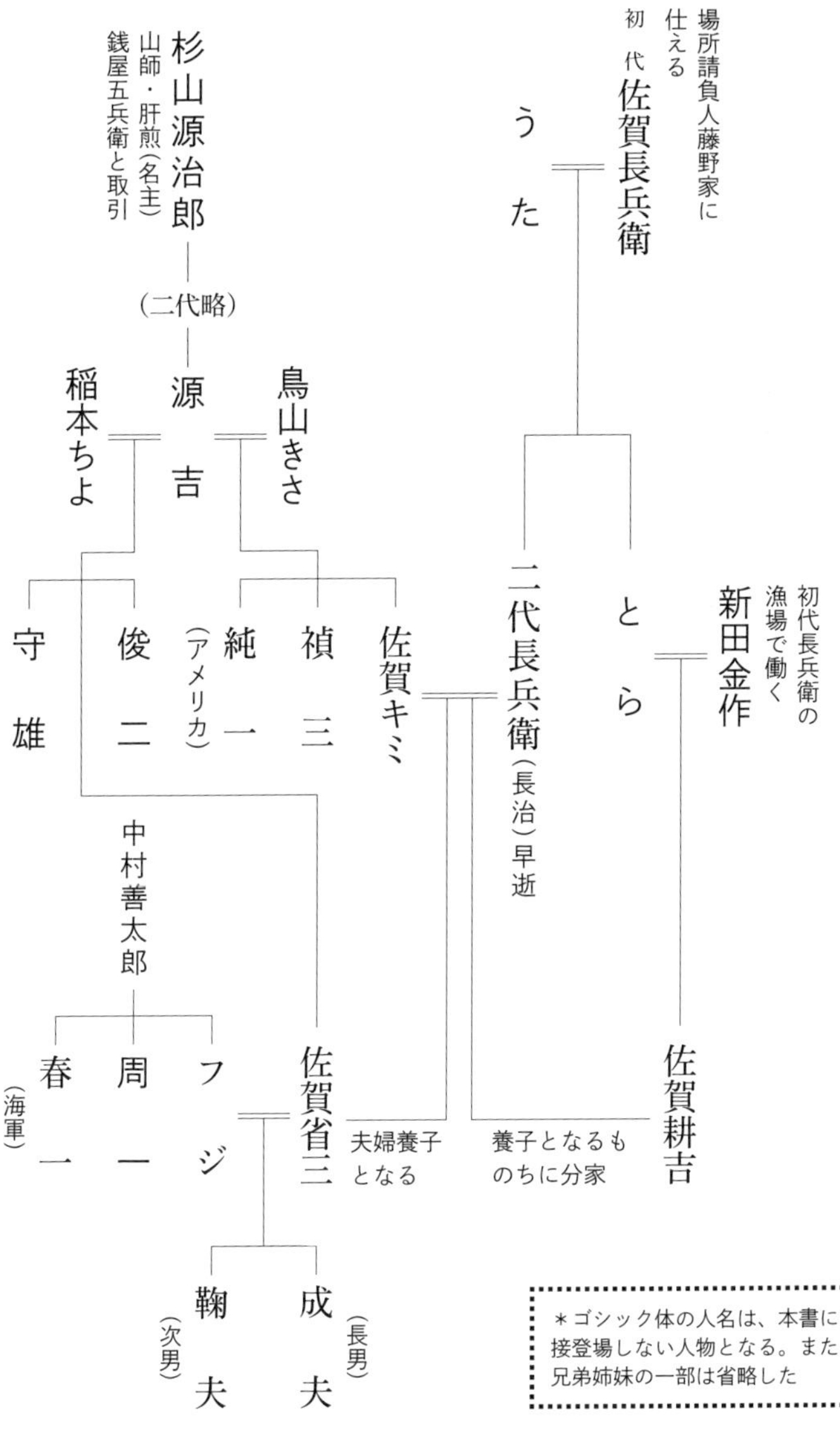

＊ゴシック体の人名は、本書に直接登場しない人物となる。また、兄弟姉妹の一部は省略した

凡例

◇鮭定置網

定置網と呼ばれる現在の漁法は、かつて漁業者の間で「建網」と呼ばれた。過去の漁業権免許簿を見ると、明治期には、鮭を追い込む部分と網起こしをする部分が同一の、簡易な構造である〈台網（角網）〉が使われていた。その後、昭和期に入ると、鮭を追い込む〈囲網〉と、網起こしをする〈袋網（箱網）〉を連結させるなどの改良を施した〈落し網〉に代わった。

◇漁業の単位

〈一間《けん》、一尋《ひろ》〉五尺《しゃく》（一・五一五メートル）で換算　＊『漁具漁法学』『日本海と北国文化』参照

〈千石船《せんごくぶね》〉約百トン（一石《こく》は十立方尺＝〇・二七八立方メートル、千石立方＝二七八立方メートル。なお、開拓使は明治五年、五百石以上の和船の建造を禁じた）＊中島欣也『幕吏松田伝十郎のカラフト探検』（新潮社、一九九一）参照

◇鮭漁獲量の単位

〈百石〉六千尾（江戸時代、塩引鮭二十本を一束《そく》とし、三百束を百石と称したことによる）＊『北海道漁業史』ほか参照

〈重量換算〉仮に一尾一貫《かん》目（三・七五キロ）とすると、百石は六千貫（二二・五トン）となる。ただし、『北海道漁業志稿』によると、明治期における鮭の魚体は、通常一尾一貫五百匁《もんめ》乃至二貫八百匁と今日より大きいため、かつて石《こく》で表示された統計数を、一尾あたりの貫数から現在のトンに換算して比較することは、事実上不可能である。

注一　二〇一六〜二〇一八年における北海道の秋鮭漁獲量は、各年十万トン（約四十五万石、二千七百万尾）を下回ったとされる。それでも、明治期のピーク値である千百万尾（約十八万三千石、西野一彦による）の二倍以上である

注二　鰊《にしん》の場合、生鰊一石は二百貫（七百五十キロ）、〆糟《しめかす》一石は四十貫（百五十キロ）とされた。＊『北海道漁業志稿』『北前船の時代』参照

注三　枝幸町の鰊刺網《さしあみ》漁では、昭和二十一年の五千石の漁獲量を最後に、以降は激減した。＊『北海道漁業統計』（昭和二十七年）より

第一章　オホーツクの漁場オカィスマ

一　佐賀家、遠来の客を迎える――昭和二十二年十二月

昭和二十二年の年の暮れ。

最涯《さいはて》の地の冬の日は暮れるのが早い。

北緯四十五度の北海道北部のオホーツク海に面したオカィスマでは、晴れた日ですら、太陽が蒼黒い海の彼方に低く昇ったかと思うと、ほんの数時間で北見山脈からせりだした西方の裏山に隠れてしまう。まして吹雪の日ともなれば、窓ガラスに凍りついた雪片が、外の明るさを遮ってしまう。午後二時をまわったばかりだというのに、手斧《ちょうな》で削った太い梁が高い天井を支える居間では、ランプの明かりがほしいほどの薄暗さだった。

日の陰りが早くなるとともに、冬の間は最低気温が零下十度を下回る日が続く。

ストーブの周りにだけ薄縁《うすべり》（布の縁をつけたござ）を敷いた板張りの居間では、佐賀家の女当主キミ婆さんと弟の杉山禎三《ていぞう》爺さん、そしてフジ未亡人の三人がブリキ製の薪《まき》ストーブを囲

んでじっと座り続けていた。時折、風向きによってゴオーッとストーブが勢いよく燃えさかる音と、シェーン、シェーンと鉄瓶の煮えたぎる音が響いていた。

キミ婆さんは、樟脳の匂いのする新しい綿入れを着込んで横座《よこざ》に座り、白髪をひきつめた頭をあやつり人形のように振りながら、時折、同じ台詞を呟いていた。

「よりによって、こったら大吹雪の日に、来るってけえェのう」

「ほんとに、こったら大吹雪の日に、来るってけえェのう、よっぽど後生悪い人《ふと》だのう……」

キミ婆さんの何度目かの愚痴に、擦り切れた褞袍《どてら》の衿をただしながら禎三爺さんが合いの手をいれた。

「来るって封書がきたんだから、やって来るべさ。したども、この大吹雪で陸蒸気《おかじょうき》が通ってなければ、話は別だどもな。ふん、よりによって逓送《ていそう》も来ないよんた、こったら大吹雪の日さブチあたるなんて、お前《メエ》の言うとおり、畳の上で往生できない人《ふと》だべえー。クソ、クソ、クソッたれえー」

禎三爺さんはトッカリ（アザラシ）のような三白眼を鼻眼鏡越しにギョロッとむき、いつも気に食わない時に言う悪たれ口を叩いた。そして、着物の袖をまくり上げて赤銅《あかがね》の炉縁に煙管《きせる》の火皿を叩きつけ、いらいらを紛らした。杉山禎三爺さんは、キミ婆さんの実の弟だ。近所に住んでいるが、毎日のように日中は佐賀家に来て、居間でストーブにあたっていた。

枝幸の市街地から十キロほど離れたオカィスマは、電気もなければ電話も引かれていない僻地だ。吹雪の日に外界とオカィスマをつなぐものは、犬橇《いぬぞり》による逓送《ていそう》とスキーに乗った郵便配達夫が届ける郵便物だけだった。したがって、遠来の客が予告どおりに来るかどうかは、先方から連絡のしようがなく、禎三爺さんの言うように数日前にきた手紙を頼りに、ただ、ただ、じっと待つしかなかった。

フジは、二人のやりとりがまったく耳に入らぬかのように、禎三爺さんの下座でストーブに向かい、じっと正座したままだった。津軽の旧家に生まれた彼女は、女学校卒業後、キミ・禎三姉弟の腹違いの弟・杉山省三に嫁いだ。昭和四年、わけあって夫とともに網元のキミ婆さんの夫婦養子となり、最涯《さいはて》のオカィスマに住むこととなった。以来十八年、若かった津軽女も厳しい暮らしに苦労を重ねるなかで、漁場の出面《でめん》取りにひけをとらぬしたたかな中年女の風貌になっていた。

佐賀家の人が遠来の客を待ちわびているその頃、極地のような地吹雪《ブリザード》が荒れ狂うオホーツク海岸の雪原を、一台の犬橇が翔ぶように疾走していた。

犬橇を牽くのは、真っ黒い毛におおわれた、小熊のように逞しい四頭のカラフト犬だ。橇の上では、防寒帽をかぶり、赤犬の毛皮を裏打ちした刺し子を着込んだ御者が、山子《やまご》（きこり）用のごつい手袋に手綱を握りしめて、四頭の犬を叱咤していた。

御者のあとには、帆布《シート》を上からかぶらされた一人の乗客が荷物のように乗っていた。躍動する犬に牽かれ、橇は海岸沿いの吹き曝《さら》しの一本道を直走《ひた》った。道の左手は白波が逆巻くオホーツク海、右手は、樹氷のように凍りついた雪に枝が覆われた、低くひねこびたカシワの疎林が連なっていた。

氷雪が付着して輪郭が影のようになった犬橇は、六キロ余り走って、川幅の広いポロペッツ川に架かる橋梁にさしかかった。犬橇はスピードをゆるめ、舞い上がる雪嵐にあおられないよう、這いつくばるかのごとく橋を越えた。そして、河岸の崖を削った急勾配の坂道を、一気に丘陵へと駆け上った。やや伸びたカシワの樹林へ入ると、横なぐりの地吹雪も治まって、犬たちと御者はほっと一息をついた。樹林を抜けると再び地吹雪が吹き荒ぶなか、犬橇はその昔、原始林から流れ出た奔流が海岸段丘を切り崩してできた坂を上り下りして走った。

やがて、犬橇は吹き溜まりのなかへ突っ込んだ。海岸段丘の坂道の麓に位置する、分かれ道に差しかかったのだ。御者は橇をおり、スコップを振るって雪庇《せっぴ》状の吹き溜まりを取り除き、左方の海辺へ向かう道を切り拓いた。すると、地吹雪のベールの向こうに、雪の砂漠に埋もれかけた遺跡のような建物の影が見えてきた。

それこそが、めざすオカィスマの集落だった。その地名は、前浜の岸から海中へ群がるように岩石があることから名づけられたアイヌ語〈okay-suma〉に由来する。

御者は犬橇の手綱をゆるめ、大虎杖《おおいたどり》の幹で編んだ雪囲いをした民家や、丸太のつっかい棒に支えられた漁師小屋の間を走り抜けた。そして、周りを倉や塀に守られるようにして建つ、一軒の高い棟をあげた家の前に橇を止めた。

「旦那、着きやしたでぇ」

御者が乗客に被せていた帆布《シート》に手をかけると、表面で凍てついた雪片がバリバリと大きな音をたてて剝がれた。

「御苦労」

帆布の下からラッコ皮の襟のついた外套を着た男が現れ、雪上におりたつと、防寒帽の庇の奥から鋭い眼で、地吹雪に見え隠れしている辺りの番屋や倉庫を見渡した。その姿は、流氷の塊の突端に降り立ったオジロワシが獲物を探し求める様子を思わせた。

廊下のように細長い三和土《たたき》の向こうの玄関先で、表戸を叩き割るような響きとともに叫び声がした。

「佐々木です。㋩大洋漁業の佐々木です」

雪片が真っ白くへばりついた表戸のガラス越しに、男が大声をあげた。

〈来た！〉

三人の視線が合った瞬間、フジは身をひるがえすように立ち上がり、

「はあーい、ただいま参りまあーす!」

と絶叫しながら障子を開け、下駄を突っかけると、三和土のうえをつんのめるようにして玄関の二重戸に駆け寄った。敷居に凍りついていた表戸を、フジが渾身の力を振りしぼってこじあけると、顔面を突き刺すような冷たい地吹雪の氷雪とともに、男がずかずかと入ってきた。全身についた雪を払い落とそうと、男はオーバーを手で叩き、どたばたと足踏みした。防寒帽を脱ぐと、炯々《けいけい》とした眼光を放つ、働き盛りの精悍な男が姿を現した。

フジが佐々木を居間に招き入れると、佐賀家の面々はストーブを間に挟んで深々と頭を下げ、初対面の挨拶を交わした。

「大吹雪のなか、わざわざお出でくださいましてご苦労さまでした」

「このたび、佐賀家の漁場を担当することになりました㋩の佐々木です。ご贔屓《ひいき》のほどよろしくお願いします。吹雪で汽車の到着が大幅に遅れたものですから、お伺いする予定の時刻に遅れ、ご心配おかけしてしまい申し訳ありませんでした」

「もしかしたら、陸蒸気が立往生しているんじゃないかと思ってましたじゃ。遁送も通わないような、とてつもない大吹雪の日に、こったら辺鄙などこサまで足を運んでくださいまして、本当にありがとうございました」

佐々木とのやり取りは、禎三爺さんが引き受けていた。

「いやあ、ご心配なく。漁場が辺鄙なところにあるのはあたり前のことです。それに、大吹雪といったって、北海道の吹雪はたかが知れたもんです。若い頃、択捉《エトロフ》の漁場で越年《おつねん》してましたし、戦争に負けてからこの二年間、樺太で〝露助〟に捕まっていたんで。択捉や樺太の吹雪の厳しさに比べれば、このくらいの吹雪は物の数ではありません」

「ほーっ、親方は択捉の漁場さおられだと。戦《いくさ》負けてから樺太《かばふと》で〝露助〟に捕まっていだ、そでしたが。それだば、たいした苦労されだごとでしょうな」

「いやあ、樺太に抑留されていた時のほうが、日本のみなさんよりは気楽でした。樺太ではイシコフという漁業大臣に頼まれ、〝露助〟の連中に建網の建て方を手解きしていました。なにはともあれ、食べものは支給されていましたし、ウォッカにもありつけて、ブィラー　ニェプラハーヤ　ジーズニ〈ロシア語で〈まずまず〉〉――いや失礼、まずまずの生活でした」

佐々木は鷲鼻の下にチョビひげを生やした顔を上に向け、得意げにロシア語で言いかけて、慌てて日本語で言い直した。

「引き揚げて来て、家族が悲惨な状況にあったことを知り、参りました。戦争に負けたあと、主人《おやじ》のいない家はどこもそうだったのでしょうが、函館に住んでいた家族は、インフレと食糧難のなかで食うや食わずの生活をしていたのですから」

佐々木はもともと、㊝大洋漁業の傍系会社である択捉《エトロフ》水産の社員だった。敗戦の時、攻め込んできたソ連軍に捕まり、樺太に連行されて定置網漁の指導を命ぜられた。ようやく二月ほど前に引き揚げることができ、親会社㊝大洋の青森支社の嘱託になったばかりだった。

「引き揚げてきて、㊝に拾ってもらい、最初の仕事がオカィスマ漁場を調べてこいということでした。それはそうと、お宅のご主人はこの七月に亡くなられましたそうで、心からお悔やみ申し上げます」

佐々木はそう言うと、キミ婆さんに向かって頭を下げた。

「はあ、省三だば漁場のことで、あちゃこちゃ走りまわった無理がたたったせいが、この七月にあっけなく死んでしまいましたんですじゃ」

横座に座っていたキミ婆さんは、とうに七十歳を過ぎており、最近では滅多に見知らぬ人に会うことがないせいか、コチコチに緊張して答えた。佐々木が「御主人」といった省三は、正しくはキミ婆さんが跡継ぎに迎えた腹違いの弟、フジの夫のことである。

「亡くなられたご主人は、一昨年から青森支社に来られて、漁場の賃貸交渉の話し合いをはじめておられたそうですな。私がもう半年早く引き揚げていれば、お会いできたのにと残念でなりません」

「はあ、話はお聞きになられているべど、オカィスマの秋鮭《あきやじ》漁だば、明治の初め、先祖の佐賀長兵衛がやってきてはじめたんですじゃ。それから五十年、おらあの代に、昭和さなってから、不景気で秋鮭漁が儲からなくなったがら一緒にやるべし、と会社さかだった（加わった）んだども。しばらくしたら会社の偉い人《ふと》たちだば、オカィスマの漁場は止めてしまい、わずかばかしの配当しかくれなくなったもんで。どこが漁場の権利ば借りてくれるどごがなかべがと、省三がおねげえに参りましたわけで……」

キミ婆さんは緊張の解けないまま、やっとの思いでこれまでのオカィスマ漁場の変遷を話した。キミのいう会社とは、㋓枝幸漁業株式会社のことだった。

「亡くなられたご主人が青森支社にお出でになられ、賃貸交渉にあたられていた経緯はよく承知しております」

佐々木は、キミ婆さんがしどろもどろの口調で説明した内容をとうに把握していた。敗戦直後の昭和二十年暮れ、佐賀省三はつてをたどって㋩の青森支社に小林信次という社員を訪ね、佐賀家の漁場を経営してほしいと交渉をはじめていた。

「したども、なして（どうして）林兼のようなでっかい会社が、オカィスマのような漁場サ目をつけられましたじゃ」

ストーブをはさんで向かい合っていた禎三爺さんが、身を乗り出して尋ねた。

林兼とは、㋩大洋漁業の前身の呼び名である。播磨明石（現在の兵庫県明石市）で鮮魚仲買業から身を起こした中部《なかべ》幾次郎は、大正十四年に漁撈・商業・冷蔵の漁業コンツェルン「林兼商店」を設立した。そのため、年配者の間では林兼の名でとおっていた。

禎三爺さんの問いかけに、佐々木は答えた。

「御存知のように、戦争に負けてマッカーサー・ラインが引かれ、㊮は東シナ海の底曳きをはじめとする遠洋漁業が一切操業できなくなりました。そのため、沿岸漁業に活路を見出さざるを得なくなったのです。お宅の鮭の定置網の権利をお借りして経営するのも、その一環というわけです」

敗戦直後の昭和二十年九月半ば、ＧＨＱは日本漁船が出漁できる範囲を、沿岸から十二海里（約二十二キロ）に限定した。半月後には、日本本土の周辺を取り巻く三角形の海域に拡張。これが、マッカーサー・ラインと呼ばれる線引きだった。翌年六月になると、東は東経一六五度（本州の東方二千キロ）、南は北緯二十六度（小笠原群島付近）まで海域を拡げている。

しかし西の境界は、依然として九州の沖合と沖縄の周辺海域に限定されていた。戦前、東シナ海以西の底曳きで利益をあげていた㊮大洋漁業は、沿岸漁業に活路を求めざるを得なくなっていたことから、青森支社は佐賀省三が持ち込んだ賃貸交渉に本格的に乗ってきたのである。

支社では、オホーツク海沿岸における鮭漁獲量の推移や佐賀家の漁業権について、統計や資料にひと通り目を通した上で、佐賀家のオカィスマの漁場を借りて経営することを決め、漁場の責任者として佐々木を派遣したのだった。

「そこで一つ、ざっくばらんにお宅の漁場の水揚げの模様をお話し願えませんでしょうかな」

佐々木は、キミ婆さんに対して真っ向から来訪の目的を切り出した。彼はオカィスマ漁場の親方を命ぜられたものの、果たして採算の合う場所なのかどうか、一抹の不安を抱いて乗り込んできたのだった。

他人《ひと》見知りをするキミ婆さんは、綿入れで着ぶくれした小柄な体をきまり悪そうにもじもじさせながら、無言のまま老眼鏡をかけた視線をそらした。

「それでは、わだしから申し上げますだ」

代わって、禎三爺さんが姿勢をただして口を開いた。キミ婆さんの弟である禎三爺さんは齢七十歳、漁場の末期にあたる十数年間、柳谷金蔵帳場のもと補佐を務めており、いわば漁場の生き証人だった。

「このオカィスマの漁場はですな、北見の沿岸でも一、二を争う〝千石場所〟と言われた漁場でしただ」

禎三爺さんは久しぶりにオカィスマ漁場の自慢話をすることに、すっかり興奮していた。その証拠に、ともすれば飛び出しそうになる入れ歯を押さえながら、爺さんはまるで口喧嘩でもしているかのような大声でわめきたてた。

「千石場所――〈それなら、どうして〉」

佐々木は、禎三爺さんの言葉を誇張だと思った。

江戸時代末期から明治の半ばにかけて、蝦夷地（北海道）の日本海沿岸は、春に群来《くき》る鰊漁で賑わった。建網（定置網）の網元は一夜で御大尽となり、そうした鰊漁場は千石場所と呼ばれた。

しかし、オホーツク海沿岸の鮭の漁場で、千石も獲れるとはにわかに信じがたかった。松前藩時代、和人（内地人）がアイヌと交易するにあたって、干した鮭二十本を一束《そく》、三束を一石《こく》、三百束（六千尾）を百石と数えた。したがって千石場所とは、秋の一漁期に六万尾が獲れる漁場を意味していた。明治期から大正期にかけて、鮭の定置網は単純な構造だったことから、百石から二百石、つまり一万数千尾が獲れれば上出来だったからだ。

佐々木は、枝幸の網元たちが㋓枝幸漁業株式会社を設立したあとの昭和八年、なぜオカィスマの漁場を閉鎖することになったのか、その理由を知りたかった。

禎三爺さんはわめくように答えた。

「オカィスマさ来る途中、貴殿《あんだ》が渡ってこられたポロペッツ（アイヌ語で〈poro-pet、大きな川〉）川があったでしょう。オカィスマの漁場の建網を建てるカムイシの沖合はの、貴殿《あんだ》が渡ってこられた大きだポロペッツ川サ、あきやじが群来《くき》るようにのぼる、川の手前の通り道になった最高の漁場ですのじゃ」

〈群来《くき》る〉とは、産卵のために押し寄せた鰊の大群で、海面が湧き上がる様子のことだ。佐々木は禎三爺さんのある言葉が気にかかった。

「ポロペッツ川の上手にあたる、カムイシですか？」

「そうだす、カムイシの沖合に建場があるのです。オカィスマの浜のクマイシからトクシュペッへ行く途中のオチャラペッあたりまでがカムイシだす」

「えっ、クマイシ？」

佐々木は身を乗り出した。

クマイシやクマウシは、北海道の各所にみられる地名で、〈鮭や鹿の肉など獲物を保存するために干す場所〉という意味のアイヌ語に由来する。佐々木はオカィスマ場所が好漁場であるらしいと確信した。しかし、とかく網元たちは自分の漁場を自慢しようと、豊漁だった漁期の数字を掲げて吹聴する習癖があるので、簡単に信用するわけにはいかなかった。

彼は念を入れて問いただした。

「ふーむ。それでは、できましたら千石場所だったことを示す、なにか証拠を見せていただけませんかな？」

「なにが証拠になるものをだどっ！」

禎三爺さんはむっと気色ばんで、佐々木の赤ら顔を睨み返した。漁場にケチをつけられた屈辱をぐっとこらえ、禎三爺さんは腹だたしさをキミ婆さんにぶつけるように怒鳴った。

「婆さん、証拠だど、証拠！　漁場の帳面ば持ってこないがァー」

「あい、あい」

不意をくらったキミ婆さんは、着ぶくれした体でよろけながら立ち上がり、転がるようにして奥座敷へ引っ込んだ。しばらく押入れのなかを引っ掻き回している様子だったが、やがて数冊の大福帳をやっこらさと抱えながら戻ってきた。

「それじゃ拝見します」

佐々木は、古ぼけた和綴じの分厚い大福帳を一枚一枚丹念にめくりながら、太い毛筆で認《したた》められた漁獲量に目を通しはじめた。佐賀漁場と表書きされた横長和綴じの大福帳には、カムイシを中心に二、三ヶ統の漁獲量が記されていた。

黙って大福帳をめくり続ける佐々木に、じれったくなった禎三爺さんは、頃合を見計らって声をかけた。

「どんなもんです、親方。佐賀漁場では普段は二百石、大漁の年には四百石から獲れてますですな。わしのいうのも嘘ではごわせんでしょう」

「はあ、確かに拝見しました。しかしですな、お宅の漁場に難癖をつけるつもりはありませんが、北海道全体が不漁続きだったといわれる明治三十年前後に、幼稚な――」

と言いかけて、佐々木はちょっと間をおいた。

「そのう、明治時代の、こういっちゃなんですが旧《ふる》い仕掛けの台網で、たまたま三百石も獲れた年があるというのは、どう考えても納得できないんですがね」

台網とは、鮭の群を追い込んで引き揚げる身網（胴網）と呼ばれる部分が、大きな蚊帳をひっくり返したような箱型の網でできた単純な構造の定置網のことだ。

佐々木が不審を抱くのは、無理からぬことだった。

統計によると、北海道における鮭の漁獲量は明治十一年に最高の二十万石を記録したことがあるが、平均すると毎年十二、三万石（六、七百万尾前後）の水揚げだった。明治二十六、七年以降は年を追うごとに漁獲量が減り、明治の終りには、全道合わせて数万石の漁獲しかない不漁の年もあった。

そのような漁獲が減った明治三十年前後に、二ヶ統を合わせたものだとしても、佐賀漁場では三百石も獲れたという古い書付があるのだ。永年、鮭の漁撈一筋に生きてきた佐々木にとっては、信じがたい漁獲量であった。

「ちゃっこい台網でだすか……親方、そごだす。そごが、このオカイスマが千石場所といわれだ理由《わげ》でしてな」

禎三爺さんはネルの股引《ももひき》がはだけるのもかまわず身を乗り出し、ポーンと赤銅の炉縁に煙管を叩きつけると、得意満面の面持ちで説明をはじめた。

「それはオカィスマがメヂカの本場だからだす。メヂカさえ来てくれれば、不漁ということはありません」

「メヂカ？」

「んだす、メヂカだす」

「メヂカって？」

佐々木は訝《いぶか》しげに問い返した。

普通、鮭と呼ばれている鮭属にはシロザケ、ギンザケ、ベニザケ、カラフトマス、マスノスケなどの種類がある。そのなかで、北海道の沿岸で獲れる鮭は大部分が秋味《あきあじ》と言われるシロザケだ。そのうち、初夏に少量獲れる脂の乗ったシロザケを「トキシラズ」と呼んでいる。それ以外の、ギンザケ、ベニザケ、マスノスケはカムチャツカや北洋などで獲れるが、北海道の沿岸では獲れない。

鮭は本州でも獲れ、地方によって異なった方言で呼ばれることもあるが、鮭をメヂカと呼ぶという話はこれまで聞いたことがなかった。

「その——メヂカとかいうのは、秋味のことですかな、それとも鱒《マス》の仲間ですかな」

「いや、メヂカはれっきどした秋味《あきやじ》だす。何年おきかに、時化のあと鰊が群来《くき》るみたいに網サ突っ込んでくる秋味《あきやじ》だす。わしがオカィスマの漁場サ来る前の話だど――」

禎三爺さんは、佐賀家に伝わる佐賀漁場の危機を救ったメヂカの大漁の伝説を、興奮しながら以下のように語った。

――明治二十六、七年を境に、北海道での鮭の漁獲量は急速に減っていく。もちろん、オホーツク海沿岸の漁場も例外ではなかった。初代の佐賀長兵衛が独立して十数年、数々の苦難を乗り越えてようやく漁場が安定したのも束の間、打ち続く不漁に佐賀家の経営は揺らぎかけていた。

そのさなか、明治二十七年秋のことだった。漁の最盛期も終わりに近づく十月半ば、霙交《みぞれ》りの突風に襲われたオホーツクの海は荒れ狂った。二日間続いた時化がおさまったその朝、沖合の空にゴメ（カモメ）が群れているのがみえた。「秋味が乗っているかもしれない」――長兵衛翁の胸中は期待に膨らんだ。彼は三半船《さんぱせん》の舳先に仁王立ちになり、高波をついてカムイシ沖の建場へ向かった。

やがて、手網の先端に波間に見え隠れしている身網のダンブ（丸太で造った浮子《あば》）が見えてきた。身網の枠内に拡がる海面は、白波を立てながらうねっていた。鮭だ、鮭だ！　銀色の魚鱗が美しく輝く鮭の大群が、囲いのなかにひしめいていた。

「大漁だ、大漁だどおーっ！」

長兵衛翁は小躍りしながら絶叫した。

その日と翌日の水揚げ量は、おおよそ百石（六千尾）に達した。一貫五百匁と小ぶりながら、脂肪《あぶら》がのった鮭の新巻は、他の漁場が不漁だったことから高値で取引され、佐賀漁場の危機を救った。その精悍な風貌の鮭は、目と目のあいだが普通の鮭より狭《せば》めだったことから、「メヂカ」と呼ばれるようになった――。

「ふーむ、メヂカという秋味が獲れるんですか」

禎三爺さんの話に相槌をうちながら、ふと佐々木は、薄暗い居間の高い天井板を支えている太い梁や柱に視線をやった。それは、まだストーブのなかった明治時代、囲炉裏を焚くための煙出しがあった名残だった。年代を経て真っ黒に煤けた、それらの手斧《ちょうな》で荒く削った梁や柱に、無数の丁字形をした太い和釘が打ち込まれていることに気づいた。それは、干塩引《かんしおびき》（鮭を囲炉裏の上などに吊るして作る燻製状の保存食）を作る際に秋味を吊るした和釘に違いなかった。

佐々木の脳裏に、定置網をめがけて殺到するメヂカと呼ばれる鮭の魚影が乱舞した。彼はこのオカィスマの地で、これまでに遭遇したことのない幻の鮭、メヂカに賭けてみる決意を固めた。

二　フジ未亡人、漁業権返還交渉に臨む——昭和二十三年一月

昭和二十三年一月下旬のある日。

「はい、どうーっ、はい、どうーっ！」

御者の健次は、カーキ色をした軍隊用の毛布外套をひるがえして馬橇の上に立ち上がり、大声で馬を叱咤しながら手綱を牽いていた。

軍馬用に改良された血統である栗毛の馬は、太い後ろ足を踏ん張り、流れ出た汗が馬体に凍りつくのも構わず馬橇を牽き、凍てついた雪道を枝幸の市街へ向かっていた。

馬橇が走る浜中街道は、いまにも流氷が覆いかぶりそうな海岸ふちを、数キロにわたり続く一本道だ。雪原となった砂丘を過ぎると、背の低いナラが連なる樹林に入る。オホーツク海から吹きつける烈風にさらされた樹林は、雪原にへばりつくよう山側に向かって斜めにかしいでいた。

馬橇は丸太の搬出にも使われる、台木の先を高く大きく曲げた頑丈な柴巻馬橇（札幌型とも）だった。低い幌のなかには、佐賀家の漁業権を枝幸漁業株式会社から取り戻す膝詰め談判にむかうため、フジ未亡人が一人で乗り込んでいた。彼女は焦げ茶色の角巻きを頭からすっぽりかぶり、馬橇が吹き溜まりに突っ込んだり、雪道をはずれたりした時に振り落とされぬよう、箱型の木枠にしがみついていた。十二月に入って根雪になると、雪が消え地面が現れる翌年四月まで、オホーツク海沿岸での交通手段は、この馬橇しかなかった。

一月から二月にかけて、このあたりは零下三十度まで下がることもある厳寒期を迎える。さらに例年一月中旬から三月中、下旬まで、オホーツク海沿岸はシベリア沿岸から南下した流氷に覆われる。今年の流氷は例年にもまして勢力が強く、見渡す限りの氷原となった沖合には、氷山のかけらのような流氷の小山が幾つも押し寄せていた。

氷原からは容赦なく地吹雪が襲い、時折、行く手の視界が妨げられた。

「姐さん、気分悪くねえですかあ、元気だしなせいやあ」

後ろを振り返って声をかけた御者の源次に、

「元気だよ。酔ってなんかいられるもんですか」

とフジは気丈な返事を返した。

源次の父親はタコ部屋からの脱走者だった。明治政府は北海道での道路建設や鉄道敷設にあたって、囚人や労働者を奴隷のように酷使する土建業者を容認した。源次の父は厳しい監視の眼をかいくぐって脱走し、オカィスマに身を隠した。追っ手に発見されれば殺される恐怖から、彼はタコ部屋がなくなってからも、いつもおどおどした態度で見知らぬ他所者を避けていた。集落の人々は、そのことを知りながら、ヤン衆の一人として匿い続けていたのである。

ここで、佐賀家と枝幸漁業株式会社の関係をかいつまんで述べておこう。

初代佐賀長兵衛は、明治十二年にオカィスマで鰊と鮭の建網（定置網）をはじめた、枝幸における漁業者の草分けだった。晩年には、枝幸海域に鰊と鮭の定置網十数ヶ統を所有する網元にまでなった。二代目佐賀長兵衛（長治）は、明治三十五年に早世する。未亡人となったキミ婆さんはお家騒動に巻き込まれたものの、なんとかオカィスマの漁場をはじめとする数ヶ統の鮭定置網権を守り続けてきた。

昭和四年八月、枝幸管内の網元たちは不漁と魚価の低迷を乗り切ろうと、漁業権を現物出資し、資本金四十六万円で㋦枝幸漁業株式会社を設立した。佐賀家も四ヶ統を出資して参加したものの、どうしたことか会社の取締役からすらはずされてしまう。

それを知ったキミ婆さんの実家にあたる内地の杉山家は、年齢の離れた弟の省三を養子として送り込み、枝幸漁業に対する佐賀家の発言力の巻き返しをはかろうとした。翌昭和五年春、フジは佐賀省三となった夫に連れられ、オカィスマにやってくる。しかし、昭和六年から十年にかけて、北海道は立て続けに冷害や凶作、大凶作に見舞われた。オホーツク海沿岸の漁業も、昭和六年から九年にかけて不漁が四年続き、手取り収入はそれまでの半分に落ち込んだ。

枝幸漁業は経営を立て直す一環として、昭和八年の秋を最後にオカィスマの漁場を閉鎖した。佐賀家は減額された配当金と、本業の傍ら集落の人々を相手に営んでいた、米・麦、味噌・醬油、酒、専売の塩・煙草など生活必需品の小売商で得た現金収入を頼りに暮らすこととなった。

昭和十二年、日本は日中戦争へ突入した。佐賀家に残されていた幾ばくかの資産は、国債の購入にあてられた。戦争が長引くにつれ、家計は次第に苦しくなり、新たな収入を得る必要に迫られていた。漁業を営むことに慎重だった省三も、枝幸漁業会社から漁業権を取り戻し、村外の資本家と手を組むことを決意する。そして、枝幸漁業との十五年間の契約が切れる前年の昭和十八年、函館や釧路などにある漁業会社と交渉をはじめたが、太平洋戦争の激化で中断を余儀なくされた。

昭和二十年八月、日本は連合国に無条件降伏した。省三は㊩大洋漁業の青森支社との提携工作を進めようと奔走するが、そのさなかの昭和二十二年七月、過労がもとで急死する。大洋漁業は昭和二十二年末、オカィスマ漁場の経営を目論み、青森支社から佐々木を派遣した。

オカィスマ漁場の再開には、枝幸漁業から鮭定置漁業権を取り戻さなければならなかった。しかし枝幸漁業は、佐賀家の再三にわたる漁業権の返還要請に対して、応じようとしなかった。

そこで意を決したフジは、枝幸漁業の本社へ直接乗り込もうとしていたのである。

かつて、亡き夫が村当局や漁業組合との話し合いのため、連日のように往復していた十キロの道程を、今度は漁業権を取り戻すべく、自分が馬橇に乗って枝幸のまちに向かっているのだ——そう思うと、夫の霊が乗り移ったかのように力が湧いてくるのだった。

オカィスマを出てから一時間ほどして、馬橇は市街地が拡がる台地を見上げる、ウエンナイ（アイヌ語で〈悪い川〉）の小川に架かった橋のたもとへとたどり着いた。

「姐さん、着きますで——」

源次は馬に鞭をいれ、坂を上りきった市街地のはずれに馬橇を止めた。

「お疲れさま。遅くなっても、待っててくださいね。話がこじれれば、二、三時間かかるかもしれないから」

フジは立ち上がると、毛糸の股引をあげ、モンペの紐を締め直した。そして、改めて角巻きを羽織り、底の磨り減ったゴム長靴をはいて馬橇をおりた。凍りついた雪道に足をとられながら、フジは市街地を歩いていった。

初代の佐賀長兵衛の時代、市街を走る海岸通沿いの幸町一帯はすべて佐賀家の所有地だったと聞かされていた。しかし明治三十五年、二代目長兵衛が急逝したあと、養子（初代の甥の息子）の後ろ盾になった策謀家の計略で人手に渡り、いまは松田医院の敷地と、その周辺の数百坪を残すだけとなっていた。

海岸通から北見通の交差点を右折し、坂道を下った左手の角に立つのが、木造二階建ての総ガラス張り窓に大きな看板を掲げた、㋓枝幸漁業株式会社の本社社屋である。築港を見下ろす城郭さながら、辺りを圧するかのように聳えるこの事務所こそ、村の経済を、いや枝幸管内の漁業を支配していた。フジは、本社の場所こそ夫から聞いてはいたが、建物を見るのも訪れるのも初めてのことだった。

彼女は海から吹きつける地吹雪を浴びながら角巻きをぬぎ、

「お邪魔いたします」

と事務所入り口のガラス戸を開けた途端、むっとするような熱気が迫ってきた。事務所の中央にある大型の石炭ストーブが、上部を灼熱で赤黒くさせながら、ごうごうと音を立てて燃えさかっていた。

ストーブの周りには、正面には瓜実顔の檜山徳兵衛社長、左右には一目でヤン衆あがりとわかる海野嘉平代表取締役、禅坊主のような柳谷重吉常務らがワイシャツ姿でたむろしていた。男たちはフジにちらっと視線を送ったが、誰一人として彼女の挨拶に応えようとはしなかった。

フジと男たちの間に、殺気立った空気が流れた。
三、四分が経過したろうか、白髪の交ったイガ栗頭に手をやりながら、柳谷常務がバツの悪そうな表情で口を開いた。

「いづまでも、そごサ地蔵様のように立っていだって、話コできなかべエ。まんず、こっちサきて座れじゃ――」

そういうと彼は、ストーブから少し離れた事務机のそばにある、古ぼけた木製の椅子を顎で示した。フジがようやく椅子に腰をおろすと、柳谷は諭すような口調で問い質した。

「貴女《あんだ》だば、本気で林兼（㋩大洋漁業の旧称）ど組んで、漁場ばやる気だがやあ」

「はい、本気ですから、お願いに参ったのです」

フジはきっぱり言った。

「ふーん、そんだばお婆ちゃも、林兼ど組むごとさ賛成しているんだがやァ」

「はい、今日はお婆さんの名代として参りました」

キミ婆さんの名代だと言われては返す言葉もなく、柳谷は黙りこくってしまった。

柳谷の先代の柳谷金蔵は、かつてオカィスマに住んでおり、文盲同然のキミ婆さんを助けて漁場の帳場（経理）を務め、長兵衛没後の大正年代にはオカィスマの共同漁業権者となった。そして、枝幸漁業株式会社の設立と同時に常務取締役に就任したのである。

「佐賀家としましては、このインフレのなかで生きていくためには、大洋漁業に漁場を貸し、その収入でなんとかやりくりするしかないのです。これまでも、お手紙でお願いしたり、息子

（長男の成夫）を差し向けたりしましたが、今日はみなさんが話し合いをしてくださるとのことですので、なんとしてもオカィスマの漁業権を返していただきたいとお願いに参りました」

フジはひるむことなく、居並ぶ男たちを見据え、真っ向から要求を突きつけた。

再び、事務所は重苦しい空気につつまれ、無言の睨み合いのなかで、フジと男たちの緊張が高まった。その重苦しい空気を払いのけるかのように、海野のだみ声が響いた。

「わっはっは、佐賀さんの姐さんや、あんだだば女だてらに大した度胸だな。貴女《あんだ》、吾《われ》われさチャランケつけに来たんだがャ」

若い頃、嘉平という名から〝ジャコ平〟と呼ばれて怖れられた海野は、漁夫をこき使う時のような威丈高な態度でフジに罵声を浴びせかけた。

〈チャランケ？〉

「聞ごえねのか、チャランケつけに来たのがァってんだ」

チャランケとは、アイヌ語で論議や談判という意味だ。

彼女は、五十代のエネルギッシュな風貌の海野代表をキッと睨みつけ、「喧嘩を売りにきたわけではない」と言わんばかりに、無言のまま首を横に振った。

「姐さん、あんだは本気で林兼ど組んで秋味漁ばやる気だがァー、気でも狂ったんでねえのがァー？　ええがァー、林兼っていえば、東シナ海で底曳きをやったり、南氷洋サ出掛けで鯨ば獲ったりしていだでっけえ会社だどうーっ。佐賀さんのよんたちゃっこい網元なんか、鯨に飲み込まれるイワシみたいに、一飲みにされてしまうどうーっ、わっはっは」

海野代表は秋田の生まれで、明治の終わり、十代の若い頃、鰊場の雇いとして枝幸へやってきた。漁場の雇いあがりの彼が、枝幸の漁業界を牛耳るようになった経緯は明らかではない。噂によると、彼は酒も博打もやらずせっせと金をため、金銭《かね》使いに計画性のない漁師たちに小金を貸しては増やしていった。大正十四年、三十五歳の若さで村会議員に当選し、実力者の仲間入りを果たしたのだという。

昭和四年春、枝幸の網元たちが、鮭定置漁業権を現物出資して枝幸漁業会社を設立しようと覚書を交わした。その時、海野は漁業権をもっていなかったので、立会人として参画するに止まっていた。しかし、一年後の昭和五年十一月、増資を企んで誰かの漁業権を手に入れたのか、それとも借りたのか、株主の席に割りこんで平取締役になった。

その後、檜山《ひやま》拓殖合名会社の檜山徳兵衛社長が、儲けの少ない漁場よりも、自社の山林経営に熱意を上げていることをいいことに、海野は常務となる。そして、戦時下の統制経済に便乗し、昭和十八年には枝幸漁業の代表権を持つ取締役に就任するまでになっていた。

昭和二十二年四月、敗戦後初めての町会議員選挙が行われた。当選後、公職追放をまぬがれた海野代表取締役は町会議長、柳谷常務は町会副議長に就いた。つまり、こともあろうにフジは、枝幸の政財界に君臨している海野の権力に盾突いたのである。海野が激昂するのも、ゆえなくなかった。

「んだ、んだ、海野さんのいうとおりだ」

見るからに太鼓持ちふうの能登谷常務は、海野へおべっかをつかうと、向き直ってフジに翻意を促した。

「なあ、佐賀の姐さん、海野さんのいうとおりだ。遠洋漁業が本職の林兼なんかど組むよりも、昔から枝幸で秋味《あきあじ》漁ばやってだわれわれサかだっていだ（一緒になっていた）ほうがええんでねえのがァー。物不足がおさまって、網やロープが手に入りやすくなれば、オカィスマの漁場も、まだやれるようになるかもしれねえんだがら」

しかし、男たちがどんなに威嚇しようと、一家が生きていくためには大洋漁業に漁場を貸すしかないフジの決意は固かった。枝幸漁業に参加して二十年間、佐賀家には涙金のような配当があっただけで、屈辱にあけくれる日々でしかなかった。

「どうしても、われわれど一緒にやるのは嫌だ、会社ば脱退するっていうのがァー」

「はい、そうさせていただきたいということでお願いに参っているのです」

「なんて世間知らずのおなごだでばな——。いいがァ、会社さかだって（加わって）いるっていう契約は、来年の秋味漁まで残っているんだどうーっ」

海野のどすのきいた脅しにも、フジはたじろがなかった。彼女はとっておきの切り札を男たちに叩きつけた。

「さようでございますか。私は世間知らずの女ですから、法律だとか契約だとか難しいことは存じあげません。でも主人は生前、会社のある人に騙されたと言っておりました。四年前でしたか、開いてもいない会社の総会で、契約期間を延長してしまったそうじゃないですか。やってもいない総会を開いたとして、議事録を作ってもよいという法律があるんですか。一体、佐賀家の誰が署名し、どなた様が印鑑をついたのか、その議事録とやらを見せてください」

フジの追及に、柳谷は顔をそむけた。


昭和四年に枝幸漁業を設立する際、漁業権の寄託期間は十五年と定められていた。期間満了が迫った昭和十八年の夏、佐賀省三は所用で役場に出向いたついでに会社に立ちよった。事務所に居合わせた柳谷に契約の期限の話をきりだすと、彼は慌てた様子で彼を別室に連れ込んだ。

「佐賀さん、その話は持ち出さないでくれ。漁業権はもう五年、昭和二十四年まで延長して預かることにしてあるんだ」

「そ、そんな馬鹿な。俺も、キミ婆さんも、一言も相談されていないじゃないか」

「相談しなかったのは悪かった。しかし、みんな同意しているし、佐賀さんも会社を続けることに当然賛成すると思って、株主総会を開いて決めたことにしてあるんだ。申し訳ないが、あんたから預かっていた印鑑をついて議事録までつくってある」

「なんだって、俺の印鑑をついたって?」

そう言われてみると、半年ほど前、配当を渡す手続きをするからといわれ、なんの気なしに一度実印を預けたことがあった。

「佐賀さん、時局も重大な時だ。みんな会社を続けることに賛成していることだし、どうか穏便に収めてくれ」

柳谷は揉み手をしながら省三をなだめた。

言われてみると、確かにそのとおりだった。数か月前にアッツ島の守備隊は玉砕し、戦局は容易ならぬ事態を迎えていた。

さらに、昨年の昭和十七年五月には水産統制令が公布され、各地の漁業会社が国策会社に統合されたほか、この秋(昭和十八年九月)には漁業組合が漁業会に衣替えされ、水産業界は戦時体制に組み込まれていた。それだけに、いま会社を脱退してみたところで、新規に定置網を建てる資材を割りあててもらえる見込みはなく、省三はやむなく引きさがったのである。

昭和二十年八月、太平洋戦争が終わった。敗戦の混乱のなか、インフレを抑える目的で同二十一年二月には新円切り替えが行われた。

佐賀省三は、かねてより話を進めていた㋩大洋漁業との提携の具体化に乗り出した。

そのかたわら、ボスが牛耳っている枝幸の村政を刷新しようと、昭和二十二年四月に行われた村会議員選挙に立候補し当選を果たす。しかし、最初の議会に出席してからわずか三か月後の七月、過労から急死したのだった。

フジ未亡人に、亡き夫を騙した「会社のある人」と名指しされた柳谷常務は、明後日のほうをむいたままだんまりを決め込んでいた。

「契約は来年の秋まで残っているんだどうーっ。その契約ば破る気だば、損害賠償してもらわねばだめだんだどうーっ」

男たちとフジの睨み合いは、海野代表の怒鳴り声によって再び破られた。

しかし、フジも必死だった。大洋漁業はなんとしても、今年の秋からオカィスマの漁場をやりたい、それができないなら他の漁場を探す、との意向を伝えてきていた。

「はい、もちろんお金銭《かね》はお支払いします。ですから、漁業権を返還《かえ》してください」

するとそれまで沈黙していた檜山社長がようやく、

「海野くん」

と口を開いた。

「海野くん、佐賀さんの奥さんが賠償金を払うと言っているんだ。どうだ、会社から抜けることを承諾して、漁業権を返還《かえ》してあげようじゃないか」

檜山は秋田の山林地主の分家で、本業は山林経営や造材業を営む檜山拓殖合名会社の社長であり、海野や柳谷よりいくつか若かったこともあり、枝幸漁業の社長に就任したものの、経営は海野や柳谷に任せていた。その一方で彼は大学中退のインテリであり、昨春には、衆望を集めて道議会議員に選出された人物でもあった。

「このじょっぱり（強情っぱり）女《おなご》め！」

激昂した海野は、床板を踏み抜かんばかりの勢いで立ち上がると、事務所の奥に置かれた、天井まで届きそうな古ぼけた大金庫に歩み寄った。そして重い扉を開くと、なかから書類の束を取り出した。

「そったらに、われわれさかだっている（一緒になっている）のが嫌だら、オカィスマの漁業権ば返してやる。本当だば、賠償金もらってから返すんだども、腹が立つからいま返してやる。ほら、この紙切れば持ってさっさど帰れ！」

と全身をふるわせながら怒鳴り、権利証の入った茶封筒をフジに向かって投げつけた。

権利証を手にしたフジは、喜びのあまり寒さを忘れて市街地を夢遊病者のように歩いていた。

顔見知りの婦人から声をかけられたような気がするが、上の空でまったく覚えていなかった。いつも昼食に立ち寄る元船頭の杉山宅など知り合いのところにも顔を出さず、市街地のとば口で待つ源次の馬橇へと、海岸通をまっしぐらに向かった。

「姐さん、うまぐいったすか」

「はい、海野から漁業権を取り返してきました」

「それは、それは。姐さん、うまぐいっていがったですなあ」

源次はフジに労いの言葉をかけた。

「はい、おかげさまで――」

感極まった彼女は、声を詰まらせると、とめどもない涙で頬を濡らした。

源次が手綱をひくと、馬橇は長林寺の崖下に続く坂道をシャンシャンと鈴を鳴らしながら下っていく。先ほどまでの緊張に、しびれたような感覚が残るフジの身体には、その鈴の音が心地よく響いた。

――とうとう、私はオカィスマの漁業権を取り戻した。亡き夫・省三の悲願だった大洋漁業に漁場を貸す道が開けた。これで、ようやく佐賀家にまとまったお金が入り、内地にいる子供たちにも仕送りし、大学を出すことができる――

フジが持ち帰ることのできた権利証は、佐賀家が枝幸漁業株式会社に現物出資した漁業権のうち、オカィスマの佐賀きみ名義の二ヶ統（枝鮭定第三三號と枝鮭定第六〇號）だった。

◇佐賀きみ名義の漁業権「枝鮭定第六〇号」原簿（北海道立文書館所蔵）

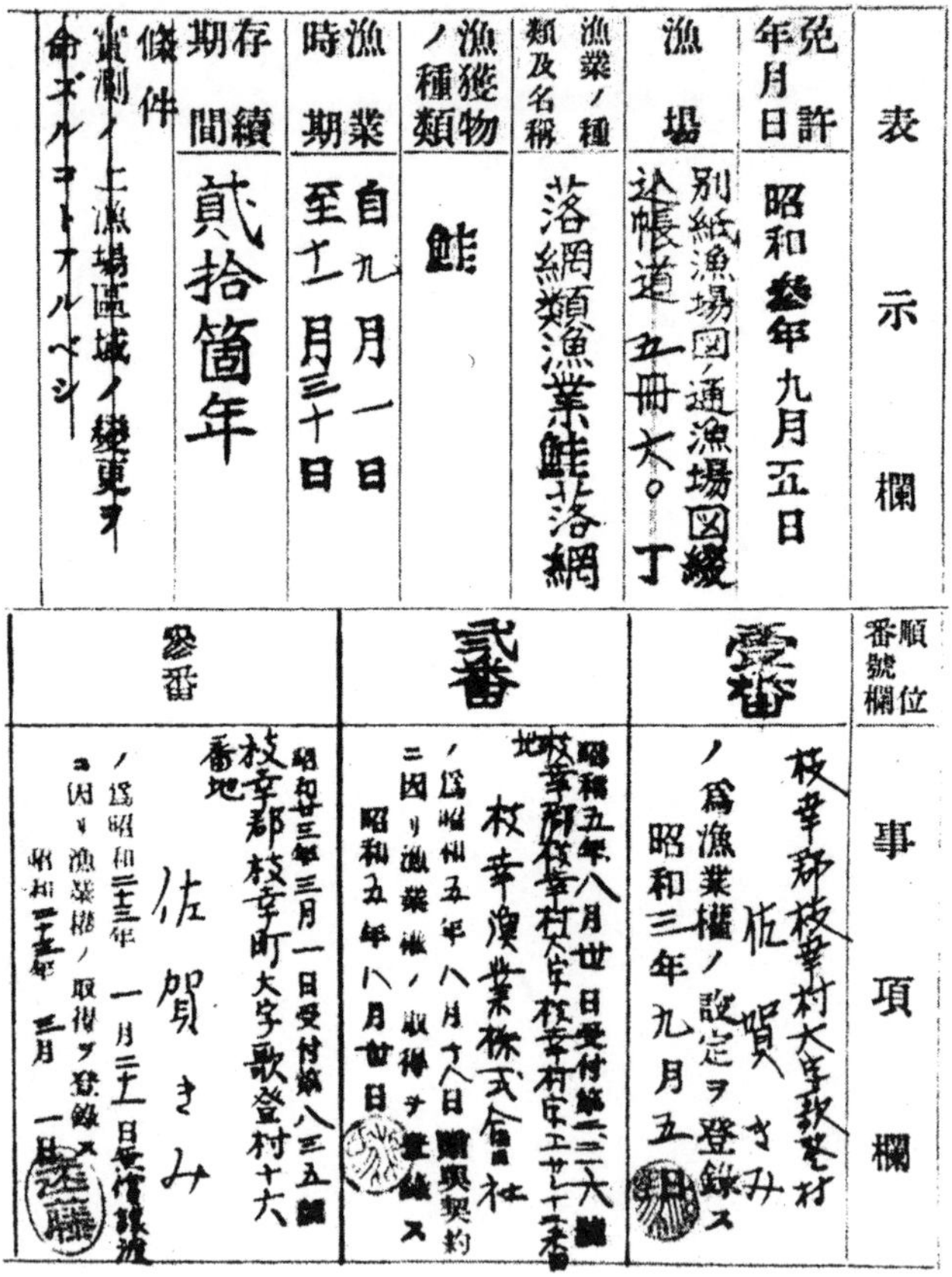

表示欄

発許年月日　昭和参年九月五日

漁場　別紙漁場図ノ通漁場図綴込帳道五冊大〇丁

漁業ノ種類及名称　落網類漁業鮭落網

漁獲物ノ種類　鮭

漁業時期　自九月一日　至十二月三十日

存続期間　貳拾箇年

条件　実測ノ上漁場区域ノ変更ヲ命ズルコトアルベシ

順位番號欄	事項欄
壹番	枝幸郡枝幸村大字歌登村　佐賀きみ　ノ為漁業権ノ設定ヲ登録ス　昭和三年九月五日
貳番	昭和五年八月廿日受付第二三六号　枝幸郡枝幸村大字枝幸村字エサシ十一番地　枝幸漁業株式会社　ノ為昭和五年八月十八日贈与契約ニ因リ漁業権ノ取得ヲ登録ス　昭和五年八月廿日
參番	昭和廿三年三月一日受付第八三五号　枝幸郡枝幸町大字歌登村十六番地　佐賀きみ　ノ為昭和二十三年一月二十[illegible]日受付譲渡ニ因リ漁業権ノ取得ヲ登録ス　昭和二十三年三月一日

左ページが原簿の全体、上は原簿の一部を拡大したもの

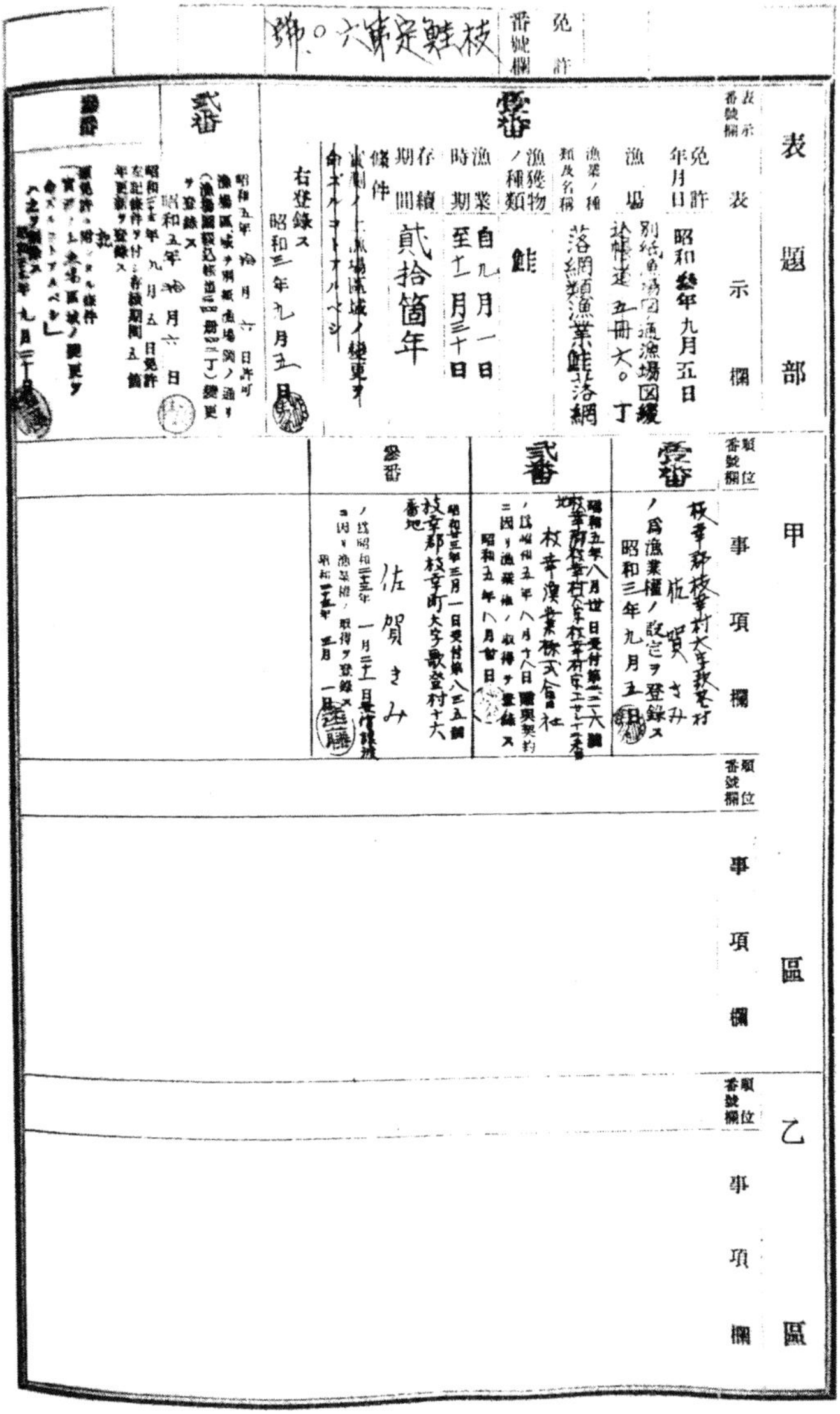

免許番號欄　枝鮭定第〇六號

表題部

表示番號欄　壹番

表示欄

免許年月日　昭和参年九月五日

漁場　別紙漁場図通漁場図綴込帳第五冊六〇丁

漁業ノ種類及名稱　落網類漁業鮭建網

漁獲物ノ種類　鮭

漁業時期　自九月一日　至十一月三十日

存續期間　貳拾箇年

條件

右登録ス　昭和三年九月五日

貳番　昭和五年四月六日許可漁場區域ヲ別紙漁場図ノ通リ（漁場図綴込帳第四冊二丁）變更ヲ登録ス　昭和五年四月六日

參番

甲區　事項欄

順位番號欄　壹番　枝幸郡枝幸村大字 佐賀さみ ノ為漁業權ノ設定ヲ登録ス　昭和三年九月五日

貳番　昭和五年八月廿日受付　枝幸漁業株式會社　昭和五年八月十八日贈與契約ニ因リ漁業權ノ取得ヲ登録ス　昭和五年八月廿日

參番　枝幸郡枝幸町大字歌登村十六番地　佐賀きみ

乙區　事項欄

三　白線帽に高下駄で城下を闊歩――昭和二十三年四月

昭和二十三年四月、おそい津軽の春の訪れに先駆けて、鞠夫に春風が吹いた。

鞠夫は旧制中学校四年修了で、官立弘前高等学校の理科に入学することができた。倍率五倍を超える難関を突破したのだ。

四月八日の入学式当日、鞠夫は大鵬の徽章輝く白線帽をかぶり、黒い羅紗のマントを颯爽とひるがえしながら、白い鼻緒の高下駄を踏み鳴らして学校に向かった。購いたての白線帽とマントなので、蓬髪、無精ひげ、弊衣破帽《へいいはぼう》の上級生たちの貫禄には程遠かったが、五年制の旧制中学四年から受験、合格した四修の彼には、初々しくも似つかわしかった。彼は本町通から郵便局の坂をおり、桶屋町、住吉町から富田へぬける道をとり、富田通に面した正門から弘前高等学校に登校した。

大正十年四月に開校した弘前高等学校は、弘前の駅前通から市の繁華街・土手町へ向かう代官町の角を左折した富田通沿いの街外れにあり、長い土塀に囲まれたなかに校地が拡がっていた。正門の間から姿を現す、洋風の二階建て木造の本館は、殺風景な富田通でひときわ異彩を放っていた。上下に開閉する縦長のガラス窓、渋いモスグリーンに塗られた木板の外壁、玄関の欄間や軒下に取りつけられた手の込んだ彫刻――みちのくの果てに遅れてやってきた明治の文明開化が、大正ロマンとともに花開いたともいえるハイカラな木造建築だった。

入学式は風格のある講堂で、厳かに行われた。

講堂に入ると、高い吹き抜けの天井にシャンデリアが吊りさげられ、正面に腰高の舞台が設えられていた。出入り口側の三分の一ほどには、座席のある二階部分がせり出していた。体育館をかねていた中学の講堂とは別格の、小劇場を思わせる気品ただよう瀟洒な造りは、図南鵬翼の志に燃えて集まった若人の胸を弾ませるにふさわしい殿堂であった。

のちに知ったことだが、川元重次郎ら堀江佐吉門下の棟梁率いる津軽の大工たちが、伝統の技によりをかけ完成させた、ネオゴシック風の洋風建築ということだった。

教授たちもまた、中学校の教師とは比べものにならぬ、威厳に満ちた知性あふれる陣容だった。そして先輩たちは文字通り弊衣破帽で、超然と思索に耽っている様子であった。また、新入生ながら一目で都落ちとわかる、浪人臭漂う貫禄たっぷりの同級生がいた。そのなかで、鞠夫のような四修組は、肩身の狭い思いをするしかなかった。

官立高校はもともと全寮制だった。しかし、敗戦直後は寮生の食糧確保が容易でなかったため、市内にある弘前中学から進学した者は、寮に入ることができなかった。そこで鞠夫は、これまで通り寄宿していた叔母の嫁ぎ先から通うことになった。

当時の主食配給量は建前上、米換算で大人一人一日あたり二合一勺、一食につき茶碗一杯少々しかなく、イモや豆かすなどの代用食が配給されるとその分、米が減らされた。配給で得られる主食のカロリーは、一日あたりわずか八百キロカロリーに過ぎなかった。

鞠夫は毎日の通学路に、裏門から広い校地へ入る近道を選んだ。四年間通いなれた中学校への、茂森町から新寺町通を進むコースを、半ばで右に折れると、かつての歩兵三十一連隊へ通じる幅広い砂利道に出る。あたりはリンゴ園の拡がる桔梗野だ。しばらく進むと、はるか左手に中学校の立つ高台が見える。

かつての同級生は、新制弘前高校の二年に組み込まれた。しかし彼は、「俺は六三制で発足した新制の高校とは違う、四修で格が上の旧制弘高、やがて帝大へ進学できるコースへ進んだのだ」と優越感に浸りながら、独り胸を張って歩いた。田圃の一本道を下り、土淵川にかかる土橋を渡ってなだらかな坂を上ると、弘高の校舎がある富田に出る。

思い起こせば昨夏の父の死後、数か月の間は、貧乏とひもじさと寒さに耐えながら、無我夢中で受験勉強にうちこむ毎日だった。月々の仕送りも途絶えがちで、インフレのさなか、叔母夫妻には迷惑のかけっ放しだった。

叔母の嫁いだ家の建家は、江戸時代後期の下級士族の住まいで、釘を使っていない板戸と障子の造りだった。鞠夫の部屋はその低い天井の屋根裏にあり、障子紙一枚で外気と仕切られた窓のそばで、ニクロム線の電熱器を入れた小さな行灯炬燵で暖をとりながら、凍える手で鉛筆を握り勉強を続けた。そのうえ、敗戦後の電力危機によってたびたび停電が起こり、勉強の中断を余儀なくされるとともに、炬燵が切れて震え上がったこともしばしばであった。

昨年末には、受験勉強の追い込み時期だというのに、食糧を調達するため、はるばる枝幸まで帰省した。時化で連絡船が出ないので、青森ではイカの丸焼きで腹ごしらえし、あいまい宿で一夜を明かしたり、旭川に着いたものの吹雪で列車が出ないため、駅員に案内されて駅前の旅館で雑魚寝をしたり、天北線《てんぽく》との分岐にあたる浜頓別では旅館にただで泊めてもらったこともあった。

仲間に遅れをとってはならじと、帰省中もオカィスマの我が家の薄暗いランプのもとで勉強に励んだことや、風呂の焚口で炎の明かりを頼りに英単語を暗記したことが報われたのだ。それら無謀ともいえる破れかぶれの受験勉強も、合格した今となっては懐かしい思い出だった。

父の省三は身体が弱い鞠夫を、学問で身を立てさせようとした。鞠夫は小学校の低学年から、遅れて郵送されてくる数日前の新聞と、母・フジのたった一つの娯楽である雑誌「主婦之友」を拾い読みするのが好きだった。それを見た父と母は、鞠夫のために「小学○年生」を購読してくれた。

彼は、坪田譲治の「善太と三平」や井伏鱒二の「山椒魚」を読んだことを覚えているし、貧しいなかで買ってもらった分厚い百科事典を夢中で読んだ記憶も鮮明に残っている。

父が急死すると、経済的に破綻していた佐賀家にさらなる負担がのしかかった。牧場の建設を計画していた父が、そのための資材を調達していたらしく、納めた角材や板などの支払いがまだ済んでいないと、取り立てに現れる者がでてきたのだ。

昭和二十二年に農地改革がはじまると、町役場や農地委員会は町の実績をあげようと、真っ先に佐賀家の所有する畑や牧野、原野を狙い撃ちにして解放しようと目論んだ。さらに、佐賀家が生き残りをかけて進めていた⑭大洋漁業への漁場貸し出しに対しても、枝幸漁業の重役をはじめ、彼らに与《くみ》する漁師たちがさまざまな妨害工作を行い、ぶち壊しを図っていた。

こうした、数か月にわたる実家の経済的困窮と周囲の無理解という精神的重圧と戦いながら、鞠夫は歯を食いしばって受験勉強に打ち込んだ。それだけに、四修で官立弘前高校への入学を果たしたことで、枝幸のボス連中や佐賀家へ嫌がらせをする村人たちを「見返してやった」という思いが強く、心のなかでひとり快哉を叫んでいた。

鞠夫が在籍したのは理科四組、生徒数三十六名、担任は植物学の中澤教授だった。

官立弘前高の講義は、桁外れの難解さと、度肝を抜かれるスピードで進められ、鞠夫はいくら勉強しても追いつけなかった。ドイツ語の文法も解らぬうちに、別の教授によるアンデルセンの童話の講読が並行して行われ、面くらった。ドイツ語には格の変化があり、名詞に男性・女性・中性の区別があったことも鞠夫を苦しめた。また高等数学の講義は、教授がどしどしと分厚い教科書を繰って進められた。ドイツ語の変化と悪戦苦闘し、微分方程式を復習していると夜半になり、アンデルセンの『絵のない絵本』を予習する時間がなくなっていた。

生徒も多彩だった。落第生、何年も浪人し都落ちした年配者などの年上から、ダスキン（ドイツ語で〈Das Kind、子供〉）と馬鹿にされる四修の彼からは、考えられないような経歴を持つ者も少なくなく、東北や北海道のみならず東京や関東の中学出身者が何人もいた。

一方で鞠夫は、生徒同士が標準語にちかい北海道弁で話し合えることに安堵した。彼が四年間通った地元の中学校では、津軽弁が校内を支配していた。北海道で生まれ育った彼にとって、津軽弁を流暢に話すことは難しかった。意味は理解できるものの純粋の津軽弁は話せず、いじめとまではいかないまでも疎外感は否めず、心底打ち解けて話し合うことはなかった。そのため、各地から弘前に疎開してきた者たちと話すことが多かったのだ。
入学式を終えてから、無我夢中のうちに二十日余りが過ぎた。
四月の終わり、桜前線が本州最北端の津軽にようやくたどり着いた。満開の桜を待ちかねて、弘前高校生たちは徒党を組んで城址公園へ繰り出した。

住吉神社横の屋台で、酸っぱくなりかけたどぶろくをひっかけると、肩を組んで土手町通を進み、下駄を踏み鳴らして蓬莱《ほうらい》橋を渡り、菊池薬局と㋩宮川デパートの交差点から公園を目指した。お濠端を通り過ぎ、追手門を入って右に進むと、両側に薄明かりの照明が連なる桜の樹々が立ち並び、その間の径は若者たちの天下だった。

本丸では、花冷えで見物人もまばらな二分咲きの夜桜の下、寮や運動部などいくつもの弘高生のグループが、どぶろくの一升瓶を囲んで車座になり、新入生を歓迎する宴と称して寮歌などを放歌斉唱していた。

虚空に羽ばたき　南を図る
大鵬われらの　徽章とかざす
紅顔抱かん　理想の高き
譬えか岩木の　偉大な姿

希望に溢れて　光栄めざし
健児よ活きたる　世界に駈けよ
見よ見よ文明　進みてやまず
青春わが身に　只この一度
（「弘前高等学校校歌」土井晩翠作詞、弘田龍太郎作曲）

公園片隅の松の木陰で、ささやかな宴を開いていた鞠夫たちのグループに、弊衣破帽の寮名主ぜんとした先輩が乱入してくると、神楽の面のような長髪を振りかざして蛮声をあげた。
「こらあーっ、ダスキンども、貴様ら元気がねえぞーっ。いがあーっ、俺がこれから寮歌の指導をするーっ、一小節ずつ歌うから、ついてこいーっ。第三回開寮記念祭祭歌、アイン、ツヴァイ、ドライ！」

かすみのかげに　もえいでしぃー　ソレェー
あおやぎ　かみを　くしけずりぃー　ソレェー……

七月二日から十日にかけて、第一学期の学期末試験が行われた。十一日からは夏期休暇に入り、二十二日に第一学期の成績発表が行われる予定になっていた。

成績は気がかりだったが、鞠夫は二十二日が父の命日であることから、成績発表を待たずに一周忌の法要に間に合うように帰郷した。なぜ、成績が気がかりだったかといえば、旧制高校は成績次第で容赦なく落第させるからだ。

成績は廊下に張り出される。不合格の科目は、黒（四十点未満）、青（五十点未満）、赤（六十点未満）で色分けされ、学年末に全科目のうち一割に相当する黒一つか、青二つ、または平均点が六十点未満の者が落第とされた。昨年入学した二十七回生の場合は、二十三名が落第しており、二年続けて落第するか、在籍が六年をこえると退学となり、生徒たちはこれを〈凱旋《がいせん》〉と呼んでいた。

四　生き返ったオカイスマ漁場──昭和二十三年七月

父の一周忌の法要に合わせて帰省することにした鞠夫は、青函連絡船に乗船するため、七月十九日深夜に弘前を発ち、青森についた。一年前の昭和二十二年七月、父の省三は枝幸漁業を脱退し、㋩大洋漁業と提携してオカィスマの漁場を再開させようと奔走していた。しかし、その最中に急死したのだった。

青森の駅舎はまだ、昭和二十年七月の大空襲から復旧していなかった。それだけに、構内の一角に立つ米軍ＲＴＯ（鉄道司令部）の建物は、バラック建てながら煌々と照明が輝き、敗戦国の現実をまざまざと見せつけていた。

その駅前には、仮小屋がひしめく闇市マーケットが拡がり、裸電球の下で露天商が声を張り上げ、統制経済をよそに横流しの物資や食料品を売っていた。乗船桟橋に通ずる長いホームは、旅行客に混じってカツギ屋が徒党を組んで行き来している。国防色の軍服を着た男たちや上っ張りに前掛けをかけた女たちが、ガンガン（ブリキ製の運搬箱）を担ぎ、白米や野菜、魚介類を運んでいるのだ。

連絡船に乗るには、発疹チフスを媒介するシラミを駆除するための殺虫剤・ＤＤＴの散布を受けなければならなかった。鞠夫は列に並び、大男のＧＩ（米兵）の前に進み出た。すると、米兵は筒状の散布器の先端を彼の首筋から服のなかに突っ込み、粉状の殺虫剤を大量に注ぎ入れた。続けて、頭上からも真っ白い粉のシャワーを浴びせかけると、手の甲に紫色のスタンプをべったり捺した。鞠夫は改めて、敗戦の屈辱を味わった。

連絡船は深夜に青森を出航すると、五時間かけて津軽海峡を渡り、夜明け頃に日魯漁業のマークが大きく描かれた倉庫を望みながら、函館埠頭に接岸した（青森発二三時三〇分、函館着〇四時三〇分）。早朝、函館駅から旭川行きの鈍行に乗った。昭和二十二年六月に急行が運転を再開していたが、切符がとれなかったのだ。夕方、小樽や札幌を通過し、十数時間かけて夜半前に旭川駅に着いた（函館発〇六時二五分、旭川着二三時〇九分）。

宗谷線への接続が悪く、旭川では三時間も待たされた。敗戦により第七師団が解体されたあとの旭川駅構内は、オホーツク海や日本海方面へ通ずる本線の出発駅だというのに、ローカル線の駅のように閑散とし、深夜ということもあって駅前広場のあたりも薄暗く寂れていた。

旭川へ来るまでに通過した石炭景気で賑わう美唄や砂川の駅が、乗降客も多く、駅周辺の街並みに煌々と明かりが灯り、活気を呈しているのとは対照的だった。

駅の待合室の硬い長椅子に腰掛けて時間をすごしてから、未明に出発する稚内行きの鈍行に乗り込んだ。鞠夫は乗り越さないよう、うとうと仮眠しながら朝方、音威子府（アイヌ語で〈川の合流箇所が泥まみれの川〉）でおりた。真夏だというのに、内陸の駅は底冷えしていた。音威子府から稚内行きの北見線（のちの天北線）始発列車に乗り、二時間かけて山のなかを走り浜頓別駅にようやくたどり着いた（旭川発〇一時四三分→音威子府着〇六時五二分、音威子府発〇七時一二分→浜頓別着〇九時四三分）。

ここで乗り換えて枝幸へ向かう興浜北線は、一日三往復しかなく、一時間あまり待たされる（浜頓別発一〇時三〇分、枝幸着一一時五〇分）。時間つぶしに浜頓別の駅前通を歩いていると、東雲旅館の前にさしかかった。そこで鞠夫は、激しい自責の念にかられた。

半年前の暮れ、受験勉強の時間を割いて帰省したときのことだ。猛吹雪で列車がストップしたため、誰に案内されたのかは覚えていないがこの東雲旅館に二泊し、ようやく動き出した列車で枝幸へと向かった。その時は旅館代を払えず、踏み倒したままになっていた。

浜頓別から枝幸へ向かう二輌連結の客貨車混合列車は、C12というローカル簡易線用の小さな蒸気機関車に引かれ、オンボロ支線の線路をガタゴトと揺れながら走り出した。津軽を走っていたD51に比べると、文字通りオモチャのような機関車だった。

列車は葦の生い茂った湿地帯を過ぎ、左手にオホーツクの海を望みながら、のろのろと二、三十分走り、誰一人乗り降りしない廃駅のような無人の駅に停車した。続いて、斜内岬の断崖の急カーブを、甲高い軋み音を発しながら越えると、そこはもう枝幸町内だ。崖下の狭い砂丘には、尖端に白く盛り上がった花をつけたハマニュウやハマボウフウが背丈を伸ばしていた。砂浜には、紫がかった赤いハマナスの花が咲き乱れる群落も見られた。

列車は一時間半近くかけて、二十一日の昼にようやく終着の北見枝幸駅に到着した。連絡船と列車で二晩うたたねをし、一日半をかけてようやくたどり着いたのだ。地元の漁師らしき男や、大きな荷物を背負った行商人など、十数人の乗客がホームにおりた。

真夏の昼だというのに、駅のホームはオホーツク海から吹きつけるガス（海霧）で陽射しがさえぎられ、初秋のように寒々としていた。風にのって、魚の生臭いにおいが鼻をついた。魚の干場や、加工場の排水から出る臭気が街中を覆っているのだ。

鞠夫は白線帽に学生服、高下駄という姿で、寒さと空腹をこらえながら胸を張って駅前広場に降り立った。彼は四修で官立高校に見事入学し、佐賀家を食い物にしようとするボスたちを見返してやったと気負い込んでいた。

だだっ広い駅前広場の正面に、平屋建ての日通出張所があり、左手に二階建ての旅館が立っていた。昭和十八年の春、鞠夫が津軽の国民学校六年に転入するためオカィスマをあとにした時、一番列車に乗るため、父とともに一泊した思い出深い建物だった。その旅館は昔、オカィスマ漁場の船頭だった杉山兵三が経営していたが、太平洋戦争末期に興浜北線の鉄路が撤去された際に、旅館業に見切りをつけ手放していた。

枝幸は、アイヌ語のエサウシ〈e-sa-us、頭が突き出ている場所＝岬〉に由来するとされ、オホーツク海に突き出た台地にへばりついている漁業の町である。市街は明治三十年代初めのゴールドラッシュで、商店や旅館が競って開業し、立派な建物が立ち並び賑わったことにはじまるという。しかし、昭和十五年五月、市街地のほとんどが山火事の延焼で焼けおちたため、バラック様の建物で再建された町並みは、開拓地を思わせる寂れようだった。

高砂通と名づけられた駅前通は、四、五百メートルほどで海岸の崖っぷちに突きあたり終わる。通りで目立つのは、左側に村一番の財閥である檜山拓殖合名会社の事務所があるのと、少し先の右手に焼失を免れたバス会社の古ぼけた家屋が残るだけだった。鞠夫は海岸通の手前を右に曲がり、オカィスマに通ずる道路を見下ろす台地に立つ長林寺に向かった。

曹洞宗長林寺は佐賀家の菩提寺である。お寺の庫裏には、身内のものが集まっていた。キミ婆さん、母のフジ、杉山禎三夫妻、一足先に帰省していた兄の成夫は、昼食をとっていた。そのほかに、オカィスマの牧場を預かるフジの弟・春一夫妻の姿もあった。

やがて、親戚筋の佐賀耕吉や元船頭の杉山兵三夫妻、秋田衆と呼ばれる親しい人々らが市街からやってきた。法要のはじまる直前には、檀家総代の柳谷重吉が、恰幅のいい体軀に喪服を着て、妻と一緒にやってきた。柳谷はキミ婆さんに挨拶したものの、フジには会釈もせず前を通り過ぎ、住職の傍に座った。葬儀委員長を務めたバス会社の河内羌社長夫妻もやってきた。

午後一時過ぎ、一周忌の法要は仮の本堂で営まれた。先の大火で長林寺も類焼し、本堂が焼け落ちたため、仮本堂が建てられていたのだ。鞠夫は、住職と柳谷の会話や、キミ婆さんと話す言葉の端々から、長林寺が本堂の新築工事に着手していることを知った。

一年前、オカィスマの母屋で執り行われた父省三の葬儀は、村はじまって以来といわれる盛大なものだった。奥の仏壇座敷に祭壇を飾り、隣り合う奥座敷や茶の間、ミセ（帳場）を仕切る襖や障子を取り外した。お寺の本堂ほどの広さがある四十畳余りの座敷でも弔問客は入り切れず、家からあふれ出た人々は、ガラス窓を取り外した窓越しに庭から祭壇を拝んでいた。大勢の弔問客のために、貸し切りバスが市街地からオカィスマまで二往復した。

このように盛大に営まれた葬儀も、その内情たるや悲惨なものだった。

省三が息を引き取るや否や、キミ婆さん、フジ、杉山禎三爺さん夫妻、春一夫妻らは、葬式の段取りを相談した。しかし、肝心の葬式の費用を工面するあてがなく、途方にくれるばかりだった。敗戦後のインフレで困窮していた佐賀家には、現金がほとんどなかった。

通夜に間に合うよう、下北の大湊から省三の弟である二本柳守雄がかけつけてきた。着くなり二本柳は、

「葬式の金はどうなっている」

とフジに尋ねた。

「会社の人たちが葬式を出してくれるというので、任せようかと思ってます」

「そんなところだと思ってだ。会社の奴らに借りを作るな、この金銭《かね》で賄え」

そう言って、どこでどう工面したのか、守雄は一万円を差し出した。会社とは枝幸漁業会社のことである。次いで彼は、

「葬儀委員長には誰がなるんだ」

と尋ねた。キミ婆さんとフジが、何人かの候補者の名前をあげると、

「会社の奴らには頼むな」

と言う守雄にしたがい、省三と親しかったバス会社の河内社長にお願いすることにした。

さらに、フジの弟である周一が、父親から後始末を命じられ、実家から駆けつけた。省三の実弟・守雄と青森にいるフジの実父が、それぞれ出してくれた金と、集まった香典で、なんとか葬式の費用は賄えた。こうして、葬儀費用を枝幸漁業から借りずに済んだことで、フジは、

その後の枝幸漁業との漁業権返還交渉に堂々と臨むことができたのである。

長林寺での一周忌の法要が終わり、佐賀家の人々は午後のバスで市街地をあとにした。オンボロのボンネット・バスは、海岸沿いの一本道である浜中街道を、穴だらけの砂利道に車体をがたがた揺らしながら走り続けた（浜中は、アイヌ語のパラ・ヌプ〈para-nup、広い野原〉が転じたもの）。

一本道の両側は、クマザサと寒風にかじけた（萎縮した）低いミズナラの樹林に覆われていた。樹林を抜けると、山側にポロペッツ川の扇状地が造る広大な湿地帯が開け、海側には低い砂丘が続く。湿地には、濃い紫色のヒオウギアヤメや黄色いエゾカンゾウが咲き乱れていた。

三十分ほどしてポロペッツ川に架かる木橋を越えると、サンケシの丘陵に登る急坂の難所となる。バスは喘ぐようにエンジンをふかし、ゆっくりと坂を登った。丘陵を下って、ツシマコタンの渓流にかかる千古橋を渡り、スズランの咲き乱れる低い丘を越えるとオカィスマの集落だ。

鞠夫は一年ぶりに、小学校の校庭角にある停留所に降り立った。

小学校を左手に見ながら、かじけたカラマツの並木道を進むと、海側から強烈なコールタールの臭いが吹き上げてきた。やがて視界が開ける神社の坂上に立った鞠夫は、前浜一帯を見渡し、生家の周辺の変わりように眼を見張った。

父の葬式に駆けつけた一年前、前浜は原野さながらに荒れ放題だった。大人の背丈をはるかに超える竹林のようなドングイ（大虎杖《おおいたどり》）の林やススキ、カヤツリグサなどの群落が、倉庫や小屋を覆い隠していた。

しかしいま、それらの草叢が綺麗に刈り取られたことで建物は姿を現し、漁場の作業場となった砂丘では漁夫たちが働いていた。番屋から船倉の前に拡がるあたりに立ち並ぶハザ掛けには、コールタールに染められた魚網が張り巡らされ、迷路のように前浜を仕切っていた。

佐賀家の家屋敷は、オホーツク海に面した海辺に散開して立つ。母屋は神社の坂道をおりた海岸段丘の崖下に位置し、道路沿いの北側と海に面した東側に板塀を巡らした五十アールほどの敷地内にある。赤茶色のトタン屋根に覆われた大きな母屋と、渡り廊下でつながる常倉、その裏手に土蔵のような格好をしたトタン張りの倉が三つ並んでいた。

母屋の右手には、屋根の上に煙出しのついた大きな番屋があり、母屋と番屋の前に連なる砂利を敷きつめた広場には、船倉《ふなぐら》や網倉、塩倉や鰊の廊下（仮収納小屋）などが散開していた。さらに母屋の斜め左前には、高床式のひときわ頑丈な造りの米倉が立っていた。

母屋は、佐賀家の先祖がでた下北半島の大宅《おおやけ》（資産家）で見られる造りをなぞっていた。屋根が切妻造りになった母屋は、棟木こそあまり高くはないが、がっしりとした風格のある建物だ。母屋の北側には、板塀を張り巡らした築山にオンコを植えた坪庭が造られていた。

母屋は、正面の左手に突き出た玄関からなかへ入ると、奥の突きあたりにある台所までが、通り土間になっていた（戦時中、土間の奥は板敷きに造り替えられた）。そして土間の右手に、手前からミセ（帳場）、茶の間と呼んでいた客間、居間の順に部屋が並び、茶の間の奥には仏壇座敷、その左右に奥座敷、寝室があった。居間の続きは、板敷きの広い台所になっており、納戸、風呂場があるほか、居間の裏右手には、廊下伝いに女中部屋、その奥に廊下から坪庭を眺められる縁側が設えられた広い離れ座敷があった。

鞠夫が居間に面した勝手口から入ると、そこに同じ年頃のおかっぱの女の子がいて、

「まきこです」

と挨拶された。噂に聞いていた青森の母の実家につながる親戚の牧子で、漁場が開かれることになったので手伝いにやってきたのだ。

茶の間に入ると、今度は見なれない中年の精悍な男が坐っていた。どうやら、一周忌の法要から帰る佐賀家の人々を待っていたようで、

「一周忌の法事、お疲れさまでした。私も参加させていただこうかと思ったのですが、枝幸漁業の柳谷さんも出られると聞き、遠慮しました」

と一同に話しかけた。

すると兄の成夫が、

「大洋漁業の佐々木さんだ」

と鞠夫に紹介してくれた。成夫にうながされ、

「次男坊の鞠夫です」

と、初対面の佐々木に挨拶した。

「オカィスマで漁場をやることになりました、㋩の佐々木です」

小柄ながら眼光の鋭い男で、突き出た鷲鼻の下に髭をたくわえていた。その風貌から、鞠夫は白系ロシアの血をひいているのではないかと思った。

法要から帰宅した人々は、囲炉裏を囲んで座った。主の席である囲炉裏の横座にキミ婆さんが座り、向かって右手に㋩の佐々木、春一叔父、鞠夫が、左手には禎三爺さん、成夫、フジが座った。

命日とあって、横座の背後、開かれた布張りの襖の間から見える奥の豪華な仏壇には、太い蠟燭が灯されていた。仏壇座敷に続く長押《なげし》には、神明三社造りを模した白木の大きな神棚が、蠟番の壊れた観音扉を立てかけたまま祀ってあった。

「一周忌ばすみましたども、秋味漁《あきあじ》がはじまりますんで、よろしくおねげえします」

キミ婆さんがみなを見渡しながら会釈した。

「作業をはじめるのが遅れましたが、この半月あまり漁夫たちが頑張り、ご覧のようになんとか漁期に間に合わせようと、遅れを取り戻しつつあります」

と佐々木が、お茶を飲みながら話を切り出した。

「大洋漁業のみなさんには、いろいろとご迷惑をおかけして申し訳ありませんでした」

フジは改めて深々と頭を下げた。

「いや、こちらこそ送金が手間取り、ご迷惑をおかけしました」と佐々木が答えた。

フジが詫びたのには理由があった。一月に枝幸漁業からオカィスマの鮭定置漁業権を取り戻したものの、正式に会社を脱退するには、契約期間の残る一年分の違約金三十万円を支払うという条件がついていた。

その違約金に充てる㋩からの送金が遅れたことと、脱退する手続きに手間取り、着業が延び延びになっていたのだ。最終的に、文盲のキミ婆さんの代理として、青森から妹婿にきてもらい、脱退の文書を取り交わしたのは七月と大幅にずれこんでしまった。

㋩の佐々木は成夫に対し、佐賀家の跡継ぎとしてだけでなく、海軍兵学校を卒業していることに対して一目置いているようだった。

もともと彼は、海軍に格別の畏敬の念を抱いていた。昭和十六年十一月、択捉《エトロフ》島の漁場にいた佐々木代表は、単冠湾《ヒトカップ》の沖合に停泊した多数の艦船を目撃し、その威容に眼を見張った。演習のために集ったのかと思ったが、その後、それは真珠湾攻撃に向かう聯合艦隊が集結した場面だったことを知ったのである。

一方、成夫は昭和十八年十二月、弘前中学四年から海軍兵学校へ入学したが、昭和二十年八月、日本はポツダム宣言を受諾し敗戦。陸海軍は解体され、成夫ら兵学校七十五期は、海軍少尉に任官され、繰り上げ卒業となった。昭和二十二年四月、彼はもう一度人生をやり直そうと、第二高等学校の難関を突破し入学したが、そのわずか三か月後、父省三が急死。そのため彼は、六年かかる二高・帝大の進学コースを断念し、家業を継ぐために当時、私大のなかでは学資が安く、三年で卒業できる中央大学に入学したばかりだった。

歓談が一区切りつくと、成夫は前浜を見渡すことができる二階の書斎へ上がっていった。

一方、茶の間に残っていた鞠夫は、

「鞠夫くん、前浜を案内しよう」と㊫の佐々木にうながされ、母屋をあとにした。

二人は、溝《どぶ》を挟んで右手に建つ番屋を見回った。鞠夫は漁場のメインとなる建物、番屋がすっかり修復されているのに驚いた。彼が幼い頃、オカィスマの鮭漁場は閉鎖され、番屋は物置となって放置され、お化け屋敷のように荒れ果てていたからだ。

それが、ところどころ板を張って凌いでいた窓は、すべて新しいガラスを入れて修復されていた。また、破れていた下見板張りの外壁は、継ぎはぎとはいえ真新しい板で補修され、見上げると屋根は真新しい柾《まさ》で葺き替えられていた。

二人は番屋の角にある事務所に立ち寄った。

事務所には小川正義帳場がいたので、挨拶を交わした。小川帳場は、アメリカ映画の俳優ジェームズ・キャグニーばりの苦虫を嚙み潰したような顔をしていた。彼は㈲青森支社の社員で、枕崎出身の薩摩隼人ということだった。

「鞠夫くん、これがカムイシの沖に建てる定置網の『型』の設計図だ」

佐々木が指差した大きな俎板ほどの白木の板には、大工が材料に線を引くのに使う墨で、模型飛行機の枠に凧の尻尾を長くしたような線が描かれていた。そして、骨組状の線の周囲や尻尾の線の左右に、無数の虫ピンのようなものが纏わりついていた。

「定置網は、『型』と言う太いロープでできた縄張りを海の上に張り巡らし、その縄張りに網を吊りさげ、秋味を追い込んで獲る仕掛けだ。今年はオカィスマに乗り込むのが遅れたので、陸網《おかあみ》を省いた定置網にした。それでも、垣網の長さは千間（千五百メートル）ぐらいになるはずだ」と、設計図の説明をはじめた。

定置網（落とし網）は、海面上に無数の浮子《あば》（ガラス玉）で浮かした太い「型綱（側張り《がわば》）」を沖合にむかって張り延ばし、それを碇綱《いかりづな》でところどころ海底に沈め、土俵《どひょう》（土砂を詰めた俵《たわら》）の束を繋げて固定する。先の図面の「型網」に互い違いに引かれた虫ピンのような線は、碇綱と土俵を示していた。そして「型網」に、トワイン（マニラ麻）で編んだ垣根状の漁網を吊りさげ、鮭の群れを追い込んで捕獲するのだ（145ページ参照）。

「型」は、身網（胴網）の部分と垣網（手網）の部分からなる。

矩形の枠状になった身網は、沖合の尖端に設置し、鮭の群れを囲い込む囲網《かこいあみ》と、囲網から誘い込んで水揚げする袋網（箱網）とを繋ぎ合わせた構造になっている。およそ横幅三十間（四十五メートル）、縦幅は最大十間（十五メートル）だ。身網から陸《おか》につらなる垣網は、鮭の群れの行く手をさえぎり、身網に追い込む網で、沖網、中網、陸《おか》網の三つに分けて作られる。

定置網の沖出しは、水深十八尋（二十七・二七メートル）までと決められている。

「オホーツク海を北に向かってやってきた鮭の群れは、カムイシの沖に張られた垣網に行く手をはばまれ、沖合の身網の囲網のなかに入り込む。そして、昇り網を通って袋網へ雪崩れ込むんだ。網起こしというのは、鮭であふれた袋網を引き揚げる作業だ」

佐々木は鷲鼻を突きだし、得意げに説明した。

「鞠夫くん、番屋のなかも見ておくといい。漁夫たちが寝起きして、見違えるように活気づいているから」

佐々木は鞠夫を連れて事務所を出ると、番屋へ向かった。

開け放たれたままの分厚い扉からなかへ入ると、魚介の生臭さと、男の体臭の交った漁場の匂いが鞠夫の鼻をついた。彼が知っている、子供の頃、使われないままになっていた番屋の澱んだ空気は一変していた。

太い角材の梁に支えられた、煙出しのある高い天井の下に拡がる土間の壁際には、真新しい横長の大きな机と椅子が置かれていた。右手の一段高くなった板の間には、大きな囲炉裏が切ってあり、太い竹の炉鈎《ろかぎ》に大きな鉄瓶が下げられている。周囲の板壁には、カンテラや作業衣、合羽などがかけられ、奥にある板戸の向こうが幹部の住居になっていた。

土間を挟んだ中央左手のだだっ広い空間には、芝居小屋の桟敷を小さくしたような二段の寝台が造りつけられていた。板間には漁夫たちが雑魚寝するための莚《むしろ》が敷かれ、せんべい蒲団や行李、風呂敷包みなどが所狭しと置かれていた。

鞠夫が番屋の活気ある雰囲気に眼を見張っていると、奥の炊事場から割烹着姿の賄いの女たちが顔を出し、二人に気づいてあわてて引っ込めた。

「やあ、邪魔したな」

佐々木は女たちに声をかけ、番屋をでて道を横切った。

「三十人いる漁夫の主力部隊は、ポロペッツ川で土俵詰めをやっているんで、前浜で働いている人数は少ないんだが、まあ作業の状況を見て回ろう」

前浜のどこを見渡しても、幼い頃に鞠夫たちがカクレンボをして遊んだ、ドングイ（大虎杖）の藪のなかに隠れていた馬鹿でかい三半船《さんぱせん》――昔、漁夫たちが太い櫂で漕いだ――の残骸や、ダンブ（一間五尺ほどの長さの太い丸太に穴をあけたもの）の山は見あたらない。朽ちかけたまま林立していた網干し場の柱は、真新しい丸太と横組みに取って変わり、コールタールに染められた太いトワインで編んだ網が、うねるように干されていた。

鞠夫はこれまで廃墟同然だったオカィスマの鮭の漁場が、佐々木の魔法で目の前にいきなり蘇ったかのような錯覚に襲われた。

「佐賀さんの鞠夫くんだ」

佐々木が紹介したのは、鐘馗様《しょうき》のようにがっしりした体軀に、禿げ上がった頭の、見るからに実直そうな大船頭《おおせんどう》だった。

「船頭の中川原千太でごぜえますだ。百石《ももいし》の一川目《ひとかわめ》（現青森県おいらせ町）のもんだす」

大船頭は鉢巻をしていた手拭をとり、一目で南部衆とわかる風貌どおり、強い南部訛りで挨拶した。この大船頭の監督の下、手拭で頰かむりした漁夫たちが前浜で立ち働いていた。

鞠夫は漁夫たちが、彼の制服姿にちらちらと視線を向けるのを感じた。

「これが『型』の張網だ」

鞠夫は、足の踏み場もないほど前浜一帯に張り巡らされた、ワイヤーにロープを巻きつけた頑丈な太い張綱に目を見張った。その傍らには、ロープの網をかぶせた、直径一尺を超えそうな分厚い中空のガラス玉が山積みになっていた。重い「型」を海面に浮かべるための浮子《あば》だ。

「昔は、型を浮かべるに丸太のダンプを使っていたが、ダンプは浮力が弱いので、小規模な定置網しか仕掛けられなかった。でも、浮力の強いガラス玉を使うようになって、網も大規模になり、入り組んだ仕掛けの身網ができるようになったんだ。そのおかげで、漁獲量も一気に増えてね」

佐々木の説明に、鞠夫は幼い頃、遊び場にしていたダンプの山は、定置網の浮子《あば》であったことを初めて知った。

佐々木は漁夫たちの作業を見渡しながら鞠夫に言った。

「どうだね、鞠夫くん。秋味の定置網の仕組みが大体摑めたかね」

「いやあ、なにしろ途轍もなく大きな仕掛けで、見当がつきません。網やロープの太さ一つをとってみても、子供の頃に見慣れていた鰊の刺し網とは、比べものにならない頑丈なものですから」

「はっはっは。そりゃ、鰊の刺し網と鮭の定置網では比べものにならないさ。いや、鰊漁だって建網（定置網）では、鰊が群来《くき》ると一晩で二百石も三百石も獲れる。鰊であふれた袋網から枠網という網に移し、岸まで引っ張ってきて陸揚げしたもんだ」

佐々木と鞠夫が立ち話をしているところへ、隣の家の三浦吉太郎とツシマコタンの増田倹吉がやってきた。二人とも、鰊の刺し網で生計をたててきた地元の漁師だった。苦みばしった顔の増田は、明治末期に漁業開拓で移住してきた漁師の倅で、筋肉質の体軀に肩をいからしていた。赤ら顔をした三浦は、ヤン衆（アイヌ語の〈yaun、内地〉に由来）として鰊場に出稼ぎにきて、そのまま地元の漁師の娘婿になった小太りの男だ。

「こんちゃあ、親方。仕事のほうは捗ってますかなあ」

昼間から濁酒《どぶろく》でも飲んだのだろう、酒臭い息を吐きながら三浦は横柄な口をきいた。

「おう、ズドラースト　ヴィーチェ（ロシア語で〈こんにちは〉）。ああ、まだ遅れているけど、コンブ干しまでには『型』を仕上げ、前浜を明け渡すから心配するな」

と佐々木は先手をうった。

「んだがあ、コンブ獲りまでに大方終わってくれれば、都合いいんだどもな」

漁師たちにとって、春の鰊漁とともに夏場のコンブ漁は大きな収入源だった。そのため、ⓗが操業するにあたって、前浜での作業が夏場のコンブ干しに影響が出ないよう段取りすることを、近隣の漁師たちから申し入れされていたのだ。もともと、前浜一体の干し場は佐賀家の所有地だが、永年にわたり集落の漁師に貸し出していたことから、彼らはまるで自分の土地であるかのように使っていた。

「やあ、親方。さすが㊕だけあって、見たところは大がかりな仕掛けだな。こったらでっかいガラス玉の浮子《あば》だば、おらあ初めて見たども、時化でもぶっ壊れないもんだべな」

今度は見るからに陰険そうな増田が、軽口をたたいた。

「そりゃそうさ。㊕が建てる建網は、日本でも最新式の定置網だ。枝幸界隈の旧い建網とは大違いだ」

鼻っぱしの強い佐々木は、気色ばんでやり返した。

「枝幸界隈の建網と違うって？　どこが違うんだが知らねども、昔のオカィスマやオチュウペッツの秋味網だば、もっとちゃっこい網で何百石も獲ってきたんだけどな」

増田と三浦は、法螺を吹いて佐々木を冷やかした。

「陸《おか》の上にある網を見て、つべこべ言わないでくれ。沖に『型』が張られてから言ってもらいたいもんだね。昔の建網とは違うんだからな。漁期がはじまってから驚くなよ」

佐々木は意地になって言い返した。

「んだしなあ……。どれだけ秋味がかかるか、秋になるのが楽しみですな」

二人の漁師は、憎まれ口を言うと去っていった。

ツシマコタンの増田は、以前から亡父省三のことを快く思っていなかったようで、父の死後、あからさまに㊩との提携に難癖をつけるようになっていた。ツシマコタンはオカィスマの隣の集落で、春一叔父に任せているサンケシの牧場と増田の放牧地が隣接していることも、増田にはおもしろくないようだった。なお、ツシマコタンの地名は、アイヌ語のテシマコタン（tes-mak-kotan、簗《やな》の奥にある集落）に由来すると推測できる。というのも、低い丘の南麓にかつて鮭が遡上したと思われる渓流があるからだ。


佐々木と鞠夫は、前浜のはずれの熊石まで足を延ばした。

「この先のカムイシの、二キロほどの沖合が建場だ」

佐々木は、東の方角の沖合を睨みながら指差した。

熊石はオカィスマ（アイヌ語で〈群がる岩〉）の由来となった場所で、波打ち際でごろごろと連なる大きな岩石は、海へ雪崩こんだように重なり連なっていた。そして、砂浜を挟んだ背面の崖側には、見上げるような巨岩がそそり立っていた。

「佐々木さん、ここは熊石と呼ばれていますが、その言い伝えは聞かれましたか」

鞠夫は佐々木に尋ねた。

「熊石の言い伝え？　いや、聞いていないが」

「そうですか。子供の頃、父から聞いた話では、昔、ヒグマとトドが戦って、両方とも力尽きて倒れ、そのままここで岩になったんだそうです。崖になっている岩がヒグマで、海から浜に乗り上げるように積み重なっている岩がトドだというんです。トドという動物をみたことはありませんが」

「そうか、昔はこのあたりにもトドがいたのか。トドはトッカリ（アイヌ語で〈アザラシ〉）の何倍もある獰猛な海獣で、択捉では網にかかった鮭を群れで食い荒らす厄介な野郎だった。オスは一トンにもなるでっかい奴がいて、猟銃の弾があたっても平気で、まったく手に負えなかったな」

二人はしばらくの間、浜辺から海に連なるトド岩の団塊を黙って眺めていた。

＊熊石伝説

むかしむかし、ある夏の寒々とした夜半のことだった。オカィスマの辺り一帯に、突然、雷鳴のような咆哮が轟き、シル（大地）がシリシモエ（地震）のように激しく揺れた。

驚いたコタン（集落）のアイヌたちはチセ（家屋）のそとへ飛び出した。

熊石（『枝幸町史　上巻』1967より）

見よ！　浜辺に大時化のような波しぶきが舞い上がり、陸の王者キムンカムイ（ヒグマ）と海の王者エタシペ（トド）が巨体と巨体をぶっつけ合い、壮絶な死闘をくりひろげていた。しかし、容易に勝敗は決しなかった。

すると、シルを騒がせたことがカント（天界）のカムイ（神）、アペフチ（火）の女神の怒りに触れたのだろうか、天空が裂け燃え上がったかと思うと、七色に輝くヴェールが地上に舞いおりてきた。その瞬間、キムンカムイの巨体とエタシペの巨体がドオーッと地響きをたてて倒れた。

空が白みはじめ、アイヌたちが恐る恐るオカィスマの浜に近づいてみると、キムンカムイの鋭い爪とエタシペの硬い牙が互いに相手の身体を引き裂き、浜辺は真っ赤な鮮血で染まっていた。やがて、キムンカムイは砂浜を見下ろすピライ（崖）にそそりたつ巨大な岩石となり、エタシペは波打ち際から海中に降り（オ）重なる（カイ）巨石（スマ）群に変わり果てた。

五　波乱が続いた佐賀家の歴史――昭和二十三年八月

八月初め、事件は法要を終えた鞆夫が、早々と津軽へ戻ったあとに起きた。

フジがお手伝いの牧子と台所で夕食のあと片づけをしていると、近所の子供たちが玄関に飛び込できて叫んだ。

「佐賀さんのかあさん、大変だ。雇いたちが、知らない男たちと取っ組み合いの喧嘩をしてるドーッ！」

子供たちのただならぬ気配に、フジは下駄をつっかけて外へ飛び出した。母屋の前の小さな広場で、オカィスマ漁場の漁夫たちと見慣れぬ男たちの一団が、怒鳴り声をあげながら乱闘を繰り広げていた。殴りこみをかけてきた男たちの一人の手もとで刃物が光った。

「なにしてけつかる、おめえだちは！」

やくざのような啖呵を切ると、フジは男たちの間に飛び込み、刃物を握っている男の腕に食らいついた。いよいよ土俵入れがはじまろうとする時期に、漁夫に怪我人が出ては大事と、とっさに捨て身の行動に出たのだ。

不意に白い割烹着姿の女が飛び込んできたので、男たちは気勢をそがれた。女を巻き添えにして怪我をさせては男がすたると、荒くれ男たちは互いに身を引き、乱闘はようやく収まった。あとでわかったことだが、二、三日前、市街の飲み屋でオカィスマ漁場の漁夫と、ポロペッツ川の奥にある造材飯場の流送人夫たちとの間で諍《いさか》いがあり、その仕返しにやってきたという。冬の間に伐採された丸太は、雪解けをまって筏に組み、上流から河口に近い橋の上手の積出し河岸まで運び出される。太い針葉樹を切り倒す作業も、丸太を筏に組んで川を下る作業も、命がけの危険な仕事だけに、人夫のなかにはやくざや特攻崩れなど、命知らずの猛者も少なくないようだった。

夕食後、㋩の佐々木代表が小川帳場と中川原大船頭をともないやってきた。

「いやあ、奥さん。お詫びというか、お礼に参上しました。先ほどは、漁夫たちが大変おせわになりましたそうで……」

日頃の傲然とした態度とは打って変わり、佐々木は低姿勢だった。

「若《わげ》えやらんど（者たち）の騒動ば収めてくれで、ありがとうごぜえました」

佐々木に続いて大船頭の中川原が、巨体を小さく縮めながら平身低頭謝った。

とまどいながら、フジは三人を居間に招き入れた。ストーブをはさんで、佐々木、小川、中川原に向かい合うようフジは座った。

「危ないところでした。奥さんのおかげで怪我人を出さないで済みました」

中川原は深ぶかと頭を下げ、再びフジに謝った。

「いいえ、たいしたことではありません。そんな大げさにしないでください」

フジは落ち着いた口ぶりで答えた。

「奥さん、津軽の女はジョッパリ（頑固者）だと噂に聞いていましたが、奥さんのジョッパリに助けられました。本当にありがとうございました」

鹿児島生まれの小川帳場も、慣れない津軽弁を交えてお礼の言葉を口にした。

「オカィスマに来て、私はカラキヂな女《おなご》になりました。ジョッパリのうえをカラキヂと言うんですよ」

フジは笑いながら答えた。彼女の男勝りの行動は漁夫たちを驚かせ、それ以降、彼らはフジに対して畏敬の念を示すようになっていく。

乱闘騒動の話題が一段落すると、佐々木はお茶代わりの焼酎を所望し、くつろいだ表情を見せた。

「ところで、このたびは八重田のお爺さんに大変お世話になりました」

佐々木は改まって、フジにお礼を言った。

「お気に召さないかもしれませんが、青森は住宅事情が悪いので我慢してくださいね」

佐々木の家族は、北洋漁業の根拠地である函館に住んでいた。しかし、佐々木の㈲青森文社勤務にともない、函館から青森へ転居することになった。そのことを聞いたフジは、実家の八重田の爺さんに頼んで、生家の近くに借家を探してもらうよう依頼したのであった。

敗戦直前の七月二十八日深夜、青森市はB29大編隊の空襲を受け、市街の九割を焼失した。フジの生家がある八重田は、造道《つくりみち》の松並木や種鶏場を隔てた街外れにあり、火の手が及ばなかったことから古い農家の空き家が残っていた。

「東京で学校の先生をしておられたご主人と一緒に、よくもこんな辺鄙な漁場にこられたものですな、奥さんも。何度伺っても、合点がいきません」

佐々木はフジ夫妻がオカィスマに来た経緯を尋ねた。

「主人は東京・小石川の小学校で訓導（小学校教諭の旧称）をしており、池袋の西口に住んでいました。ところが、こういうのもなんですが、詳しい理由を知らされぬまま、私は主人に騙されてランプ暮らしのオカィスマに連れてこられたんです。枝幸は鉄道が通っていないけど、ハイヤーがあるから心配ないという話でした。たしか、小頓別の駅からハイヤーに乗りましたが、山間の峠道を転げ落ちそうになりながら走り、ハイヤーに乗ったまま渡し舟に乗せられてポロペッツ川を渡ったときは、川のなかに転がりおちるのではないかと怖くて震えました」
昭和五年四月初旬のある夜、省三、フジ夫妻は大勢の教え子に見送られ、上野駅をあとにした。途中、青森のそれぞれの実家や親戚の家に挨拶回りをかねて逗留し、北海道に渡ったのは五月下旬になってからのことだった。

青森を発って二日目の朝、夫妻は当時三歳の幼い成夫を連れて、宗谷本線から支線に格下げになった北見線の小頓別駅に降り立った。迎えにきた中西自動車のオンボロのフォードは、天北山塊の谷間を走るクマザサだらけの山道を、舌を嚙みそうなほど揺れながら越えた。

そして、人家のまったくない海岸の一本道をひた走り、大きな川の手前で停まった。道路が川岸で途絶えているのだ。夫妻を乗せたまま、フォードが接岸している渡し舟に乗り込むと、艀《はしけ》は大きく揺れた。そのとき、自動車もろとも川へ転落するのではないかと肝を冷やした――フジにはそんな思い出があったのだ。

その川は、北見山系北部の主峰シュポペルシケ岳《シル》(千百三十メートル、函岳とも)の北麓を源流とする、長さ四十キロほどのポロペッツ川だった。河口にちかい川幅は百メートル(六十間)余りと広いうえに、川底の地盤が軟弱で、橋を架ける工事は難航した。ようやく昭和八年夏、三年がかりで木造の橋が架けられたが、これはオホーツク海沿岸で一番遅い架橋となった。

「昭和五年に枝幸にこられたそうですが、そのときはもう枝幸漁業があったはずですが」

「そうなんです。主人は会社勤めができるという話で、学校の先生をやめて北見国《きたみのくに》くんだりまでやってきたのです。でも、枝幸漁業は勤めさしてくれませんでした。キミ婆さんとよそ者の主人は、会社を牛耳る役員の男衆に太刀打ちできなかったんです」

ここで佐賀家の略史を述べておこう。

初代の佐賀長兵衛は文化十三年(一八一六)、陸奥国外南部奥戸《おこっぺ》村(現大間町)の赤田善右エ門の四男として生まれた。八歳のときに、同じ下北半島にある現風間浦村の佐賀長兵衛の養子となり、のちに長兵衛を襲名した。天保三年(一八三二)、十七歳となった佐賀長兵衛は、場所請負人栖原《すはら》家に仕えていた養父長兵衛と同じ道を歩もうと蝦夷地に渡り、その後、天保八年(一八三七)、高田屋嘉兵衛亡き後、北の海を支配する場所請負人藤野家が請け負う宗谷場所で炊丁《かしき》(水夫見習い、炊事雑役夫)として雇われた(当時の船乗りの序列は、船頭、知工《ちく》〈帳場〉、表〈航海士〉、親父、水主《かこ》〈水夫〉、炊丁)。この時から、彼とオホーツクの海との因縁がはじまったのである(場所請負人については「近世後期の蝦夷地区分図」〈15ページ〉の解説参照)。

藤野家の宗谷場所で働いていた長兵衛は、精勤ぶりが認められ、数年後には知工《ちく》(帳場)となった。三十代半ばで小頭に取り立てられてからは、陸《おか》にあがって宗谷・利尻・礼文・枝幸・紋別の五郡に置かれた数場所の漁場を監督するまでに出世した。

明治三年、明治政府は場所請負制度を廃止し、開拓使直営とする。しかし不漁に遭遇したため、その翌年には事実上の場所請負が場所持制度と名称を変えて復活する。このとき佐賀長兵衛は、宗谷支庁管内を請け負う伊達家の取締役となった。

明治九年に場所持制度が廃止されると、宗谷、枝幸の二郡は伊達家・栖原家の共同経営に貸しさげられる。その前年の明治八年、日露交換条約で樺太の漁場から撤退させられた伊達家と栖原家は相次いで経営不振に陥り、伊達家を離れ栖原家に仕えていた佐賀長兵衛は、その二年後に独立したのである。

その後、佐賀長兵衛は幾多の苦難を乗り越え、旧歌登村オカィスマで鰊・鮭建網（定置網）数ヶ統を自営したほか、旧枝幸村から旧歌登村、旧礼文村（明治期に枝幸郡にあり、のち枝幸村となった）にかけての十二里余（約五十キロ）の間に、鰊・鮭建網二十数ヶ統を所有して賃貸金を得る、オホーツク海沿岸有数の網元となっていた（『北海立志編』より）。そして明治三十年、八十二歳の天寿を全うして没した。

これより先の明治二十七年、キミ婆さんが十九歳のとき、南部・陸奥横浜の杉山家から西蝦夷地の最涯《さいはて》オカィスマへ、年下である佐賀長兵衛の子息長治のもとへ嫁いできた。その頃のオカィスマには、佐賀家や親戚など十戸と、アイヌが数戸あるだけだった。それでも、当時としては纏まった集落だった（明治二十九年頃、枝幸市街には約三百戸があったという）。

明治三十五年には、漁業法が施行された。長兵衛の子息長治は、相続した漁場の権利を申請し、漁業法のもとで初代佐賀長兵衛から引き継いだ鰊・鮭の定置網漁業権（物権）が正式に認められたのである。

ところが、漁業権が許可された半年後の明治三十五年十二月、二代目長兵衛（長治）が二十六歳の若さで急死した。ここから、佐賀家の悲劇の歴史がはじまることとなる。

若くして未亡人となったキミ婆さんと夫長治との間には子供がおらず、初代長兵衛の娘婿、新田金作の息子耕吉を養子に迎えた。金作は下北出身の親子まぎ（一族）の漁師で、一時は長兵衛の養子となり、オカィスマ漁場でその片腕として働いていた。その後、長兵衛夫妻に長治が生まれたので、長兵衛は金作に漁業権を貸し、資金援助をして分家させ、旧礼文村で漁場を自営させていた。

長治が急逝したあと、枝幸の策謀家たちは金作をたぶらかし、キミ婆さんを隠居させ、幼少の耕吉を名ばかりの戸主に仕立てた。そして、耕吉の後見人となった呉服商渡辺米四郎らは、耕吉の名義になった佐賀家が所有する多数の漁業権を、争って蚕食していった。

彼らに対抗するため、キミ婆さんは日高の漁場にいた弟の禎三夫妻を呼び寄せた。しかし、二十歳代後半の姉弟では、策謀家たちに敵うわけもなかった。たまたま、日露戦争での勝利によって樺太が日本に割譲され、策謀家たちは枝幸より儲かる樺太の漁場へ眼をつけて枝幸を離れたため、辛うじて佐賀家は生き残った。なぜなら、北海道の鮭の漁獲量は、明治年間に平均四百六十万尾（七万七千石）あったものが、大正以降は三百万尾（五万石）にまで減少していたからだ。

この機に、キミ婆さんは裁判に訴え、佐賀家の戸主に復帰するとともに、残っていた十ヶ統余の鮭定置網漁業権や土地を、耕吉と折半して分家させ、亡夫長兵衛の資産を辛うじて取り戻した。しかし、キミ婆さんと弟の禎三だけで、鮭定置網漁を経営するのは容易ではなかった。二人は、市街の商店主吉野嘉三郎と帳場の柳谷金蔵の力をかり、共同でオカィスマの漁場を続けた。

一方、大正十年に渡辺米四郎のあと、耕吉の後見人となっていた金作の弟分・神成広吉が死ぬと、枝幸の新興漁業家たちは耕吉の放蕩ぶりに眼をつけ、悪企みを巡らした。耕吉行きつけの料亭、梅の家の芸妓を使ってそのかし、毎晩のように登楼させては散財させた。そして遊興費のかたに、耕吉が所有する漁業権や土地を切り売りさせ、それらを手中に収めていった。

大正中期から、日魯漁業などの漁業資本は、カムチャツカの鮭漁に進出した。さらに昭和三年、北太平洋の母船式鮭鱒沖取漁がはじまり、資源の減少が著しい北海道の定置網鮭漁への影響は免れられないと見られていた。

そこで昭和四年五月、枝幸海域の網元である檜山拓殖合名会社（トイマッケ三ヶ統）、小樽在住の廣谷（エサシ三ヶ統）、佐賀・吉野・柳谷（オカィスマ三ヶ統）、檜山・柳谷（ポロペッツ一ヶ統）が、鮭漁業権を現物出資し、会社を設立する旨の覚書を取り交わした。そして八月には、谷村（オチュウペッツ三ヶ統）の参加も決まり、資本金四十六万円で枝幸漁業会社が設立された。

ところが、佐賀家は大株主（廣谷と共有するエサシも財産目録に含まれる）でありながら、平取締役からすらはずされ、網元としての地位が揺らぎかねない事態に直面した。そこで禎三爺さんは、下北のキミ婆さんと自らの生家である杉山一族にこの事態を連絡し、急遽、親族会議が開かれた。その結果、キミ婆さんと禎三爺さんを救うために、東京で小学校の訓導をしていた腹ちがいの弟省三をオカィスマに送り込むことで、巻き返しを図ったのである。

昭和五年五月、東京から省三がやってきたものの、枝幸漁業は佐賀キミの名代である省三を、会社の職員として勤務をさせることはなかった。

それどころか、半年後の十一月には資本金を五十六万円に増資し、タラ延縄《はえなわ》漁を経営していた海野嘉平と能登谷彦造が新たな株主として加わった。そして檜山拓殖の檜山徳兵衛が取締役社長に、柳谷重吉と谷村忠吉が常務取締役に、海野嘉平と廣谷敏蔵が取締役に就任。吉野嘉三郎と能登谷彦造は監査役に就いたが、佐賀キミは引き続き取締役からはずされた。

海野と能登谷がどのようにして漁業権を手に入れ、枝幸漁業の役員に就任したのか、その経緯は定かではない。しかし、増資の経緯を記した書類には、佐賀耕吉の所有する漁業権の名義変更が複雑におこなわれており、耕吉が絡んでいると推測される。

小学校の訓導にすぎなかった省三は、海千山千のジャコ（漁場を渡り歩くしたたかな漁夫）あがりの男たちを相手に、凄みをきかせて食いさがるような迫力は持ち合わせていなかった。

昭和五年秋の鮭漁こそ豊漁だったが、昭和六年から同八年までは不漁が続いた。そこで枝幸漁業は、昭和八年秋の漁期をもって、採算性に劣るオカィスマ漁場などを閉鎖し、漁場をトイマッケとオチュウペッツに集約したことから、枝幸漁業における佐賀家の発言力はさらに低下することになった。


ここで、キミ婆さんと禎三爺さん、そして腹違いの弟省三の生家について説明しておこう。杉山家は、南部藩領・陸奥横浜村の旧家である。江戸時代後期、キミ婆さんの高祖父と曽祖父の時代にヒバ材の運上請負人として頭角を現し、名字帯刀を許されたうえに肝煎（名主）を勤めるまでになった。文政三年（一八二〇）、高祖父の杉山源治郎は、南部藩から伐採権を与えられていた七戸大坪山の檜材数百石を、加賀の豪商・銭屋五兵衛と取引するほどの山師《やまし》（山林の買いつけや伐採を請け負う者）だった。

幕末、杉山家は旅籠《はたご》も営んでおり、明治になってからは郵便局も兼営していた。しかし明治六年、火事で全焼したことをきっかけに家運は傾いていく。

キミ婆さんが十七歳のとき、生母の死にともない後添えがきた。ちょうどその頃、下北半島・下風呂《しもふろ》の海産物商が、北海道で網元となった下北出身者が息子の嫁を探している、という話を持ち込んできた。西南戦争後のデフレに喘いでいた当主の源吉は、これ幸いと長女キミを網元である佐賀家の長男に嫁がせたのである。

明治四十年、日露戦争後に発生した恐慌のあおりで杉山家は破産し、貧乏のどん底へ突き落とされた。七男の俊二（後妻との間に生まれた長男）は三本木農業を中途退学し、八男の省三は営林署の給仕に出ることになった。省三の向学心を知った鹿児島出身の署長夫妻は、勉強を教え、給費の青森県師範学校に入学できるよう手助けしてくれた。

師範学校を卒業すると、省三は上京して小石川区の明化小学校の訓導となり、夜間大学に通って勉学に励んだ。その頃、師範学校時代に知りあった、中村家の次女フジと結婚している。フジは青森女学校を卒業後、上京して九段の和洋裁縫女学校に通っていた。そんな省三、フジ夫妻が、陸奥横浜の杉山一族の総意によって、キミ婆さんのもとへ送り込まれたのである。

昭和八年、世界大恐慌の発生で苦境に陥った漁民を救うため、漁業法が改正され、経済行為を行う漁業協同組合の結成が認められた。それを受けて、昭和十年四月、枝幸と頓別を区域とする枝幸漁業協同組合が発足。漁協の役員七人のうち五人を、枝幸漁業株式会社の役員が占めた（檜山徳兵衛、海野嘉平、能登谷彦造、柳谷重吉、谷村忠吉）。そして、漁協が受けた融資を自分たちの漁船の建造などに投資するなど、枝幸の漁業を牛耳っていく。

その後、檜山拓殖は漁業より儲かる製材業に進出し、昭和十三年には大日本ベニヤを買収して本格的に木材業に専念。それをいいことに、海野、能登谷、柳谷、谷村が、枝幸漁業の実権を握ったのである。

さらに省三を激怒させたのは、分家した佐賀耕吉との関係だった。昭和十一年六月、金に困った耕吉が手放した、廣谷敏蔵と共同名義の枝幸前浜の漁業権の半分を買い戻すため、柳谷が間に入って千円を支払ってしまった（当時、巡査の初任給が四十五円の時代であった）。オカィスマ漁場が閉鎖されたあと、佐賀家は家計を切り詰めていたにもかかわらず、キミ婆さんは千円も騙しとられたわけだ。その出来事があってから、省三は姉であるキミ婆さんと不仲になり、一緒に食事を取ることもなく、必要最低限のことしか話さなくなった。

この頃、兄の俊二が陸奥横浜からやってきて、省三に内地へ引き揚げるかどうか相談したところ、二人の間で激論になったことがあったらしいのだ。母フジの話によると、二人が話しているところへ、まだ幼かった鞠夫が、伯父である俊二の背後から心張り棒（戸のつっかい棒）で殴りかかったそうだ。幼な心に鞠夫は、伯父の俊二が父をいじめていると思ったらしい。

「やれ、やれ。北見くんだりまで来て、甥っ子の童子《わらしと》にぶん殴られるとは思わなかったじゃ」

と伯父は愚痴をこぼしていたという。

五、六歳の頃の出来事だけに、鞠夫にはまったく記憶がないし、幼い頃は病弱だった彼に、心張り棒を振りかざすだけの腕力があったとも思えない。今でも鞠夫は、母屋の高い天井に潜んでいた座敷童子《ざしきわらし》が乗り移り、伯父に殴りかからせたに違いないと思っている。

昭和九年秋の漁期から、枝幸漁業は漁場をトイマッケとオチュウペッツに集約したが、経営が好転する見通しは立たなかった。一方、かねてから動力船で鱈《タラ》・鮫《サメ》漁に進出していた枝幸漁業の役員や有力漁業者たちは、漁獲物を加工して手取りを増やそうと、冷蔵庫と魚のすり身を自動的に巻き取って焼く近代的な竹輪工場の建設を目論んだ。

有力者たちを代表し、柳谷重吉はキミ婆さんのもとへやってきて、竹輪工場へ出資してくれれば銀行利回りを上回る配当をする、と言葉巧みに持ちかけた。キミ婆さんは、オカィスマ漁場で儲けた小金を小樽の三井銀行に預金していたが、皮肉にもデフレで価値が出た。そこで、またもや彼女は、虎の子である多額の預金を引き出し、柳谷に預けてしまったのである。

昭和十二年、竹輪工場の操業が軌道に乗ると、工場の常勤役員たちは給料の名目で利益を懐へ入れてしまい、キミ婆さんへの現金の配当は一切なかった。その代わり、歳暮として竹輪が一箱届いただけだった。

「あれほど配当ば出すとおらさ金銭《かね》ば出させておいて、竹輪こたったの一箱きりとは……」

「会社さかだったい（参加した）どきと同じだべ。うまいこと言って金銭ば出させ、儲けが出れば海野や柳谷が山分けしてしまうんだべ」

キミ婆さんと禎三爺さんの繰り言は続いた。

「竹輪工場だけでねえー、火事で枝幸が丸焼けになったとき、海野さんや柳谷さんに蒲団までくれてやったんだよ。それだば知らんぷりして、いつもおらあは損ばかりしてるんでねえーがぁ」

「コスンケ（アイヌ語で〈騙す〉）されたんだ。おめえは人が好いからコスンケされてばかりいるんだ。いまさらグダグタ言ってもはじまらねえぺ、そったらに肝焼げるんだば、出かけていって海野や柳谷さ直談判《じかだんぱん》したらいかべー」

昭和十五年五月、三笠山の山火事が一気に枝幸の市街を総なめにした。当時、綿糸が配給制になっていたことから、着の身着のまま焼け出された人々が、布団や衣料品を入手することは容易でなかった。それを見かねたキミ婆さんは、オカィスマの一番倉にあった蒲団を、長林寺や親戚、柳谷などに融通してやった。その際、省三は海野に懇願され、しぶしぶ一組くれてやったのだ。

二人のやり取りを小耳にした鞠夫は、子供心に海野や柳谷は卑怯な奴らだと、怒りに身を震わせていた。

昭和十二年、日中戦争がはじまり、翌十三年には国家総動員法が施行された。物資の不足によって配給制度がはじまり、国内は統制経済の時代を迎える。

枝幸漁業の幹部は、漁業資材である燃料、漁網、ゴムの胴長、軍手の配給を一手に引き受け、肥料として統制されていた鰊糟を闇に横流しすることで、しこたま儲けていた。正義感の強い省三は、統制経済を利用して私腹を肥やす枝幸漁業の幹部たちの悪辣ぶりに我慢がならなかった。そこで、太平洋戦争の真っ只中ではあったが、枝幸漁業との契約が終わる昭和十八年秋に権利を取り戻し、オカィスマの漁場を再開しようと決心したものの、果たせなかった。

昭和二十年八月、日本は敗戦国となった。当時の家庭はどこもそうだったように、佐賀家もまた敗戦後の悪性インフレに翻弄され、ようやく食いつないでいる有様だった。冬の間の食糧を確保するため、フジも近所の人に手伝ってもらいながらイモ掘りや大根掘りに精を出した。

敗戦後、マッカーサー・ラインが引かれたことで遠洋漁業は禁止され、昭和二十年の暮れからは農地改革がはじまった。深刻な食糧不足がまだまだ続くと予想した省三は、佐賀家の資産を守るために、まず漁場を賃貸して収入を確保しながら、農地や牧野の解放を見越して牧場の経営に乗り出そうと考えた。

そこで故郷の知人を介し、㋩大洋漁業の青森支社と提携するべく接触を開始。省三自ら青森支社に出向くなど、提携の具体化に向けて奔走していたさなかの昭和二十二年七月、過労がたたって急死したのである。

そして昭和二十三年、いよいよ㋩大洋漁業によるオカィスマ漁場の再開がはじまった。初年度とあって準備の段取りに手間取り、再開作業の進捗は予定より半月も遅れていた。そのため、明け方から手許が見えなくなる夕暮れまで、オカィスマ漁場の漁夫たちは連日、過酷な労働を強いられていた。

前浜で行われた「型」のための太い綱づくりに続き、定置網の碇にするための土俵を作る重労働が続いた。漁夫たちは土俵を作るため、発動機船でポロペッツ河口へ赴き、六十貫（二百二十五キロ）もの砂利を建莚《たてむしろ》で編んだ俵に詰める作業に連日取り組んだ。ようやく九百俵の土俵詰めが完了したのは、八月のお盆前のことだった。

カムイシ沖の建場に「型」を設置する準備として、土俵入れがはじまった。オカィスマの沖合では、土俵を積んだ三半船《さんぱせん》を曳航するオンボロ発動機船・ウエコ丸の焼き玉エンジンの音が終日響き渡った。ウエコ丸と三半船は、積んできた土俵を海中に投下し終えると、ポロペッツ河口へ取って返し、再び土俵を満載してカムイ岬沖に向かい、建場に投げ入れることを終日繰り返した。

土俵入れがはじまってから十日後、作った土俵の半分を超えるおおよそ五百俵を投下したところで、天候が悪化し作業は中断された。

真夏とはいえ、最涯《さいはて》のオホーツク海沿岸は、高山地帯のように天候が目まぐるしく変化する。からりと晴れ上がり、日中の気温が三十度近くまで上がる日が二、三日続いたかと思うと、急に冷たい北東風《やませ》とともに灰色の海霧《ガス》が押し寄せ、見る見るうちに太陽は隠れ、あたかも日蝕がおきた時のように辺りは薄暗くなった。早くも着ている合羽のフードの庇からは、霧滴がしたたりはじめた。

天候が回復するのを待って、定置網の「型」を陸から沖に曳航する日がやってきた。その朝、オカィスマの空はすっきりと晴れ上がり、海面は油を流したように凪いで、またとない絶好の「型曳き」日和となった。

朝食を終えたばかりの頃、㋩の佐々木が佐賀家の母屋へやってきて上機嫌で挨拶した。

「ドーブロエ　ウートロ（おはようございます）、お婆さん、奥さん。もうじき『型曳き』がはじまります。成夫君はもう浜にいますよ。さあ、さあ、早く浜へ出て来てください」

佐々木にせきたてられて、着物の裾を絡げたキミ婆さんとタオルで頬かむりした禎三爺さん、そしてフジの三人は、あわてて前浜へ出た。すでに前浜の砂丘には、十数年ぶりとなる「型曳き」をひと目見ようと、地元の漁師や家族のほか、近隣の集落からも大勢の人々が詰めかけていた。夏休みのさなかとあって、近所の子供たちはほぼ全員、顔を見せていた。

人垣を潜り抜けると、前浜一帯は縦横に張り巡らされた太いワイヤーロープや、網を被せた直径一尺二寸（約四十センチ）もある大きなガラス玉の山で覆い尽くされていた。砂丘の小高いところには、大船頭と並んで立つ成夫の姿が見えた。

オカィスマ前浜の海面には、ウエコ丸のほかにもう一隻、㋩の紋別事業所から応援にやってきた小型底曳き船が姿を見せていた。

初年度は取りかかるのが遅れたので、垣網は陸網を省略して千間（千五百メートル）と、このあたりで使われる通常の長さより二割ほど縮小せざるを得なかった。それでも、身網と垣網を合わせて千百間ほどのワイヤーをロープで巻いた、ずっしりと重い「型」を曳航するには、二十馬力のウエコ丸では到底牽引力が足りないため、小型底曳き船を応援に送ったのだ。

屈強な漁夫たちが、威勢のよい掛け声とともに太いロープを担いで海に飛び込み、ウエコ丸と底曳き船の艫《とも》（船尾）にがっしりと結びつけた。

「スタンバイ、ＯＫだす」

中川原大船頭が、佐々木代表に力強く告げた。その合図に応えて、砂丘から作業を見守っていた佐々木が右手を高くかざし、「しゅっ、ぱあーっつ！」と叫ぶと、ボン、ボーンと花火を打ち上げるような爆発音とともに、二隻の発動機船の焼き玉エンジンが轟音をあげ、ゆっくりと動きだした。

「型」を曳く太いワイヤーロープが、ピーンと海面上に張りつめた。二隻の発動機船の馬力を合わせても、重い「型」を曳くのは容易でなかった。発動機船のエンジンが喘ぐように唸り、艫《とも》の下からスクリューが押し出した白波が海辺に打ち寄せてきた。発動機船は前進と後退をくりかえした。

たまりかねた漁夫たちが、危険をおかして「型」にとりつき、持ち上げるようにして砂浜から海中へ引きずり込むと、のろのろと巨大な芋虫のように、「型」が波打ち際から海中へ向けて動きはじめた。漁夫たちの怒号が飛び交うなか、長い垣網の太い綱と網を被せた中空のガラス玉の山が、ずるずるっと海中へ引きずり込まれていく。

「うおうーっ、やったどおうーっ」

漁夫たちが狂ったように歓喜の勝鬨をあげた。

五分、十分……、ついに総延長千間を超える「型」が海上に浮かんだ。二隻の発動機船に曳航され、数珠玉を繋ぎ合わせたような浮子《あば》（ガラス玉）の浮力で浮かんだ長大な「型」が、波間に見え隠れしながら沖合へ進んでいく光景は、まさに壮観であった。

「ウオウーッ、バンザアーイ、バンザーイ！」

砂浜を遠巻きにしながら見守っていた群衆から、一斉に歓声と万歳の声があがった。

フジは、初めて眼にする「型曳き」の光景を凝視しながら、「どうか『型入れ』が無事終わりますように、そして『型入れ』が終わるまで海が荒れませんように」と神仏に加護を祈らずにはいられなかった。

九月に入り、網おろしも終わった。

鮭が獲れるようになると、佐賀家には入れ替わり立ち替わり客人がやってきた。なかには宿泊する者もいて、まるで民宿さながらの様相を呈した。フジは牧子のほかにも臨時のお手伝いを雇い、接待に追われた。ところが漁期が深まり、水揚げが伸びないことがわかってくると、来客の数は急激に少なくなった。

佐々木は枝幸漁業に匹敵する漁獲を上げ、佐賀家の苦難を少しでも晴らそうと意気込んで漁期に臨んでいた。しかし終わってみると、運悪く不漁の年にあたっていたことに加え、初年度で準備不足だったことも重なり、この秋の水揚げは二百石そこそこにしかならなかった。とはいえ、トイマッケやオチュウペッツでは三百石を超える漁獲があり、オカィスマ漁場は大きく水をあけられていた。

フジにも周囲の嘲笑が伝わってきた。

「それ見ろ、㊝は鯨とりが専門で、やっぱし秋味はだめだべ。だから、枝幸漁業さかだっていいだ（加わっていた）ほうがいがったのにな」

「佐々木親方の建網（定置網）の仕掛けも、自慢したわりにはたいしたことなかったな。㋩の建網は択捉《エトロフ》でだば大漁したがもしれねえが、枝幸では通用しなかったんだべ」

それらの嘲笑や非難にじっと耐える、苦しい日々が続いた。

身内からも批判が上がった。漁を切り揚げてからも、禎三爺さんは毎日のようにやってきた。そしてストーブで暖をとりながら、思ったように漁獲がなかったことを毒づいた。

「佐々木の山師者め。おらや杉山船頭たちが建てた台網ば佐々木は馬鹿にするが、それでも百石や二百石は獲れたんだ。昔だば発動機なんてものはなかった。何挺《なんまい》もの櫂で漕ぐ三半船さに土俵ば積んで、命がけで網ば建てたもんだ。昔のオカィスマの漁場の建網のほうが、カムイシの沖さ合っていたんだ。クソ、クソ、クソッたれえーッ」

それでもフジは、佐々木が告げた強気の言葉に縋るしかなかった。

「奥さん、たしかに今年は赤字です。しかし、漁網や船舶費などに投入した六百万円を、一年で償却するわけではありません。本社も単年度だけで見ることはしないので、長い眼で見ていてください」

《オカィスマ漁場　昭和二十三年秋の漁期の収支報告書（㋩青森支社作成）》

鮭漁獲　一万三〇〇〇尾（二百十七石）
総売上げ　七百八十万円（生鮭二百八十円、塩鮭五百二十五円で換算。筋子五十万円、サバ、イカなど十万円を含む）
総経費　一千八十万円
差引き損失　三百万円

塩鮭が高値で売れたので、総売り上げは七百八十万円となった。そもそも、㋩と佐賀家の契約では、漁獲高四百万円までは十万円を保証し、それを超える分は百万円あたり七万円を支払うという約束だった。契約に従って、佐賀家には三十六万円が支払われた。この金額は、平成三十年の物価に換算すると四、五百万円に値し、困窮していた佐賀家にとって救いの神となった。

第二章　時代という名の荒波

一　学制改革の犠牲者、最後の旧制高校生——昭和二十三年秋から翌春

二学期がはじまって間もない昭和二十三年秋、鞠夫たち弘前高校二十八回生の間に、ＧＨＱ〈正式名ＧＨＱ／ＳＣＡＰ〈連合国軍最高司令官総司令部〉〉が命じた学制改革によって、自分たちはこの春に発足した新しい六・三・三・四の学制に移行させられるらしい、との噂がひろまっていた。

すでに旧制高校に入学している二十八回生の鞠夫たちは、既得権として旧制の制度のまま高校・大学を卒業できるものと考えていた。が、心には一抹の不安をいだいていた。

鞠夫には、もう一つの気がかりなことがあった。それは台風の襲来だった。

この秋は、㊩大洋漁業がオカィスマに鮭の定置網を経営する最初のシーズンとなるが、鞠夫は台風の影響で定置網が流されはしまいかと不安を感じていたのだ。そのため、新聞の天気予報欄をこまめに確認し、台風が日本へ接近しないか常に進路を気にしていた。さらに、中学の

理科クラブで天気図の描き方を学んでいたので、ラジオから流れる気象通報の風向きや気圧を聞きながら、不完全ではあるものの頭のなかで天気図を描いたりもした。

そして、怖れていた台風がやってきた。

九月十五日、房総半島に上陸したアイオン台風は、十九日にかけて三陸沖を北上し、関東・東北地方を襲った。死者・行方不明者八百三十八人、全壊家屋四百五十七戸、流失家屋一千三百十三戸の大きな被害をもたらした。その後、台風の進路が東寄りにそれたため、オホーツク海への影響は少なく、オカィスマの定置網に被害がなかったことを知り、ひと安心した。

台風の被害はなかったものの、鞠夫たち二十八回生の行く手には暗雲が迫っていた。

十月初め、学制改革によって来春発足する新制大学について、東京大学が構想をまとめ文部省に提出した、と新聞で報じられた。新制大学は四年制とし、前期の二年は全員が教養課程を履修し、後期の二年にそれぞれの専門学部に進学し専門科目を履修する、という案だった。教養課程は東大の傘下に入る一高と浦高をあてるとのことだった。

問題となるのは、旧制の東大に入学する旧制高校生は、昭和二十五年四月をもって最後とするという件《くだり》だった。つまり、鞠夫たち二十三年入学者が卒業する翌二十六年三月には、旧制大学がなくなることを意味していた。それは、昭和二十四年四月に、鞠夫たちは新制高校三年卒業者と同じ条件で、新制大学を受験しなければならなくなるという案だった。

「そんな馬鹿な話があるもんか。せっかく苦労して旧制高校に入った既得権を踏みにじられる案なんて認められるものか」

二十八回生たちは憤った。彼らは既得権として、旧制の制度のまま高校・大学を卒業できると思っていたのだが、実は募集要項に次のような注意書きが添えられていたというのだ。

二十三年度の入学者は、近く行われる学制改革により、次のいずれかのコースを進むことになるので予め承知しておかれたい。①三年まで学んで卒業する、②旧制弘高が新制大学に衣替えしたときは、本校または他校の該当する学年に編入される、③新制大学への優先入学は認められず、新制高校三年卒業者と同じ条件で改めて入学試験を受ける

彼らが動揺をきたしているさなかの昭和二十三年十月六日、官立弘前高校の創立二十七周年記念式典が行われた。講堂で石坂洋次郎の記念講演「最近の感想」が行われた。その一年前、石坂洋次郎は朝日新聞に、弘高生も登場する『青い山脈』を連載し、流行作家として名声をは

せていた。

記念式典に続いて十月七日から三日間、学都弘前の呼び物である第二十七回北溟《ほくめい》寮開寮記念祭が開かれた。寮祭は伝統にしたがい、ファイアーストームの前夜祭ではじまった。八百人の在校生を見物に集まった親族や知人たちが取り巻き、グラウンドは人、人、ひとで埋めつくされた。

在校生に県外からも駈けつけた先輩が加わり、若人たちは火焔が燃えさかる篝火を囲んで肩を組み、弘高北溟寮音頭を絶叫し、寮生の猛者どもは大鵬の校章を染め抜いた旗や幟を打ち振りながら乱舞した。

弘前高校北溟寮音頭

北の海からヨー　北の海から飛び出た鵬《とり》はヨー
翼みがいて　翼みがいて時機《とき》を待つ
ソーラドントコイ　ドントドーントドントコイ

りんごかついでヨー　りんごかついで裾野は晴れるヨー

ニュートンはだしの　ニュートンはだしの真理解く
ソーラドントコイ　ドントドーントドントコイ

天下取ろうよ
天下取ろうよ　北溟の王者よ

俺が立たなきゃ　俺が立たなきゃ誰が立つ
ソーラドントコイ　ドントドーントドントコイ

やがて、弘高生の集団はストームを先頭に、季節はずれの扇ネプタを押し立てて市内に繰り出した。富田通から土手町へ入り、蓬莱橋を渡って菊池薬局と宮川デパートの十字路から坂を上り、警察署に突きあたる。お濠端から城址公園へマントを翻し、足駄《あしだ》（高い二枚歯のついた下駄）を踏み鳴らして、「虚空に羽ばたき　南を図る」と声を張り上げ、校歌や寮歌を絶唱するストームの集団が列なった。市民を巻き込んで、街中は寮祭の熱気で昂揚した。

来春、二十六回生の三年生が卒業し、鞠夫たち二十八回生が一年で放り出されることになると、来秋、弘高は最後の三年生となる二十七回生だけになってしまう。そこで、最後の寮祭を飾ろうとネプタの運行を申請し、許可されたのだ。

講堂で行われた演劇の上演演目は、旧制高校で人気のエドモン・ロスタン作「シラノ・ド・ベルジュラック」だった。主人公に扮した生徒が、観客席の後ろから颯爽とマントを翻しながら舞台へ駆け上がると、講堂全体が歓声に沸き立った。黒いネクタイをした県立女学校、赤いネクタイをしたミッションたちが上げる可愛い嬌声がこだました。ミッションは赤いネクタイが特徴なのに、なぜか男子生徒たちは「イャロウ（黄色）」と呼んでいた。

北溟寮の入り口は、凱旋門のように飾りつけられた。父兄やメッチェン（女学生）たちが、それぞれ趣向を凝らした展示や、日頃の汚い生活ぶりを披露した各部屋を、見世物小屋でも見るかのように興味津々で覗きまわり、呼び物の仮装行列には、市民の観客ばかりか在校生も爆笑した。

鞠夫は校歌の最後の一節にある、〽青春　わが身に　只この一度、の通り寮祭に酔いしれた。寮祭のフィナーレも、グラウンドでのファイアーストームだ。取り外された飾りつけが投げ込まれ、炎の柱が立ち上る。

黒マントを翻し、足駄を踏み鳴らす環が、つむじ風のように炎の柱の周りを乱舞した。

寮祭が終わると、再び容赦ない厳しい講義がはじまった。

校舎のある富田通を市街の中心へ向かうと、突きあたりにトンガリ帽子のような塔屋を頂く、芝居小屋風の木造の慈善館が見える。その途中の右手にある珈琲苑（弘高生はドイツ語風に「ガルテン」と呼んでいた）が、彼らのたまり場だった。年増のマダムのもと、可愛らしい津軽のメッチェンたちが甲斐甲斐しく立ち働き、店内に置かれた大型の電蓄からは、いつもクラシック音楽が流れていた。

鞠夫は中学以来の親友・高杉と、しばしばガルテンこと珈琲苑に立ち寄った。長身の高杉は、白線帽に黒い羅紗のマントが似合う高校生だった。彼らは、先輩に遠慮して中二階の片隅のテーブルに向かい合い、一杯のコーヒーで一時間も二時間もねばって人生論を戦わした。

彼らは寮生の間で語り継がれている、二年前の晩秋に、自ら命を絶った先輩について語り合った。その先輩は昭和二十年春、四年修了で海軍兵学校に入学し、敗戦で弘高に編入学していた。しかし、その一年後、弘前の街外れを走る鉄路に身を投げたのだ。

彼はいつの間にか休学して故郷に戻り、寮に戻ってきて身の回りのものを綺麗に整理してから死を選んだというのだ。仲間の復員組も、誰一人として彼の死の前兆に気づかなかった。戦争が終わり、死ぬために生きていた青春から解放されたのに、なぜ死に回帰したのか。そして、県立中学の校長だった彼の父の思いたるや、いかばかりか——いくら議論しても、鞠夫たちはその理由を解き明かせなかった。

議論に疲れ果てた頃、高杉は言った。

「たまたま、この世に生まれてきたのに、なぜ、われわれは生に執着しなければならないのだろうか……。だからといって、生を否定する理屈も見出せないので、その日その日を刹那的に生きていく人生も、あっていいのではないか」

高杉はニヒリズムにとりつかれていた。文学にも詳しい彼に手ほどきされ、鞠夫は岩波文庫の西田幾多郎『善の研究』やカントの『純粋理性批判』に挑戦したものの、その難解さに歯が立たなかった。また、太宰治や織田作之助、坂口安吾らの作品を熱心に読んでいた高杉は、鞠夫に無頼派について、そして弘高の先輩である太宰治の入水死についても熱っぽく語った。

「太宰は死によって、自分の作品に永遠の命を吹き込んだのだ」

しかし、ひもじさのなかで必死に授業に食らいついている鞠夫には、情死によって人生に訣別し、作品を美化しようとする行動は、観念的には考えられるとしても、現実にはとうてい納得できなかった。彼は太宰の作品を改めて読む気にはなれなかった。それよりも、自我にめざめ、自己に忠実に生きようとする若者の心の軌跡を赤裸々に記した、阿部次郎『三太郎の日記』に惹かれ、貪るように読みふけっていた。

この年（昭和二十三年）の十一月十二日、極東国際軍事裁判がA級戦争犯罪人に判決を下した。東條英機ら七人に死刑、終身禁固刑二十人など、A級戦犯全員が有罪とされた。「戦争中の残虐行為に対する罪」のほか、「平和に対する罪」「人道に対する罪」で裁かれ、鞠夫たちが聖戦と教えこまれた大東亜戦争が侵略戦争だったと断罪されたのだ。

鞠夫は戦時中、軍国少年として受けた教育を思った。軍事教練の際、「軍人勅諭」や「戦陣訓」を暗誦させられ、国語の授業で「万葉集」の防人の歌を叩き込まれた。国民学校の授業として、映画館で「ハワイ・マレー沖海戦」を見て、海軍航空隊の活躍に胸を躍らした。そして、予科練へ入った先輩が七つ釦の制服で颯爽と学校に戻り、〽若い血潮の　予科練の　七つボタンは　桜に錨、と熱唱したのだった。――あの時代は、いったいなんだったのか。

昭和二十年八月十五日、彼は、敗戦の玉音放送を中学校の職員室前の廊下で聞いた。

GHQが陸海軍を解体したのは当然としても、なぜ、六・三・三・四の学制に移行させられたのか、彼はどうしても納得できなかった。

十一月十五日には、文部省が来年四月に発足する新制大学の受験資格・入試方法などを決定し発表した、と新聞は報じた。その入学資格の項に、新制高校卒業者と並んで旧制高校一年修了者とあった。これによって、鞠夫たち二十八回生がかすかに抱いていた望みが絶たれた。四月に旧制高校に入学した彼らは、わずか一年の在籍で追い出され、新制大学を受験し直さなければならなくなったのである。

鞠夫は学友の誰もが望んだように、旧制の帝大系だった新制大学を目指して、再び受験勉強に取り組みはじめた。

この学制改革は、佐賀家にも波乱を巻き起こした。

昭和二十三年四月に官立高等学校に入学した鞠夫たち二十八回生は、三年学んで二十六年三月に卒業し、旧制の帝大に進むはずだった。そして、昭和二十六年三月に兄の成夫は東京の私立大学を卒業し、入れ替わって鞠夫が仙台か東京の帝大に進学できる計画だった。ところが、鞠夫が帝大系の新制大学に行くとなれば、まるまる二年間、兄弟が都会暮らしをしなければならなくなるのだから、佐賀家の家計にとっては一大事だった。

暮れから正月にかけて、母・フジから再三手紙が来た。

オカィスマ漁場の鮭の漁獲量は見込みを大きく下回り、わずか二百石あまりに止まった。その結果、㊩から佐賀家へ支払われたのは、三十六万円に止まったということだった。

兄の成夫が東京の私立大学で学び、そのうえお前まで東京や仙台の大学に入るとなれば、学費は賄えない。マッカーサーが命令した農地改革のおかげで、春一叔父が営むサンケシの牧場三十ヘクタールを除き、他の農地や牧野、原野のすべてを解放させられ、これまであった少しばかりの賃貸収入の途すら絶たれてしまった、と母はいうのだ。

鞠夫は牧野ばかりでなく、原野まで解放させられことに憤りを覚えた。町の農地委員会が実績をあげるため、父・省三のいない佐賀家を狙い撃ちにし、地目があいまいだった原野まで解放の対象にしたのだ。佐賀家が枝幸漁業を脱退し、㋩大洋漁業と提携してオカィスマに鮭定置網を建てたことに対する、枝幸の実力者たちの報復が牧野解放という形で現れたのだ。

彼が飼料用の干草刈りを手伝った原野——大きな草刈り鎌を振るい、バラ株に引っかけてすり傷をつくりながら、くたくたになるまでススキ、カヤ、ハギ、ヨモギなどを刈った荒地まで、我が家のものではなくなったのだ。

母からの手紙に対して、鞠夫はこう返事を書いた。

——家計が苦しいといいながら、長林寺が本堂を建てるのに寄付するそうじゃないか。その金銭《かね》があったら、俺が仙台か東京の大学で勉強する学資になるじゃないか。これまでも、佐賀家はお家騒動がおきたり、枝幸漁業の食い物にされたりして、何度も潰れかかったじゃないか。敗戦後のインフレで立ち行かなくなった佐賀家が、お寺に寄付しないで子供たちの学資に使ったからといって、少しも世間体の悪いことにはならないじゃないか——。

しかし、母から来た返事はこうだった。

——長林寺は明治時代に佐賀長兵衛という偉い先祖が、越前にある大本山永平寺にお願いして創ったお寺なんです。ですから、檀家総代の佐賀家としては、お寺から頼まれれば、なにはさておいても寄付をしないと、ご先祖さまに対して申し訳ないんです。お寺に寄付できないくらいなら、私たちは枝幸から夜逃げしなければならないんです。お願いだから東京や仙台にでるのを諦めて、津軽の叔母の家から大学へ通って勉強を続けるよう我慢してくれ。どうか、これ以上私を苦しめないでくれ——このような懇願の便りが来るばかりだった。

『枝幸町史』によると、長林寺の歴史は明治二十七年、かねてより来村していた島崎僧侶が、佐賀長兵衛から六百円の寄付を受け本堂を、信徒から四百円を募って庫裏を建てたことにはじまる。明治三十年、大本山永平寺に寺号公称を出願し、曹洞宗枝幸山長林寺が創建された。ちなみに当時の巡査の初任給は、月額十円であったという。

ついに母の懇願に屈した鞠夫は、旧制帝大系の新制大学への進学を断念し、弘前に止まって旧制高校が看板を掛けかえる二期校の新制大学を目指す道に甘んじることにした。

昭和二十四年二月十一日から十六日にかけて、第三学期期末試験が行われ、二十二日、成績発表があった。旧制弘前高校最後の二十八回生は、お情けで落第なしの全生徒一年修了で離校を余儀なくされた。『官立弘前高等学校史』によると、二十八回生は入学二百三名、一年修了者二百三十一名となっており、少なくとも二十八名は前学年あるいはそれ以前からの留年組であった。

三月半ば、柔道場で理科四組のお別れコンパが開かれた。

担任である中澤教授の「わずか一年で弘前高校を去らなければならない諸君の心中は、察するにあまりあります――」との挨拶に、無念さを噛みしめる四十数名の生徒たちは、しんと静まりかえった。

コンパでは、柔道場の畳の上に置かれた七輪の上に洗面器を載せてゴッタ煮をつくり、ドブロクで盃を交わした。酒が入るにつれて生徒たちの胸中には、旧制高校を潰したＧＨＱに対する怒りと、クラスメートと別れなければならない寂しさがこみあげてきた。

やがて大声が飛び交いだし、コンパが終わるまで荒れ模様が続いた。締めくくりに一同で校歌を斉唱したが、ラストの歌詞〽青春わが身に　ただこの一度、を絶唱する彼らは、みな一様に涙ぐんでいた。

二　母と息子の対立——昭和二十四年七月

昭和二十四年七月二十一日、鞠夫は父の三回忌の法要が営まれる当日の朝、函館から旭川を経由する夜行列車に乗り継ぎ、ようやく北見線の浜頓別駅に降り立った。

昨夏は、白線帽に太い鼻緒の高下駄という、颯爽とした旧制高校生姿での帰省だった。それから一年が経ち、新たに発足した津軽の弘前大学に入学し直した鞠夫は、いたって普通の学生服姿になっており、劣等感にさいなまれながらの傷心の帰省となった。

浜頓別駅の待合室や人通りのほとんどない駅前通で一時間余り過ごし、一番列車というには遅い、午前十時四十分発の枝幸行きに乗り込んだ。小さな蒸気機関車に牽かれた客貨車を混合した二両連結の列車は、支線のオンボロ線路をガタゴトと揺れながら走った。列車が葦の生い茂った湿地をぬけると、左手に陽光を浴びて輝く凪いだオホーツク海が見えてきた。やがて、列車は荒涼とした海岸砂丘に設けられた、廃駅のような無人駅に停車した。

「ポーッ」と列車がかぼそい汽笛を鳴らして再び走り出すと、山側の車窓風景は一変し、岩山のごつごつした山肌が間近に迫ってきた。難所といわれる斜内の岬にさしかかったのだ。

一瞬、鞠夫はわが目を疑った。列車は、なだれ落ちる暗灰色の巨大な瀑布のなかに突っ込んでいくではないか。そのまま速度を落としながら、列車は断崖を削って敷設した、海の上にレールが浮いているかのような急カーブの線路を、キィーッ、キィーッと車輪を軋ませながら右に右にとカーブを曲がっていく。

いま、鞠夫の眼に巨大な瀑布と映ったのは、屹立する斜内岬を乗り越えて浜頓別側に流れ落ちる、オホーツク海の濃いガス（海霧）だった。

千島列島方面からオホーツク海沿岸に吹き寄せる海霧は、北見山脈の北端が海側に迫り出した天北山塊のチュプンシリ（アイヌ語で〈chup-ahun-shir、太陽が沈む山〉、七六一メートル）と、その東の海際に屹立する神威《カムイ》岳（アイヌ語で〈kamui-shir、魔の岳〉、四三九メートル）に遮られる。

そのため海霧は、チュプンシリと神威岳との間に位置する、ウソタンナイ（アイヌ語で〈urar-so-tanne-nay、海霧の滝が曲がりくねって下る川〉）峡谷や神威岬ことカムイエトゥ（アイヌ語で〈kamui-etu、悪魔の鼻〉）を乗り越えて、斜内岬北壁になだれ落ちるのだった。

その昔、北海道が蝦夷地と呼ばれていた江戸時代、アイヌの人々は、神威岳の麓が海岸にせりだした斜内岬をカムイエトゥと呼び、難所として恐れていた。西蝦夷地の奥地と呼ばれたオホーツク海沿岸の枝幸や紋別に渡るには、船便もしくは馬に乗って海辺をいくか、あとは徒歩しか交通手段がなかった。海が荒れると船便は途絶え、海辺を徒歩でいこうとしても、海中にせり出したカムイエトゥの絶壁に行く手を阻まれ、枝幸は陸の孤島となった。

明治の半ば、ようやく神威岳の内陸側に、麓を越える斜内山道が掘削された。しかし、胸突き八丁の急坂だったため、女子供たちは急勾配を馬の背からおりて草鞋がけで攀じ登り、転げ落ちるようにくだらなければならなかった。

斜内岬を過ぎると、天候は一変した。それまで陽光を浴びて凪いでいた海は姿を消し、鉛色の海霧が流れる海面に白く逆巻く三角波が立ち、打ち寄せる波は、眼下の切り立った断崖の裾を取り巻く岩礁を荒々しく嚙んでいた。学生服をとおして肌を刺す冷気に鳥肌がたった。

終着駅の北見枝幸に着く頃には、海霧も薄らいでいたが、町はやませの冷気に包まれていた。

鞠夫は十数人の乗客の最後尾について改札をでると、駅前から高砂通に入り、そのなかほどにあるバス会社の前を通りすぎて海岸通へ向かった。ほどなく右手に、一際目立つ高い棟を持つ曹洞宗長林寺の本堂が見えた。その途端、彼の胸中に怒りが込みあげてきた。

〈これが落成したという本堂か。これを建てる寄付のために俺は希望する進路を阻まれ、旧帝大系の新制大学への進学を断念しなければならなかったのか〉

昭和十五年の大火からいまだ立ち直れず、殺伐とした街並みが続いていただけに、一層、長林寺の本堂が立派に見え、鞠夫の胸中にはむらむらと敵意が沸き上がって来るのだった。

父の三回忌の法要は、再建された長林寺の本堂で営まれた。一年前、仮の本堂で営まれた一周忌とは打って変わって、華やいだ雰囲気のなかで執り行なわれた。

キミ婆さんの隣に、檀家総代として本堂再建の旗を振った柳谷重吉夫妻がいた。オカィスマから杉山禎三爺さん夫妻もきている。分家の佐賀耕吉も、なに食わぬ顔でにこにこしながら座っていた。恵比寿顔をした好々爺の彼こそ、幼い時にキミ婆さん夫妻の養子となり、策謀家に操られて佐賀家の漁業権を人手に渡した張本人だった。牧場を管理する春一叔父夫妻、元船頭の杉山兵三夫妻が身内の席にいた。さらに、葬儀委員長を務めてくれたバス会社の河内光社長夫妻、木工場の秋田夫妻の姿も見えた。

法要に集まった人々は、一年前の葬儀とは比べものにならぬほど多かった。なかでも、㋩大洋漁業の取引関係者がめだっていた。市街からは、協和造船所の南波所長や、魚屋の滝源商店まで顔を出していた。㋩は協和造船所に発動機船の本体を発注しており、進水式も終えて「型入れ」に間に合うよう艤装が進められていた。滝源商店の親父は、㋩から鮭以外の雑魚を一手に買い受けてオート三輪に満載し、遠く名寄方面まで足を延ばして売り捌いていた。

島崎住職は法要のはじまる前、上機嫌で参会者に話しかけた。

「昭和十五年の春、市街を焼き尽くした山火事で、佐賀長兵衛翁が寄進されました立派な本堂は、庫裏ともども焼失してしまいました。その時から戦争を挟んでの九年間、本堂再建の願いは、片時たりとも私の念頭から離れませんでした。今日《こんにち》、このように立派な寺を再建できましたのは、檀家総代の柳谷さんや佐賀さんをはじめとする檀家のみなさんが多額の寄付をしてくださったおかげです。これで、私も住職としての役目を果たし、佐賀長兵衛翁、そして檀家総代を勤められた仏様をはじめ、お寺に眠っておられる大勢の檀家の仏様たちに顔を合わせることができます――」

住職が喜ぶのも当然だった。

天井の高い本堂には、帆柱のような太い丸柱が幾本も立ち並び、柱と柱の間の上部には分厚い貫板を嵌め込んでいた。津軽の古刹のような荘厳さはなかったものの、敗戦から間もないこの時期によくぞこんな材木を手に入れたものだ、と驚かされるほどの本格的な寺社建築だった。

中央には仏像を安置した祭壇がしつらえられていた。

「戦後の混乱の最中に、内地から宮大工に来てもらい、本堂を建てることができたのは、北海道中でわが長林寺ぐらいのものでしょうな。はっはっは」

柳谷が島崎住職の挨拶に追従《ついしょう》した

島崎住職や柳谷が上機嫌になればなるほど、鞠夫は㈩大洋漁業から入った漁場の賃貸料が本堂の建設費に割かれたせいで、希望する大学への進学を断念せざるを得なくなったことを思い出し、恨みの念がこみあげてくるのだった。

昨年春、官立高校に入学した鞠夫たちの学年は、GHQが命令した学制改革のため、わずか一年で旧制高校を追われ、新制度で発足する大学へ入り直さなければならなくなった。学友の誰もが希望した旧帝大系の新制大学への進学をめざした鞠夫だったが、母から「兄弟二人を都会で学ばせる資力はない」と説得されて断念。新制弘前大学の文理学部で教養課程を学ぶという、屈辱を味わっていたのだ。

読経を聴きながら、鞠夫は長林寺に対する激しい憎悪に駆られていた。

〈この寺が本堂を再建する寄付を集めなかったら、旧帝大系の新制大学へ進学していたはずだった。俺の学資の何年分もの大金を巻き上げて、本堂をぶったてて、どれだけこの寺の権威が高まるというのだ。生きている人間を苦しめて、なにが死んだ者を弔うだ、なにが佐賀長兵衛や檀家総代の霊に顔を合わせることができるだ〉

その夜、佐賀家の居間ではランプの灯のもとストーブを囲み、一年ぶりに家族全員が顔を揃えた。三回忌の法要が無事終わった安堵感に、みなくつろいだ様子だった。夜も更けて、団欒に加わっていた㊝の佐々木は事務所に引き揚げた。長兄の成夫は集落の寄り合いへ、キミ婆さんは寝室に引きこもった。

居間に母・フジと牧子だけが居残るのを待ち構えたかのように、鞠夫は胸にたまっていた不満をぶちまけた。

「親父の三回忌が終わったばかりで言うのもなんだけど、あの寺の立派な本堂はなんだ。我が家の家計が苦しいのに、なんであんなでかい本堂を建てるために大金を出したんだ。その金銭《かね》を少し削ってくれれば、俺が仙台か東京の大学で勉強する学費ぐらい出せたじゃないか。母さんは口をひらけば、長林寺は先祖が建てた寺だから仕方がないというけど……」

「お前の気持ちはわかっています。でも、この熊の穴のようなオカィスマに住んでいる限り、どんなことがあっても、枝幸で初めて秋味漁場を開いたご先祖さまの建てたお寺を守らなければならないのです」

そう言って、フジはぐっと唇を嚙みしめた。

明治十二年、佐賀長兵衛はオカィスマに漁場をひらいた頃、枝幸郡の人口はアイヌが百五十人、和人が三十人にすぎなかった。その後、明治二十二年になっても、アイヌの人口は三十四戸、百五十四人と横ばいだったが、移住者が増加するにつれて和人百十一戸、七百五十七人と増加した。明治二十四年には枝幸戸長役場が置かれ、市街地が整備されていく。

しかし、佐賀長兵衛は市街地に住まいを移さず、わずか十数戸の辺鄙なオカィスマを離れなかった。そして、創業地をはじめ周辺の海面で四、五ヶ統の定置網を自営しつづけた。

明治十八年の晩秋、長兵衛の甥の新田金作が乗り込み、福山の仕込主に清算を済まして下北の大畑に向かっていた持ち船が大時化で遭難し、消息を絶った。それに挫けず長兵衛は、翌春、鰊の建網漁に挑戦する。そして四年後、新田金作が北マリアナ諸島の無人島から帰還すると、再び鮭の定置網漁に挑んで再起を果たした。

明治二十五年以降、ようやく豊漁に恵まれた長兵衛は、自営の建網のほか、枝幸海域に建網十数ヶ統（鰊と鮭を合わせた数と思われる）の権利を所有して年間三千円の賃貸料を得る、オホーツク海沿岸有数の網元となった。そして、帆船長運丸を建造し、小樽まで鰊糟や塩鮭を運んで売り捌き、帰りには漁業資材や生活物資を買って枝幸で売り捌き、多くの利益を手にした
（『北海立志編』による）。

明治三十年十一月、佐賀長兵衛は八十二歳の生涯を終えた。

鞠夫は母親に言い返した。

「母さんは口をひらけば、長林寺は長兵衛爺さんの建てたお寺だから、なにはさておいても寄

付しなければならいというけれど、親父はなんと言っていた。生家《いえ》がかまど返し（破産）して師範学校しか行けなかった口惜しさから、『財産を売り払ってでも、子供たちに勉強させろ。学校だけは出してやれ』と言ってたじゃないか。俺だって、先祖が建てたというお寺をほったらかすつもりはない。だけど、俺が東京か仙台の大学を出てまともな月給取りにならなかったら、先祖の供養だってできなくなるじゃないか！」

「東京か仙台の大学で勉強したいというお前の気持ちは、わかりすぎるほどわかっています。でも、㋩から貰う漁場代でやっと一息ついた佐賀家の今の経済状態では、兄さん一人を東京の大学に出すのが精一杯なんです。どうか、頼むから、弘前の叔母に厄介になって勉強を続けておくれ……」

母は同じ嘆願を繰り返すばかりだった。

㋩からの漁場代でなんとか食いつないでいる我が家の家計が、インフレに翻弄されて先行き見通せなくなっていることは、彼もひしひしと感じていた。それだからこそ、お寺に寄付することに納得がいかなかったのだ。

「お寺の本堂さ直すのに金銭《かね》出して、俺の学資は出してくれないというのか！」

鞠夫は悲しそうな表情を浮かべる母親に怒りをぶちまけると、席を蹴って母屋を飛び出し一番倉へ駆け込んだ。

母屋の裏には、外壁にトタンのはられた三つの倉が連なって建っていた。壁がトタンなのは、内地の蔵のように土壁を塗る職人がいなかったからだ。一番倉と二番倉は、本州で見られる屋敷の土蔵と似た外見をしていたが、三番倉はそれらよりも二回りほど大きく、倉庫といってもよかった。一番倉の内部には畳が敷かれ、家財道具が置かれていた。万が一、母屋が火事になっても、当座の生活に困らぬよう家財道具を分けて保管したに違いなかった。

一階には、漆塗りの会席膳や漆器が収められた、引きあげ扉のついた木箱がいくつも並んでいた。部屋の片隅には、＃（井桁一）の屋号印が入った大小の提燈や布で覆われた大きな津軽塗りの丸テーブルが置かれ、大小の幾双もの屏風が壁に立てかけられていた。ゼンマイが切れたままの大きなラッパがついた蓄音機の傍らに、片面だけに溝の刻まれた分厚いレコードが無造作に重ねてあった。

押入れはがらんとしていて、使われたことのない蚊帳や、頑丈な金具のついた飴色の長持ち――中身はからっぽだった――があった。鞠夫が幼い頃、押入れには寝具がぎっしりつまっていたが、昭和十五年に発生した枝幸市街地の大火のあと、焼け出された親戚や柳谷らにくれてやり、空っぽになってしまったのだ。

二階には、壁際に黒光りのする箪笥が連なっていた。お雛様の入った大きな桐の箱や五月人形の入った小さい箱などの間に、鉄砲があった。中学の軍事教練で担がされた三八式歩兵銃に較べて、この鉄砲は途方もなく重たかった。鞠夫が足を踏ん張って持ち上げても、よろめいて構えることができないほどだ。羆《ヒグマ》撃ちやトド撃ちに使ったらしいが、昔の猟師の腕力には驚嘆するしかなかった。奥の押入れには、大火の被災者にくれてやった残りの敷布団や掛布団が押し込まれていた。

二番倉は、日用品や雑貨の類がぎっしりつまっていた。石油ランプがいくつも吊りさげられ、壊れやすいガラスの火屋《ほや》の入った箱や提燈や蠟燭の入った箱、茶碗や大小の皿、丼の瀬戸物の入った木箱が積み重ねられていた。山積みになった半紙や和紙の梱包や無数の箒や唐傘まであった。紙が貴重な明治時代、小学校でノート代わりに使われた石版と蠟石がリンゴ箱に投げ込まれていた。

三番倉は、二つの倉に較べて床面積が三倍ぐらいある倉庫で、馬車やトラックが入り口に横づけできるようになっていた。一階は資材置場として、莚《むしろ》や荒縄、かますなどの藁工品がうず高く積み上げられていた。片隅には六尺ほどある太い竿秤《さおばかり》が立てかけられ、重い金属の分銅もあった。鰊の〆糟や束ねた昆布の重量を量ったのだ。

昆布は湿気が大敵だった。そこで、倉庫を持たない漁師たちは、床も高く堅牢な三番倉に、縄で束ねた長さ四尺、八貫目の「一駄《だ》」という長方形の梱包を運び込んでいた。山積みにされた昆布は、検査を受けるのを待っていた。

傷心の鞠夫は、一番倉の二階につけられた明かり窓から外を眺めた。

幼い頃、夜になると倉の後ろの高い木のうえで、シマフクロウが「ゴロスケ　ホッホ　ゴロスケ　ホッホ」と鳴いていた。母屋の勝手口のそばに立つ、煙突の支柱の先端に止まって鳴いていることもあったが、いつの頃かフクロウの声を聴くことは珍しくなっていた。のちに彼は、アイヌの人々はフクロウを、彼らを守ってくれる神・コロカムイとしてあがめていたことを知った。フクロウが寄りつかなくなって、佐賀家は没落の一途をたどったのであろうか……そんな想いも頭の隅をかすめた。

月明かりのもとで、南東の方角にだだっ広い常倉《じょうぐら》の奥の一郭が見えた。

常倉は母屋の南側、勝手口から廊下でつながっていて、廊下の途中に便所があった。真ん中の通路を挟んで、常倉には木材や板の束とともに、大小の鋸、大工道具、農作業の鍬や大鎌が立てかけられていた。壁には今も、佐賀家の屋号◇一が印された木製のしょいモッコが、数個吊りさげられている。その昔、鰊を運ぶ時に使っていたが、ジャガイモを運ぶためにも使っていた。◇一の焼き印を押すための、鉄製の焼きゴテもぶらさがっていた。

父は常倉の奥まった一郭に、灯油の一斗缶と大小の釘の入った樽を山積にしていた。枠組みの箱に入った板ガラスもあった。日中戦争がはじまると、父は物資が統制されるのを見越して、それらを備蓄していたのだ。もちろん、日本がアメリカを相手に戦争をはじめるとまでは思っていなかっただろうが……。灯油の備蓄があったおかげで、電気のきていないオカイスマの佐賀家では、戦争中も細々ながらランプを灯すことができた。

鞠夫が常倉に詳しいのは、幼い時から常倉の下屋《げや》にあった鶏小屋で十羽ほどの鶏を世話していたからだ。彼は毎朝、屑ジャガイモを煮て潰したものに、燕麦や砕いたトウモロコシを混ぜた餌を与えるため鶏小屋に通った。冬に給水桶が凍りつくと、お湯をかけて溶かした。卵を産まなくなった鶏はつぶして食べるため、鞠夫は鶏の首を絞めたり、羽毛をむしったりする父を手伝ったものだ。

常倉の右側三分の一ほどは、薪置き場になっていた。一年中、千島列島方面から寒風が吹きつけるオホーツク海沿岸のオカイスマでは、夏の短い一時期を除いて、ほぼ一年中ストーブを焚かなければ過ごせなかった。そのために備蓄する薪の量は、半端でなかった。

左手の廊下のような下屋は、漬物置き場になっていた。自給自足が基本で冬の長いオカイスマの副食に漬物は欠かせず、重石を載せた十数個もの一斗樽がぎっしり並んでいた。沢庵漬、白菜漬、ぶつ切り大根に身欠き鰊を入れた鰊漬、鮭の飯《い》ずし、鰊の糠漬に加えて、鰊の切り込みやメフン（鮭の腎臓を醗酵させた塩辛）の入った焼酎甕もあった。鰊の切り込みを取り出すのは彼の役割で、先を釣り針状に曲げた針金で、甕の狭い口から汲みだすのは根気のいる仕事だった。

オカィスマでは、木綿の衣類などの日用品も独力で賄っていた。中国との戦争が長引き、衣料が入手しづらくなると、父は薪置き場の半分を割いて緬羊を飼いはじめた。羊毛を士別の工場に出荷し、毛糸やホームスパン生地と交換するのだ。母は毛糸でセーターや股引を編んだ。主食は配給の米で足りず、ジャガイモが一年を通じて食卓に上った。秋から冬にかけては、そこにカボチャやトウモロコシが加わり、爪が黄色くなるほどだった。

太平洋戦争がはじまると、父は漬物置き場の外に牛小屋を建て増し、ホルスタインの雑種を飼いはじめた。鞠夫は牝牛が子を生む前に津軽に出たので、我が家の搾りたて牛乳を飲む機会はなかった。しかし、このようにして父が畜産や酪農に対して精力的に取り組もうとしたのは、鮭定置網漁という不安定な生業を補完しようとの考えからであった。

三　新鋭の発動機船配属される――昭和二十四年八月

昭和二十四年八月上旬のある朝、佐賀家の朝食が終わるのを待ちかねたように、㋩の佐々木代表が母屋へやってきた。茶の間の囲炉裏端で、月遅れのお盆の準備に真鍮の仏具を磨いていたキミ婆さんに、佐々木はロシア語で「ドーブラエ　ウートゥラ（おはようございます）」と威勢よく声をかけた。

佐々木はなおも、キョトンとしているキミ婆さんに、「イランカラプテ（おはようございます）」とアイヌ語を使って上機嫌に挨拶した。

キミ婆さんは、十数年ぶりかにアイヌ語で話しかけられたことに戸惑いながら、

「まあオッテナ（アイヌ語で〈親方〉）ですか、おはようごぜえます」

と挨拶を返した。

「お婆さん、朝早くから精がでますな。ところで今日は、いよいよ新しく造った発動機船をオ

カィスマさ持ってくるんで、お婆さんに知らせにきたんです」

「オッテナったら、冗談こいで、まだわだしば騙す気でずべ。わだしは、年齢《とし》はとったども、まんだ耄碌《もうろく》してまへんがらね」

七十歳を過ぎたキミ婆さんは、むきになって言い返した。自分の言葉が信用されなかった佐々木は、少しばかり気色ばんだ。

「お婆さんにかかっちゃ、天下の㊝も信用がないんだなあ。去年の秋から、枝幸の造船所で新しい発動機船を造っているって話したじゃないですか。本当なんですよ。本当に今日、オカィスマに新しい発動機船がくるんですよ」

「そったらうまい話って、あるもんだべが……。大漁で大儲げしたんだばともがぐ、去年だば、わるいけど、たいして獲れながったでねえですがァ」

「去年獲れなかったから、今年こそは獲れるように、東京の本社が馬力の大きい発動機船を、オカィスマの漁場で使えるようにしてくれたんですよ」

「はあ、東京の人《ふと》にオカィスマの漁場のことなんど、わかるもんだべがァ」

キミ婆さんは、佐々木の話を信用しようとしなかった。

昨秋、オホーツク海沿岸の秋漁は、近年にない不漁に見舞われた。着業したばかりの㊝のオカィスマ漁場でも、鮭は一万三千尾、二百石をわずかに上回る程度で不漁に終わった。売上高から費用を引いた単年度の収支は、三百万円の赤字を計上していた。キミ婆さんはいくら損をしたかの金銭《かね》勘定までは知らなかったが、いくら㋩のような大会社でも、不漁の翌年にさらに投資をすることなどあり得ないと信じていた。

台所であと片づけしていたフジは、エプロンで手を拭きながら茶の間へ入ってきて、

「お婆さんったら……、佐々木さんの話は本当なんですよ。今日は土俵詰めを休んで、沖船頭さんや機関士さんは朝早くから枝幸に行きましたし、親方や大船頭さん、それに成夫も一緒に、これから発動機船を引き取りに枝幸へ出かけるんですよ」

といってキミ婆さんをたしなめると、済まなそうな顔で佐々木に会釈をした。

「いいんですよ、いいんですよ、奥さん。ソ連のイシコフ漁業相と渡り合った私も、佐賀さんのお婆さんにかかっちゃ敵いませんな。はっはっは」

佐々木は、鷲っ鼻の下にチョビ髭をたくわえた、いかつい顔をほころばせながら、豪快に笑い飛ばした。今日ばかりは、なんと言われようと彼は上機嫌だった。

たしかに、初年度における㋩のオカィスマ漁場での操業は赤字だった。

しかし、マッカーサー・ラインの外に出漁できず、沿岸漁業に活路を見出だそうとする㋩本社の経営方針と、佐々木が青森支社へ依頼したさらなる投資という思惑が一致し、オカィスマ漁場に新造の発動機船を投入することになったのである。二十トン、五十馬力という、この界

限の鮭の定置網漁ではまだ珍しい発動機船を建造することが決まった。船体は協和造船株式会社の枝幸造船所に、焼き玉エンジンは山形庄内の由良鉄工所にそれぞれ発注し、「型曳き」に間に合うよう八月上旬の引き渡しとなったのだ。

昼近くなって、オカィスマの集落が急に騒々しくなった。子供たちの歓声が上がり、人々が前浜へ駆けて行く足音が響き渡った。ほどなく、仏壇座敷でお盆の飾りつけの準備をしていたキミ婆さんの耳にも、腹の底から響くボンボンという焼き玉エンジンの音が聴こえてきた。

〈本当だ、大きだ発動機船の音だ〉

キミ婆さんは仏画の掛軸や岐阜灯籠を放り出し、三和土《たたき》にあった下駄をつっかけて表へ飛び出した。フジもそのあとを追った。クローバーに躓きながら母屋の前の広場を突っ切り、小型機の格納庫ほどもある舟倉の横を通って、石ころだらけの前浜の昆布の干場を駆け抜けた。

そして、見晴らしの利く砂丘にたどりつくと、大きく息を弾ませながらエンジン音のする方を見やった。先に着いていた禎三爺さんは、前こごみの腰を伸ばしていた。一番倉でふて寝していた鞠夫も、少し遅れて前浜へやってきた。

浜ではオカィスマに残っていた漁夫たちが、ロープを持って海辺を走り回り、磯舟を漕ぎ出して発動機船を迎える準備をしていた。その様子を見ようと、集落の人々も続々と前浜へ姿を現した。そしてみな、北西の方角、サンケシ丘陵の突端ウエンノッ岬（アイヌ語で〈wen-not、悪魔の岬〉から平磯の沖合を、白波をたてて近づいてくる新造の発動機船を食い入るように見つめていた。

大漁旗で飾りたてた新造船は、オカィスマの沖に到達すると、跳ね上がった舳先を陸に向け、真っ白のペンキで塗り立ての船体を、悠然と入り江に乗り入れてきた。船体が大きくなるにつれ、前浜では歓声とどよめきが沸き起こった。集落の女子供だけでなく漁師たちですら、オカィスマの沖合で、このような格好いい発動機船を眼にするのは、初めてのことだった。

やがて新鋭の発動機船は、平磯の沖合から澗印《まじるし》（大型船が接岸できるよう掘りさげた澗の入り口を示す、岩礁の突端に立てた目印）を大きく旋回し、入り組んでいる深海《ふかみ》（海岸の水深の深い場所）に錨を投げ入れた。

〈長運丸の澗《ま》さ、船こが入った……〉

と、キミ婆さんはうわ言のように呟いた。

新造船が投錨した深海は、初代の佐賀長兵衛の時代、「長運丸の澗」と呼ばれていた。長運丸とは長兵衛の長にちなんで名づけられた帆船の名である。

しかし、前浜に集まっている村人のうち、その深海がどうして長運丸の澗と呼ばれているのか、その由来を知っているものは数えるほどしかいなかった。いや、正確に長運丸の澗と呼ぶことのできるのは二、三の古老だけで、ほとんどの者はチョウオウ丸の澗とかチョウヨウ丸の澗と訛って呼んでいた。

キミ婆さんは、感激のあまり体を震わせた。彼女の眼には新造の発動機船が、◇の屋号印を大きく描いた帆を掲げる佐賀家の千石船・長運丸に映った。

根元がふた抱えもある太い帆檣《はんしょう》（帆柱）に、空へ羽ばたくかのように張られた大きな帆、反りあがった船首の先端に突き出た水押《みよ》し（船首）、舷に張り巡らされた欄干状の垣立《かきたつ》（和船の舟べりに立つ囲い）、大きな舵を支える艫《とも》（船尾）――。船はオカィスマ沖に到達すると、帆を半分降ろし、左右の舷に設けられた数挺の櫓櫂《ろかい》を漕いで長運丸の澗に入ってきた。長運丸は千石船と呼ばれたが、現在の船で言えば七、八十トンからせいぜい五、六十トン程度の大きさだったと推定される。

佐々木代表、中川原大船頭、成夫は大洋丸と命名された新造船から磯舟に乗り移り、大勢の人々の視線を浴びながら意気揚々と前浜にあがった。そして、駆けつけた人々から、次々と祝いの言葉をかけられた。

佐々木にとって、オカィスマ漁場を経営する二年目は試練の漁期だった。初年度の昨秋、漁獲が振るわないことから、漁期の半ばに早くも地元の漁師の間で、㋩の定置網の設計がオカィスマ漁場に合っていないのではないかとの声が高まった。

佐々木は当初、自分は択捉《エトロフ》の漁場で二十年間も鮭の定置網漁をやってきたベテランだ、抑留された樺太でイシコフ漁業相に頼まれて定置網を漁民に指導したほどの腕前だ、と豪語していた。しかし、次第に強気の態度が影を潜めていった。

最終的に二百石の不漁に終わったことから、さすがの佐々木も各方面からの意見を聴かざるを得ない立場に追い込まれていた。そこでこの春、かつて長年オカィスマ漁場で船頭をしていた杉山兵三船頭のもとを訪れ、定置網の設計について相談をもちかけたのである。

杉山船頭は身網の構造に問題があると指摘した。一つは、中央の囲網の鮭が入る口に設置する障子網についてだ。障子網は、囲網に入った鮭が逃げださないようにつけるものだが、その幅と取りつけ角度を枝幸沿岸のやりかたに近づけるべきだという。もう一つは、囲網から箱網に誘導する昇網の幅を拡げ、傾斜を緩めて鮭が箱網に入りやすくすべきというものだった。これらの助言を受け入れ、佐々木は手直しに踏み切った（145ページの図参照）。

さらに今年は、この辺りの標準である沖網四百八十間と中網四百八十間、陸《おか》網二百八十間の三段階にして、沖出し千五百間（二千二百五十メートル）に設置することとした。

オカィスマ漁場が再開されて二年目の「土俵入れ」は、新鋭船・大洋丸が投入されたことから順調にはかどった。

定置網を建てるには、沖にむかって、鮭の行く手をはばむ垣網と、垣網の先端で鮭を捕獲する身網からなる「型」を海上に浮かべ、それに網を吊りさげる。これらの「型」と吊りさげた網が海流や時化に耐えるよう、重量六十貫（二百二十五キロ）の土俵を錘として、身網に五百俵、垣網に六百俵、合計千百俵を投入し、海底に固定するのだ。

土俵作りの現場であるポロペッツ河口からは、ウエンノッ岬をかわしてカムイシ沖の建場までは三キロあまりあった。昨年は、おんぼろの発動機船ウエコ丸で六十貫の土俵四十俵を満載した三半船《さんぱせん》を曳航すると、人の早足ほどの速度しか出ず、小一時間もかかっていた。それが、新鋭船の大洋丸では四十分に短縮された。昨年は夜明けから日没まで、せいぜい六回ほどしか曳航できなかったのに、今年は十回もの往復が可能になった。そのおかげで、土俵を海に投下しはじめてから四日後には、早くも目標の三分の一を超える四百俵を投下することができたのである。

ところが、思いもかけぬアクシデントが起きた。

時ならぬ豪雨が道北一帯を襲い、土俵入れの作業が休みとなった翌日払暁のことだ。佐々木と小川帳場は、激しく戸を叩く音に起こされた。裸馬に乗ったポロペッツの漁民が、血相変えて駆け込んできたのだ。

「オッテナ（アイヌ語で〈親方〉）、㋩のオッテナ、大変だ、大変だ。オキムンペ（アイヌ語で〈大洪水〉）だ！」

「な、なんだと、オキ――」

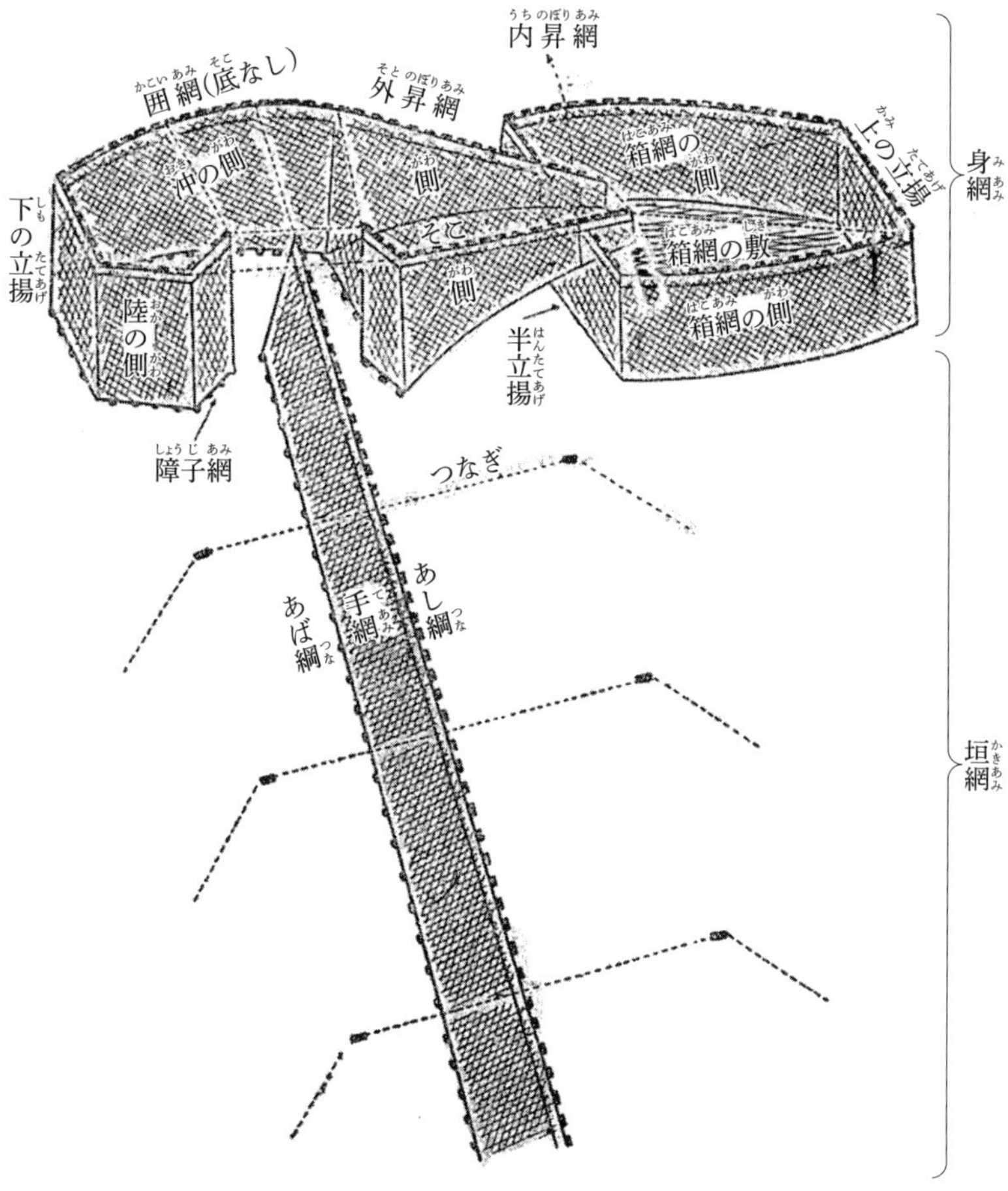

鮭定置網見取図（坂本福太郎『建網の手びき』〈左文字書店、1948〉より）

「ポロペッツがオキムンペだ。丸太が、大水で流れてきた丸太が、大洋丸さ押し寄せているどーっ！」

「そうか、わかった。イプンライケレ（アイヌ語で〈ありがとう〉）、すぐ行く！」

佐々木は、番屋の事務所に大船頭と沖船頭を呼びつけた。

「ポロペッツ川が洪水になった。大洋丸が流れてきた丸太に囲まれているぞ。漁夫たちを叩き起こし、ウエコ丸でポロペッツ川に向かう。機関士にエンジンをかけさせろ！」

ポロペッツ川は、北見山脈の主峰シュポペルシケ岳（アイヌ語で〈chup-apeyuy-irushka-shir、太陽の火が燃えるように怒る岳〉、函岳とも、千百三十メートル）の北麓の原始林からはじまる。ポロペッツ川は、途中、ペンケナイ川（アイヌ語で〈penke-nay、川上の川〉）、パンケナイ川（アイヌ語で〈panke-nay、川下の川〉）などの支流を集めてオホーツク海にそそぐ、長さ五十キロの川だ。

下流は中小河川の割に流域が広く、湿原を蛇行してゆったりと流れ、川幅が広いうえに水深も深く、底なしの川といわれていた。ちなみに、河口近くの川幅は百メートルを超え、オホーツク海沿岸のなかで、一番遅くに木造の橋がかかったほどである。

ウエコ丸に飛び乗った一行は、三十分ほどかけてポロペッツ河口の外に船を乗りつけ、砂丘を駆け上がった。砂丘の上から見渡すと、河口に係留していた大洋丸の周りには、上流から流れついた数十本の丸太が押し寄せていた。

すでに、上流の流送飯場から多勢の人夫たちが駆けつけ、丸太の回収作業をはじめていた。大船頭や漁夫たちが丸太を渡り、大洋丸に乗り移って被害を調べたところ、幸い船腹の一部を破損しただけだった。丸太が船を直撃しないよう、漁夫たちは鳶口のついた竿で流れてきた丸太を必死で押し戻し続け、夜の間も漁夫が船上にたって監視をつづけた。

丸太が回収され濁流の勢いが衰えるのをまって、三日後、大洋丸は自力で枝幸へ航行し、協和造船所で昼夜兼行の応急修理を施し、無事、漁場に復帰を果たした。

新鋭船・大洋丸は、作業の遅れを一気に取り戻し、土俵入れ再開から数日後には、定置網敷設の最大の山場である「型」を建場へ曳航する「型曳き」にまで漕ぎつけた。

穏やかな凪の日、いよいよ待ちに待った「型曳き」がはじまろうとしていた。

北緯四十五度、東経百四十二度、最涯《さいはて》のオカィスマの夏は、白夜を思わせるほど早く明ける。早朝四時というのに、前浜では鉢巻きをした漁夫たちが忙しく立ち働きはじめていた。大蛇がとぐろを巻いているかのような、ワイヤーロープを芯に麻ロープを撚った太い綱の「型」が、前浜一帯を蔽い尽くしていた。それは、五十馬力を有する大洋丸の牽引力によって、昨年よりも遥かに重量の重い型を曳くことが可能になったからだ。

その日、鞠夫はじっとしておられず、朝早くから何度も前浜に出て、作業の進捗状況に注意を払っていた。

午前十時頃には、「型曳き」を見物しようと大勢の人々が集まりはじめた。集落の者はそのほとんどが姿を現し、昨年の「型入れ」を見損なった近在の人々も押しかけてきた。漁師やその家族ばかりでなく、山際の農家や開拓者たちまでがやってきたうえ、市街からも造船所の関係者や㋩と取引する業者も、祝い酒をもって駆けつけた。オカィスマの前浜は、おそらく開闢《かいびゃく》以来と思われる数百人もの人だかりで騒然となっていた。

佐々木代表は小川帳場や成夫を従えて、長運丸の澗を見下ろす砂丘に陣取った。鞠夫はキミ婆さん、禎三爺さん、母・フジとともに、少し離れた場所から眺めていた。じっと前浜を睨んで仁王立ちする佐々木の姿は、いつもより一回り大きく感じられ、前浜の喧騒をよそに彼の周りにだけは、どこか近寄りがたい雰囲気が漂っていた。

おそらく佐々木の胸中には、今年こそ昨年の屈辱を晴らしたいという思いが高まっているのだろう。昨年は、オンボロ発動機船のウエコ丸しかなく、牽引力が足りないため、㋩の紋別事業所に発動機船の応援を頼まなければならなかった。そのうえ作業が遅れたため、陸網を省略し、沖出しは千二百間（千八百メートル）にとどまってしまった。その口惜しさを挽回する機会が、ようやく巡ってきたのである。

満潮の時刻が迫り、いよいよ「型曳き」に向けた準備作業がはじまった。

勇壮な掛け声とともに、屈強な漁夫たちが型を曳く太いロープの先端の輪を担いで海に入り、大洋丸の艫《とも》の両端に突き出ている床梁《とこはり》にがっしりと結びつけた。

「スタンバイ、完了だす」

黒光りのする頭に捩じり鉢巻きをしめた中川原大船頭が、大洋丸の船上でポパイの漫画のように筋肉の盛り上がった右腕を高くかざした。その合図に応えて、砂丘の頂上に陣取っていた佐々木が、右手を高くかざしながらぐるぐると回した。

「ようし、出発だあ！」

爆発音とともに大洋丸の焼き玉エンジンが始動した。

「ド、ド、ドーン、ドーンドーン！」

砲弾が炸裂するような轟音が響き渡り、煙突からは真っ黒い巨大なドーナツ状の黒煙が次々と上がった。数分後、五十馬力のエンジンは全開となり、スクリューが巻き起こす奔流が後方の海面を蹴散らすと、大洋丸は二度三度、身悶えするかのように船体をローリングさせながら、艫を海中に沈めるようにして前進をはじめた。奔流に隠れていた太い引き綱が、海面上にぴーんと張りつめるや、砂浜一帯にとぐろを巻いていた太い「側張り」の綱が、砂塊を巻き上げながら一気に海へと引きずり込まれていく。

「わあっしょい！　わあっしょい！」

「どげろ！　どげろーっ！　あぶないどうーっ！」

見物人の掛け声と怒号が飛び交うなか、漁夫たちは危険を冒して「側張り」がからまぬよう、太い綱に取りついた。

大洋丸は凄まじいエンジンの轟音を響かせ、大波をかき分けるようにして「型」を沖合へと曳いていく。その光景はさながら、怒り狂った巨大な龍が、長大な胴体をのた打ち回らせ、海面を切り裂きながら沖へと向かっているかのようだった。

漁夫たちの怒号のなか、前浜を埋め尽くした群衆から「うおーっ」と大歓声が沸き上がった。ついに、ガラス玉の浮子《あば》に連なった横百間、縦八十間の身網と、沖網・中網・陸網合わせて千二百間の垣網からなる巨大な「型」が、海辺を離れていくところだった。

鞠夫は、初めて見る壮大な「型曳き」の光景に身震いがとまらなかった。そして、「型」の最後尾が見えなくなるまで、昂揚した気分に酔いしれたまま立ち尽くしていた。

新鋭の大洋丸を投入した昭和二十四年、この秋の漁期の漁獲量は三百石にとどまった。

四　名ばかりの新制大学――昭和二十四年九月から十一月

鞠夫がオカィスマを発とうとした矢先、東日本を大型台風が襲った。八月三十一日夕方、南東から関東地方を直撃した風速三十メートルを超えるキティ台風は、新潟県上越地方から日本海に抜け、北東に進路をとると北海道の西岸を北上。翌一日夕刻には、宗谷海峡からオホーツク海に抜ける進路をとった。

しかし、宗谷に達する頃には急速に勢力が衰え、幸いオカィスマの建網に被害はなかったものの、鞠夫は一時、時化で建網が流されないかとはらはらしていた。その後、関東・信越地方では死者数十名、東京の浸水十万戸という甚大な被害をもたらしたことを新聞で知った。

九月初め、鞠夫は津軽へ戻り登校した。

二期校である急ごしらえの新制弘前大学は、遅れて七月半ばに開校したので、ようやく九月から本格な授業がはじまった。それから数日がたっても、一緒に入学したはずの旧制弘前高校時代の学友のうち、何人かは姿を見せなかった。鞠夫も、必修科目の教授すら決まらない有様に――後日、集中講義が行われると掲示は出たが――満足な勉強ができるのだろうかと不安にかられた。

世間は今井正監督、原節子・池部良主演の映画「青い山脈」の話題で賑わい、レコード店の店頭からは主題歌が流れていた。彼が北海道に帰省している間に、弘前の映画館ではすでに公開されていたのだ。

映画のあらすじは、東北のあるミッションスクールで、自由奔放に振る舞うヒロインを進歩的な女性教師が擁護し、旧制高校生も応援して封建的な校風を打ち破るという、石坂洋次郎お得意の青春ものだった。原作者の石坂は弘前出身で、ミッションスクール聖愛女学校と旧制弘前高校があることから弘前が小説の舞台と信じられ、地元では熱狂的に歓迎をされた。

しかし、鞠夫はその話題に加わろうとしなかった。街頭に流れる明るいメロディーの主題歌にも、気分が高揚することはなかった。ＧＨＱに命令された学制改革で、旧制弘前高校を一年で追い出された敗残の身には、いまさら旧制高校生がヒロインの相手に登場する映画をみても、落ち込むだけだったからだ。

新制大学の文理（教養）学部は、旧制弘前高校の建物を校舎としていた。同じ校舎では、一年先輩の二十七回生が最後の旧制高校三年生として学んでいた。鞠夫は、彼らが大鵬の徽章のついた風格ある帽子をかぶり、高下駄をはいた弊衣破帽姿で登校している姿を見るにつけ、劣等感にさいなまれた。

校舎の廊下で二十七回生とすれ違うたびに、先輩たちから憐憫の眼差しを浴びているような気がしてならず、顔見知りの先輩とすれちがっても、どちらからともなく視線を避けるようになり、次第に自己嫌悪に陥っていった。

彼は衝動買いした真新しい大学帽――仮の大学の頭文字を模った校章がついていた――を、二度とかぶろうとはしなかった。さらには通学路も変えた。

旧制高校一年の時の通学路は、茂森町から新寺町に突きあたる手前から右折し、桔梗野へ出て田圃のなかを通って中学校裏手の崖下へと流れる土淵川の土橋を渡る経路だった。時折、旧歩兵三十一聯隊の方から来るメッチェン（女学生）たちとすれ違うことから、互いを意識し合うようになっていた。

しかし、大鵬の徽章のついた帽子を脱ぎ捨て、下駄を靴に代えた惨めな姿を彼女たちに曝すのは忍びがたかった。鞠夫は、人通りの少ない在府町から相良町を経由して、五重塔《ごじゅうのとう》のある最勝院横の急坂を下り、紙漉町から富田大通へぬけて正門に入るコースに変えた。

しばらくして、鞠夫は同じ校舎で学ぶ二十七回生の教室に一年前のような明るさがなくなり、どことなく暗い雰囲気が漂うことに気づいた。それが「関戸事件」の余波であることを、間もなく知った。

彼は知らなかったが、年初めの二月下旬、関戸講師が生徒を講堂に集め、自分が共産党に入党したことを告げた。その後、新学期がはじまって間もなく、栗原校長は関戸講師の行為は政治活動を禁じた教育基本法に違反するとして、教授会を開いて辞職を勧告。それに対して、旧制弘前高校生徒自治会は五月半ば、処分に反対するストライキを僅差で可決し、五月から六月にかけて長期ストライキを決行した。

その結果、学校当局はストライキを主導したとして、放校三名、無期停学二十三名、戒飭《かいちょく》（注意を与えて行動を控えさせること）九名もの生徒を処分した。十月中旬までに停学処分は全員解除されたものの、学校当局と生徒の間の信頼関係は失われ、さらに生徒側にも、ストライキ賛成派と反対派の間に深い亀裂が残った。

新制大学の教養課程の授業は、旧制弘前高校に比べて質の低下が目立っていた。旧制弘高の看板教授の一人だった西郷啓造教授によるドイツ語の講義も、その例に漏れなかった。弘高からの進学組が少なく、初めてドイツ語を学ぶ学生が多かったため、西郷教授の講義は遅々として進まなかった。

若くしてドイツに留学した西郷教授は、創立間もない旧制弘前高校に新進気鋭の学究として着任し、以来二十年間にわたって教壇に立っており、卒業後、財界・官界で活躍する教え子たちからも慕われていた。

鞠夫は、旧制高校のレベルが残るドイツ語の授業だけは、欠かさず出席するように心がけた。西郷教授が選んだテキストは、皮肉なことにシュトルムの『Auf der Universität（大学時代）』だった。ドイツの古い地方都市に続く歴史と伝統ある教育の場、ギムナジウム（Gymnasium）を舞台に繰り広げられる、男子生徒とメッチェンたちの淡い恋物語だった。

主人公と仲の良い市長の息子は、息抜きにダンスの講習会に通いはじめる。しかし、なかなか気の合うパートナーの女の子に巡り逢わない。二人は仕立屋の少女ローレを首尾よく誘い出し、ダンスやスケートに楽しく興ずる。

年末、古い城に通ずる市場通で歳の市が開かれ、手回しオルゴール弾き（Der Leiermann）や、竪琴ひきの娘たちがやってきて賑わいをみせていた。ギムナジウムの生徒たちは、徒党を組んで出かけ、ジプシー娘たちをデートに誘おうとうろつき回る――。

鞠夫たちが憧れて入学した旧制高校は、この作品にあるギムナジウムの日本版ともいえる存在だった。しかし、旧制弘高を一年で追いだされた彼らは、ブラック（県立高女）やイャロウ（ミッションスクール）のメッチェンたちと青春を謳歌する夢を断たれた。

彼がいま学んでいるのは、六・三・三・四制学制改革によって生まれ、駅弁大学と嘲られている急造新設の新制大学だった。教室には、全国各地から競って入学を果たした旧制高校生の誇りや緊張感はなく、名ばかりの大学生活で、休み時間には津軽弁の会話が飛び交っていた。彼は憂さ晴らしに授業をさぼり、映画館に入り浸った。正門を出た富田通の突きあたり角にある慈善館、そして元寺町に東宝があった。映画を観ている間はひもじさを忘れ、ベンチのような木の椅子の硬さも忘れ、煌めくような作品の世界に引き込まれていった。

映画館では、戦前の名画が再上映されていた。ルネ・クレール監督の「巴里《ぱり》の屋根の下」「巴里祭」、エリック・シャレル監督の「会議は踊る」、ジュリアン・デュヴィヴィエ監督の「望郷」、ジョン・フォード監督、ジョン・ウェイン主演の「駅馬車」、戦後封切られたジョージ・キューカー監督、イングリッド・バーグマン、シャルル・ボワイエ共演の「ガス燈」、マーヴィン・ルロイ監督、ヴィヴィアン・リー、ロバート・テイラー共演の「哀愁」――。

なかでも忘れがたいのが、「哀愁」(原題・Waterloo Bridge)だった。物語は第一次世界大戦のさなかからはじまる。ヴィヴィアン・リーのもとに、出征した婚約者の戦死の報がもたらされ、絶望した彼女は娼婦となる。彼女が駅で帰還兵を待ち受けていると、そこに戦死したはずの婚約者であるロバート・テイラーが現れ、二人は再会を果たす。しかし、彼女は結婚に踏み切れず、ロバート・テイラーの母親にこれまでの経緯を話し、自死を遂げる――という悲恋の物語だ。敗戦後、多くの戦争未亡人が世に生まれ、占領軍の兵士に身を売りながら日々の糧を得る女性たちの姿を目のあたりにしているだけに、ヴィヴィアン・リーの迫真の演技は彼を感動させた。

次第に授業を欠席しがちになっていた鞠夫は、勉学のほかに打ち込むものはないかと周囲を見回していた。そんな時、学生新聞を出そうという話が持ち上がっていることを聞きつけた。早速、その十数人のグループへ飛び込み、原稿集めや編集、広告取りに熱をあげた。

印刷屋の植字工に教わりながら紙面を割付し、やっとのことで仕上げた紙面だったが、全国紙の新聞記者も輩出している先輩たちが、かつて発行した「弘高新聞」には及ぶべくもなかった。先輩たちが作った昭和一桁時代の新聞は、レイアウトこそ稚拙だったが、紙面は熱気にあふれ、左翼思想弾圧に敢然と抵抗する気概に満ちていた。

それに較べて、鞠夫らがつくった「学生新聞」は、激動する世情を紙面に反映しきれておらず、物足りなさが目立った。それでも彼らは、完成祝いに盛大なコンパを開き、自画自賛の感激に浸った。

しかし、その感激も発行直後だけだった。しばらくすると、連合国占領軍の青森司令部から、今後、事前検閲を受けないで学生新聞を発行してはならない、と警告を受けたのだ。敗戦で特高警察が解体され、思想、信条、報道の自由が保障されたというのは見せかけのことで、戦争中となんら変わっていないことを鞠夫は思い知らされた。ＧＨＱが掲げた日本の民主化はうわべだけにすぎず、実体は占領軍による軍政下にあることを隠している日本政府、ジャーナリズムに憤りを覚えた。しかし、二号の編集に取りかかろうとしても、その欺瞞を暴く原稿を「学生新聞」に載せる気力すら沸いてこず、部員たちの意気込みはすっかり薄れてしまった。

目標を失った鞠夫は学校帰り、残留した弘高仲間と、そして独りで富田通の珈琲苑《ガルテン》へ立ち寄る回数が増えた。音楽を聴きながらコーヒーをすすり、安ウィスキーでねばった。そうやって時間をつぶしていても、思い出すのは一年前の輝かしい高校生活のことばかりだった。

珈琲苑の店内には、大きな箱型の電蓄があった。中国大陸からの引揚者という可愛い姉妹は、彼が旧制弘前高校に在籍していたと知ってドイツ系の曲をかけてくれた。ドイツ語の時間に教授が歌って聴かせてくれた「のばら」「菩提樹」「魔王」などの歌曲、そしてベートーベンの「運命」やシューベルトの「未完成」、ワーグナー、シューマンの楽曲を知った。

そこでレコードを聴いていると、落ち込んでいた気分がようやく高揚してきた、もっともっと生の演奏を聴きたい、都会へ出て、整った楽器で編成された交響楽団によるクラシック音楽を聴きたい、そんな欲求が高まってくるのだった。

十月、リンゴが赤く色づく季節がきても、寮祭が開かれることはなかった。

鞠夫は暗闇に包まれたグラウンドに一人立ち、夜空を焦がす篝火のまわりを肩を組んで乱舞した一年前のファイアーストームを思い返していた。嗚呼、あの一年前の十月に繰り広げられた最後の寮祭！　あの感激と興奮をどう表現すれば、後世に伝えることができようか。寒気の迫る津軽の夜空を、赤く燃え上がらせたファイアーストーム。その周りで寮歌を絶唱していた二年先輩の二十六回生は、東京や仙台、京都の帝大を目指して巣立っていった。

彼はオカィスマの鮭の大漁を祈った。もし大漁になったら、㋩から余分に金が入る。そうしたら、東京か仙台にでて勉強する学資がもらえるようになるかもしれないからだ。気にかかるのは台風の襲来だった。十月下旬、再び勢力の強い台風が本州の南方から接近した。しかし、今度は八丈島をかすめて関東・三陸沖から北海道東方に抜け、静岡・東京・千葉の三県に被害をもたらしただけだった。

秋も深まった十一月初めのある日、中山寿夫が興奮した様子で鞠夫に告げた。

「湯川秀樹さんがノーベル賞をもらった。日本人で初めてのノーベル賞だ」

彼はひとしきり、湯川粒子とか中間子とか専門用語を交えて熱っぽく語ると、

「ようし、俺は京都へ行くぞ。湯川さんの講義を聴くんだ！」と叫んだ。

湯川秀樹は京都大学の物理学教授だった。かねてから中山は、物理が得意だと言っていたので、湯川の受賞に興奮した気持ちがよく理解できた。

ほどなくして、中山は教室に現れなくなった。北溟寮に行ってみると、いつの間にか姿を消していたという。鞠夫にとっての京都は、爆撃されずに残った古い都といった程度の印象しかない。しかし、旧制高校の寮歌のなかでもっとも親しみやすかったのが、京都・三高の「逍遥の歌」だった。中山は京大に入学すると確信した彼は、いつしかその寮歌を口ずさんでいた。

紅萌ゆる　丘の花
早緑《さみどり》匂ふ　岸の色
都の花に　嘯《うそぶ》けば
月こそかゝれ　吉田山

ラインの城や　アルペンの
谷間の氷雨　なだれ雪
夕は辿る　北溟の
日の影暗き　冬の波

旧制弘前高で鞠夫と同じクラスだった中山は、津軽の新制大学へ入学した数少ない学友だった。その上、彼は倶知安中学の出身で、同じ北海道生まれということもあり、格別親しくつきあう仲間のひとりだった。その中山が津軽を去った事実に、彼が受けた衝撃は大きかった。

あらためて鞠夫は、進路を悩みはじめた。とはいえ、選択肢は二つに一つしかない。このまま新制大学の文理学部教養課程で学び、医専から昇格して医科大学に看板を掛けかえた、名ばかりの医学部をめざすか、改めて旧帝大系の新制大学を受験して教養課程へ入り直すか、決断がつかず迷い続けていた。


その最中、母・フジからこの秋の鮭漁は不漁に終わりそうだとの便りが届いた。新造の発動機船を投入し、本格的な定置網で漁獲量のアップを狙った二年目も、また不漁に終わるのかと落胆した。同時に、母の打ちひしがれた様子が眼に見えるようだった。

やはり、仕送りを増やしてもらい、津軽を出ることは無理なのか——。

手紙には記されていないが、母の願いはよくわかっていた。鞠夫が医者になり、一日も早く僻地医療に従事することを望んでいたのだ。

「お医者さんのいない枝幸で、父さんと二人で体の弱かったお前を育てるのにどれほど苦労したことか。札幌の大学病院まで連れて行き、何日も寝ないで看病して、ようやく助かったこともあるんだよ」

母からは、ひ弱だった彼を医者のいない枝幸で育てた苦労を、繰り返し聞かされていた。産婆のいないオカィスマで、母は彼を生んだ。未熟児ではないかと怪しまれるほどひ弱だったこともあり、彼は幼児のかかる病気に次々とかかった。

最初に生死の境を彷徨ったのは、満二歳になったばかりの昭和八年暮れのことだった。高熱を出して引きつけを起こし、ただの風邪ではない様子だったので、通称「赤本」と呼ばれる家庭医学書を頼りに中耳炎の可能性があると判断した。そこで朝早くに馬橇を仕立て、夏に橋が架かったばかりのポロペッツ川を渡り、浜中街道から内陸に入って雪の峠道を越える、四十キロに及ぶ道のりを小頓別まで走った。当時、浜頓別から枝幸に通ずる鉄道はまだなかった。

角巻きを着て鞠夫を抱きかかえていた母は、必死の思いだったに違いない。途中、馬橇が転覆したり、吹き溜まりで立ち往生したりする危険性も十分あった。小頓別からは汽車を乗り継ぎ、一日がかりでようやく札幌に着くと、そのまま北大病院に入院した。

耳鼻科の医師は、中耳炎が悪化しているので切開手術をし、膿《うみ》が脳に洩れるのを防ぐしか治す方法がないと告げた。しかし、同室の付き添いしていた夫人から、「幼児の中耳炎の手術は危険だから、徹底して冷やし続けて治したほうがよい」と勧められた。彼女の助言にすがった父と母は、昼夜交代で病棟の軒下に下がるツララを取り、患部を冷やし続けたことで奇跡的に回復し、手術をせずに退院することができた。

しかし、今度は帰りの汽車のなかで麻疹《ましん》（はしか）にかかってしまう。危うく一命をとりとめたが、そのあと大腸カタルにかかり、一年近くお粥しか食べられずにやせ細った。ようやく走り回れるようになったと思ったら、次はヘルニアになり、治療の器具を装着せねばならず不自由を強いられた。父と母が病弱な彼を育てた苦労を思うと、鞠夫は医者になること、とりわけ僻地の無医村で医療に従事することは崇高な使命に思われた。

昭和十五年五月の大火で、枝幸の市街は灰燼に帰した。町唯一の内科医である松田医師は、高齢であることもあって再建を諦め、内地に引き揚げる決意を固めていた。しかし鞠夫の父・省三は、町から内科医がいなくなることを食い止めようと、枝幸に止まるよう説得した。そのために、オカィスマにあった一番新しい倉を解体して、医院を再建するための木材にするなど尽力して、町から去ることを思い止まらせたのである。

しかし、父の急病に松田医師は、なんの対処もできなかったというのだ。戦後は、軍医をしていた松田医師の息子が医院を引き継いでいた。

鞠夫がこれから進学する医学部は、青森で丸焼けになった医専が移転したもので、設備も足りない名ばかりのものだった。そこで学び、故郷に帰って患者を診療したとしても、父の急病になんら対処できなかった医者の二の舞になるのではないか——そう思うと、医学部進学への意思は揺らぐばかりだった。

その後、母から届いた手紙には、「今年は去年よりよかったが、三百石足らずの不漁に終わりそうです」と書かれていた。津軽を出るという鞠夫のはかない夢は、無残にも砕け散った。

五　佐賀家にもたらされた新漁業法成立の報――昭和二十四年十二月

師走に入り、東京の大学に通う長男の成夫は、司法試験を目指す友人に後日、ノートを見せてもらう約束をすると、冬休みを前に、早々とオカィスマへ帰省した。十月三十日に、漁業解放をうたった新しい漁業法が成立したことを家族に伝えようと、気が急いていた。

東京では冬晴れが続き、小春日和の日もあるというのに、そこから千キロはなれた北のオホーツク沿岸では早くも根雪となり、オカィスマへの定期バスは運行を休止していた。枝幸からの十キロほどの道程は、歩いていくしかなかった。

成夫は役場に勤めている禎三爺さんの跡取りの家に立ち寄り、ジャガイモの昼飯をご馳走になった。そして、毛糸のセーターを着込み、毛糸の靴下に履き替えると、ゴム長靴を履き、防寒帽をかぶり、分厚い手袋をはめ、オーバーをはおってオカィスマへと向かった。

市街のはずれから坂を下り、ウエンナイ川に架かる橋の袂の田村牧場から疎林を過ぎると、その先は砂丘を覆い尽くす雪原と、樹氷に包まれたナラの低い樹林が連なる浜中街道《パラヌプ》だ。気温は、おそらく零下十数度になっているだろう。行く手には、雪交りの烈風がオホーツク海から吹きつける、人っこ一人通らぬ雪の曠野が続く。左手に拡がるオホーツクの海は、どす黒い紺青《こんじょう》の水面《みなも》が白く波立っていた。街道の両側のところどころには、奇怪な形状のオブジェが立っている。枯れたオオカサモチやエゾニュウの残骸に、氷片がへばりついているのだ。

雪まみれになった成夫がオカィスマへたどりついたのは、歩き出してから二時間半後のことだった。雪囲いに覆われた母屋のなかは薄暗かったが、薪ストーブが赤々と燃える居間は暖かく、居間にはキミ婆さんと禎三爺さん、そして母フジがいた。

鉄板が赤く焼けたストーブの前で、成夫は酒糟を溶かした甘酒を飲み、冷え切った体を温めながら、途中の列車や連絡船の混雑ぶりをみなに話して聞かせた。そうして一息入れると、横座に正座するキミ婆さんに向かって、新しい漁業法が成立したことを切り出した。

「お婆っちゃ、禎三爺さん、母さん、漁場が厄介なことになりそうなんだ。十月の終わりに、漁業解放をやるという新しい法律が国会を通った。農地解放で地主から田圃や畑を取り上げて小作人に渡したように、漁業解放では漁業権を網元から全部取り上げ、地元の漁師たちに渡そうというんだ。まだ、先の話だどもな……」

成夫がもたらした漁業解放のニュースは、この秋の不漁に落ち込んでいた佐賀家の人々をさらに不安に陥れた。すかさず、キミ婆さんが声を上げた。

「なにぃ、漁場の権利ば取り上げるだって、そったらごどってあるもんだげぇ……。オカィスマの漁場は、長兵衛爺さまが松前の金持ちから前金ば借りてはじめたもんだんだどーっ、お上が金出して開かしてくれたんでねえんだどーっ」

「俺も、お婆っちゃと同じ気持ちだ。したども、マッカーサーに農地改革のあと漁業解放をやれといわれれば、政府はなに一つ逆らえないんだ。ただ、はいはいと言いなりになるしかないんだ」

「漁業権を取り上げるというなら、㊎との契約はどうなるの？　もしかしたら来年、漁場はできなくなるのかい？」

成夫の母・フジは心配そうに尋ねた。

彼女が不安に思うのも無理なかった。一昨年の一月、㊎にオカィスマの漁場を貸すため、彼女は枝幸漁業から鮭定置網の漁業権をとり戻したばかりだった。やっとの思いで手にした漁業権が、新しい法律ができて取り上げられてしまうというのか――。

「来年の秋、秋味漁ができなくなるわけじゃない。これまでの漁業権は、二十七年の三月までは認められるらしいから、㊎との契約のある再来年の秋までは大丈夫なはずだ。ただ、それから先、佐賀家が漁業権の免許を貰えるかどうかはわからないんだ」

成夫は三人に、国会で成立したばかりの新漁業法をかいつまんで説明した。

明治期にできた旧漁業法では、知事が漁業者に免許権を与えていた。それに対して新しい漁業法では、町村ごとに海区調整委員会というものを設置し、その委員会が免許を与える権限を握ることになったのだ。そして漁業権を与える順番は、各地の漁業組合を優先し、個人や会社はその次になるといい、誰に与えるかは海区調整委員会が審議して決めることになっていた。詳しいことは、政令というものが公布されてみないとわからないが、将来的に佐賀家の鮭の定置網漁業権は許可されない可能性がある――というのが成夫の解釈だった。

新しい漁業法は、以下の経緯で成立した。

昭和二十一年秋、農林省は農地改革の進展を受けて漁業改革の検討をはじめた。翌二十二年一月、農林省水産局はGHQ天然資源局に対し、新しい漁業法案（第一次案）を提出し、折衝に入る。おもな内容は、「一、漁業権は全て漁業協同組合に与える。二、漁業権は私的財産の性格を否定し、公的管理とする。三、民主的な調整機関として漁業調整委員会をつくる」というものだった。

ところが、二月初めに開かれた対日理事会（GHQの諮問機関）に、ソ連代表が基本的にこの第一次案に近い漁業制度改革案を提示したことから、改革案の審議はこじれた。GHQの内部では、私有財産を認めないソ連が支持するような水産局の第一次案は、検討の対象にすべきではないとの意向が高まったのである。

その結果、天然資源局長から第一次案への対案として、①漁業権は漁村の所有とする、②漁業権の配分、紛争処理にあたる公選の漁村委員会を設置する、という秘密ディレクティブ（指示）が伝達され、水産局の案は却下された。水産局側は、漁村に住む人々が、必ずしも漁業に従事しているわけではないため、ＧＨＱの指令は現実にそぐわず受け入れ難いと抵抗した。

昭和二十二年六月になって、今度は水産局側から、漁業者による「漁民公会」なる法人に専用漁業権を与えるという第二次案が提示された。しかし天然資源局は、この案は漁業を営むものに広く門戸を開放するという〝自営者優先〟の理念に反し、漁場の総合的高度利用を図るにはふさわしくない、と了解しなかった。言い換えれば、水産局案は漁民主義、ＧＨＱの意向は漁村資本主義ともいえるものであった。

そして同年九月、天然資源局は第二次案の審議を打ち切り、新たな法案の作成を命じた。それを受けて昭和二十三年一月、水産局において、漁業権は直接経営するものに免許するという自営漁業者優先の第三次案が作成された。この案に対して、漁協側は漁協に免許を優先することが否定されたとして反発し、一方で個人事業者からは会社経営を認めるよう意見が出たため、第三次案は丸一年以上も店ざらしとなった。

その後、ＧＨＱからの督促で昭和二十四年四月、ようやく政府は第四次案を閣議決定し、第五国会に上程すると、農地解放と漁業解放の違いが議論の的となった。耕す者に農地を所有させる農地解放は、確かに生産力を高め、農民を豊かにする道を開いた。しかし、農業とは比較にならぬ資本が漁業では必要となるため、零細漁民に漁業権を解放すべきかどうか議論が沸騰した。民主自由党内では、法案に反対する議員の脱党騒ぎにまで発展したため、いったん継続審議とし、第六国会会期中の十月三十日、ようやく四次案の新漁業法が成立をみた。

新漁業法の要点は、次のようなものであった。

一、旧漁業法では定置漁業権、区画漁業権、特別漁業権、専用漁業権に分けられていたのを、新漁業法では定置、区画漁業権のほか、特別漁業権と専用漁業を合わせた共同漁業権を沿岸に設定する。

二、免許を与える第一順位を漁業協同組合、第二順位を生産組合、第三順位を個人事業者・会社とする。

「おらがら漁場の権利ば取り上げるだなんて、そったらわがねぇ（無理難題な）ごどってあるもんだげえ」

キミ婆さんは、うめくように声を漏らした。

「……長兵衛爺さまは、何十年も前にシャモ（和人）が一人もいなかった枝幸さ来て、アイヌば雇って漁場ば開いたんだ。そして、不漁で散々苦労しながら漁場ば続け、枝幸の秋味《あきあじ》漁の元ば作ったんだよ。そのあど、おらあはその漁場の権利ば耕吉と裁判沙汰まで起こしてとっかえし（取り戻し）、苦労して漁場ばやってきたんだよ。いっとき、枝幸漁業サかだったんだども、佐賀家は漁師ば続けてきたんでねえがあ。そんなうちの漁場ばとりあげるだなんて、そったらごとってあるもんだげえ……」

明治十二年、佐賀長兵衛が場所請負人（場所持）の主家から独立し、福山の従二宇左衛門（チヨ）の仕込みを受けてオカィスマで漁場を開いた時、ほとんどの漁夫はアイヌ人だった。明治三十五年の暮れ、二代目佐賀長兵衛（長治）が急逝すると、長治との間に子供がいなかったキミ婆さんは、新田金作（初代長兵衛の妻の弟）の子・耕吉を養子に迎えた。

明治三十七年、市街の呉服屋渡辺米四郎が暗躍し、新田金作を引き込んで三歳の耕吉を戸主にし、さらに同四十二年、佐賀キミを分家させた。そして漁業権を耕吉の名義に換え、佐賀家所有の漁業権を蚕食しはじめたのである。大正期に入って、キミ婆さんは裁判で争い、残っていた漁業権を耕吉と折半することで和解した。それから三十数年にわたり、佐賀家の漁業権を守り続けてきたキミ婆さんにとっては、堪りかねることであった。

今度は、それまで黙っていた縕袍《どてら》姿の禎三爺さんの怒声が薄暗い居間に響き渡った。

「ふん、戦《いくさ》さ負けたあど出てきた、成り上がり者の代議士どもが、漁場の権利ば取り上げるって決めてしまったんだな。もともと蝦夷や樺太《かばふと》の漁場は、松前《まつめえ》の殿様や徳川幕府がほったらかしていた辺鄙なとこで、藤野や栖原《すはら》や伊達といった親方たぢが開いた漁場でねえが。明治になってから、秋味や鰊のことはからきしわがねえ薩長の連中が、漁場の権利ば認めてやるとかなんとかいってありがたがらせて、税金を取り立てただけだ」

「そんだ。おらも、苦労してお上の言う通りに税金ば払ってきたんだ。その佐賀家の漁場ば、なして取り上げるっていうんだ」

キミ婆さんが吐き捨てるように言った。

禎三爺さんやキミ婆さんの言葉通り、佐賀家は北海道の開拓に尽くし、売り上げに対して五分の税金をお上に納めて漁場をやってきた。鰊糟の干場も千坪あたり一円の税金を納めていた。

禎三爺さんの憤懣《ふんまん》の鉾先は、次に東條英機へと向かった。

「なんたって、いくらおめえがグダメイテモ仕方なかべえ。もとをただせば、アメリカと戦《いくさ》ばして負げて、カマドケエシ（倒産）してしまったことさはじまるんだ。マッカーサーが漁場の権利ばとりあげろって命令したんだから、仕方なかべえ」

「したはんで、おらあはアメリカと戦《いくさ》したって勝てるのがえーって、あれほど言ったでねえが……。アメリカ（弟のあだ名）の言ったとおりだった」

キミ婆さんは繰り言を口にした。ほとんど文盲の彼女は、それゆえに動物的な直感で生きてきた。だからこそ、お上による戦意高揚のプロパガンダに毒されていなかった。

キミ婆さんの次弟・純一は、ミッション系の学校を出て英語ができたことから、一旗挙げようとアメリカ西海岸に出稼ぎに行ったことから〝アメリカ〟のあだ名で呼ばれていた。しかし、酒で身を持ち崩した彼は、妻子を残して日本に舞い戻ったあと職業を転々とし。たびたびオカィスマの佐賀家に転がり込んでいた。

キミ婆さんは弟から、アメリカはとてつもなく広い国で、その広い大地をでっかい陸蒸気《おかじょうき》や無数の自動車が走り回っていると聞かされていた。そんな広大な土地に、想像もつかないほど大量の機械が出回っている大金持ちのアメリカに、ちっぽけで貧乏な日本が戦《いくさ》をしかけても勝てるわけがない——そう思っていたのだ。

「おらあ、お上の言うとおりに戦《いくさ》さ加勢したつもりだ。貯金ばおろして国債ば買った。金貨や銀貨をあるだけ供出した。そだのに、戦《いくさ》さ負げたんで、おらあから漁場を取り上げだなんて……。花札《トッパ》にだって、そったらでたらめな役はねえどーっ」

「ふん、それでも三途の川を渡る六文銭だけは、残しておいてよかったべや」

キミ婆さんに悪たれ口をきくと、禎三爺さんは腹立たしそうに煙管の火皿を赤銅の炉縁に叩きつけた。そして、なおもぶつぶつと文句を呟くキミ婆さんに向かって言った。

「『勝てば官軍、負ければ賊軍』って言うべぇ。昔、会津や南部が薩長の連中に負けた時、会津のさむらいだちば、下北や蝦夷地くんだりまで追っ払われたでねえか。今度は、東條がかまどかえしし、マッカーサーが天皇陛下よりも偉い世の中になってしまったんだ。成り上がり者どもが、マッカーサーを笠に着て、農地解放だの漁業解放だの威張りくさってるのは、薩長の小役人とおなじだべぇ。したども、ものは考えようだ。樺太《かばふと》や千島から着の身着のままで引き揚げてきた連中さ較べれば、オカィスマさ暮らしていでいがった（よかった）と思うこった。秋味を獲る権利ば取り上げられるぐらいで済めば、ええとしねばなんべぇ」

成夫に目をやりながら、禎三爺さんは煙管を炉縁に叩きつけた。

明治二年十一月、戊辰戦争で奥州列藩同盟が敗れ、会津藩は本州の北端下北半島と五戸、三戸を領地とする斗南藩として存続が許された。とはいえ、石高は二十八万石から三万石に減封されるという苛酷な扱いだった。明治三年の五月から十月にかけて、旧会津藩士二千八百家族、一万七千三百人が下北半島などに移住する。開拓をはじめた会津藩士とその家族だったが、米がまったく採れない僻地で、餓死寸前の悲惨な生活を強いられた。

明治四年七月、廃藩置県によって斗南藩は二年たらずで消滅し、俸禄は打ち切られた。旧藩士たちは生きる道を模索し、会津に戻ったり、北海道や東京など各地に離散したりするなどしたが、なかには移住することを諦めて再び下北や五戸に住みついた者もいた。

そうして下北に住むことなった会津藩士の娘てるが、土着の禎三爺さんと結婚し、オカィスマまで流れ着いたのだ。てるは両親から叩き込まれた薩長政権に対する恨みを決して忘れず、㋩の小川帳場が薩摩の出と知ってからは、道ですれちがっても会釈すらしなかった。

ぐだめく（愚痴をこぼす）禎三爺さんを無視して、キミ婆さんは立ち上がり、奥の仏壇座敷に入った。ほどなく、いつもよりかん高い木魚の音が居間に響いてきた。

フジの心境は複雑だった。一年半前の一月、枝幸漁業の本社に出向き、海野や柳谷とかけあって取り戻したオカィスマの鮭定置漁業権が、漁業改革とやらで佐賀家から取り上げられてしまう可能性があるというのだ。そのことはむろん口惜しかった。

しかし、その一方で㋩による漁場経営が終わり漁業権もなくなると、佐賀家がオカィスマに居続ける必要はなくなり、オカィスマを離れても漁場を開いた先祖の長兵衛翁に申し訳がたつ。漁業権の喪失するこの機会に、枝幸に所有する全財産を整理し、札幌か津軽で細々と暮らせる資金だけを手許に残し、残りはすべて長兵衛翁が眠る菩提寺の長林寺に寄付して、枝幸を離れてはどうだろうか——そんな想いが胸底に湧いてくるのだった。

はっと我に返ったフジは、再び立ち上がると、年越しの準備のためにお手伝いの牧子と台所で働きだした。

第三章　光と影

一　旧帝大への挑戦を決意——昭和二十五年一月から七月

昭和二十五年の正月早々、津軽地方は猛烈な寒波に襲われた。気温は日中でも零下十度を下回り、積雪は一メートルを超えた。国鉄は連日、除雪人夫を大量動員し、新型のロータリー除雪車を出動させて、列車の運行の確保にあたった。

ようやく降雪が止んだのは、それから数日がたった十四日のことだった。鞠夫が登校すると、さらに幾人かの旧制弘前高校の仲間が姿を消していた。自分も弘前大学を去った彼らの後を追うべきではなかったかと、悩みは深まる一方だった。

一月も半ばを過ぎたある日の休み時間、弘高仲間の佐々木から、「医大にいる弘高の先輩が、会って話したいと言っているんだ。会ってみないか」と声をかけられた。

医科大学で学ぶ先輩は、文理学部の教養課程に在籍する弘高出身者が相次いで辞めていくことから、医大が衣替えする医学部への進学者のレベル低下を懸念し、佐々木を介して鞠夫に声をかけたのだ。

佐々木は都落ち組だった。医者を志しているが、健康を害して留年していた。そして早い時期から、無理をして食糧事情の悪い都会の旧帝大系の医学部を目指すよりも、食べる物に関してはまだましな弘前に残ることを決めていた。

数日後の土曜午後、佐々木から声をかけられた数人の同級生と医大へと赴くと、弘高残留組が数人待ち構えていた。医大の先輩は言った。

「君たちはせっかく弘前に残ったんだから、どうだい医学部に進まないか。俺たちのいる医大は、戦災で焼け出されて移ってきたから設備は貧弱だが、君らが在学している間には、他所《よそ》の医学部にひけをとらないような設備が整うはずだ。まずは校内を案内しよう」

鞠夫は気の進まないまま、これといった予定もなかったので先輩の後をついていった。気乗りしなかった理由の一つは、医大の校舎にあった。医大の本部と教室のある建物は、彼がかつて六年生の時に学んでいた朝陽国民学校の平屋の木造校舎を利用していたことにあった。

昭和十九年に創立された青森医学専門学校は、同二十年七月の青森大空襲で丸焼けになり、その存続が危ぶまれた。しかし、弘前市が誘致したことで廃校を免れ、昭和二十二年四月に移転した。誘致に際して市当局は、旧国民学校の朝陽小学校を医大の校舎に、近くの市立病院を附属病院にそれぞれ提供したのである。

医大の校舎は、南塘グラウンドの北にあった旧国民学校のままだった。本町の突きあたり、正門の太いコンクリートの門柱に、青森医学専門学校、弘前医科大学の看板が並んで掲げられていたが、隅が欠け落ちていた。正門から入った、だだっ広い玄関の三和土《たたき》の左右には、学童用の下駄箱がそのまま残されており、校舎のなかも戦中戦後の物不足のため手入れが行き届かず、彼が通っていた頃よりも荒廃していた。

上履きに履き替えて上がる幅広い廊下は、児童の背丈に合わせて腰板が低くされ、ガラス窓はところどころ板張りになっていた。教室の机と椅子こそ大人用に換えられていたが、黒板は国民学校時代のものがそのまま使われていた。その有様は、彼が四年間通った中学校の重厚な明治の欧風木造建築や、弘高のゴシック調の洋館建築に較べて、いかにも稚《いとけな》いものだった。

もし医学部に進んだら、幼い日に津軽弁を話せないことでいじめられた記憶の残る校舎に、再び通うことになる――そう思うと、鞠夫はやりきれない気持ちになった。

先輩に導かれ、人体の骨格標本が置かれた部屋や、顕微鏡などを設備した部屋を見学したものの、真新しい医療機器らしきものは見あたらず、備えつけの器具は旧制高校の理科室とほとんど変わらなかった。棚に並ぶ、大きなガラス瓶に入れられた臓器や胎児などの病理標本だけが、わずかに医大らしい佇まいを見せていた。

最後に連れ込まれたのは、窓に暗幕が張り巡らされた解剖用の屍体置き場だった。

立てつけの悪くなった重い引き戸を開けると、ホルマリンの臭いが鼻を突いた。国民学校時代は理科教室だった室内は、床にコンクリートが敷かれ、分厚い天板の実験用テーブルは撤去されて、大きな浴槽のような琺瑯《ほうろう》びきの容器が数個置かれていた。容器を覆う分厚い木の蓋を除けると、溶液のなかに茶褐色に黒ずんだ異様な物体が浮かんでいた。解剖用の屍体だ。

鞠夫は、ホルマリンと屍体が放つ異臭に嘔吐しそうになり、水槽から目をそむけた。

彼は子供の頃、父の手伝いでニワトリやウサギを絞め、解体して肉をとっていた。軍隊が買い上げるので、小遣稼ぎにイタチやトッカリ（アザラシ）の毛皮を剝ぎ、船倉の板壁に貼りつけて乾燥させたりもした。そんな時、ニワトリや動物の生臭い鮮血が雪上を真っ赤に染めても、食べるためであり、金にもなるので、嫌悪感を抱くことはなかった。

しかし、密室でホルマリン漬けの屍体に向き合った瞬間、鳥肌が立ち、平常心は失われた。魂の抜けた人間の屍体に向き合うことが、これほどまでに厳しいとは――。医学生になったなら、こんな物体となった屍を切り裂き、内臓を切り取ることを強いられるのか。何度もこみ上げる吐き気を、鞠夫は必死にこらえた。

そのあと、鍛治町の小料理屋へ飲みに行こうという先輩の誘いを振り切って、鞠夫は住吉町から富田通の珈琲苑《ガルテン》に入った。そして、先ほどの出来事を振り返った。

病気を治すという生命にかかわる職業は、世のなかに必要であることは理屈でわかっている。

しかし、グロテスクな屍体の皮を剝ぎ、内臓を切り刻む解剖は、生理的に受け入れられなかった。かつて通った〝小学校〟の校舎で、このような醜悪極まりない授業に耐えて医者になったとしても、ありふれたヤブ医者にしかなれないのではないか——彼の心は揺れに揺れた。

「俺はノーベル賞をもらった湯川さんの講義を受けるぞ」、そう言って京大をめざして津軽をあとにした、親友の中山の顔が浮かんだ。そのとき鞠夫の脳裏に、中山がすべての物質の元とされる素粒子の研究に打ち込むのなら、俺は生命の基礎研究をやろうという考えが閃いた。彼は、染色体地図（遺伝子）とか、病気を引き起こす細菌よりもはるかに小さなウイルスというものがあるという、新しい生物学の分野に関心を持ちはじめていた。

そのような生物学の先端分野を学ぶには、医学か生化学かはわからないが、電子顕微鏡など最新の研究機器を備えた施設でなければならない。弘高の理科室よりも貧弱な、しかも昔通った小学校の校舎にある医学部では叶わぬことだった。

父の急死後、なんのために空腹にさいなまれながらも必死で勉強し、四修（旧制中学四年からの入学）で弘高に入ったのか。このまま津軽に埋もれたくない、旧帝大系の白亜の殿堂で学究を極めたい、という思いに鞠夫はかられた。だが現実は厳しかった。この数か月間の無気力な生活で、学力は低下している。三月に一期校を受験し直すには、もう一度、過酷な勉強に取り組まなければならないが、すでに手遅れだった。彼はそのままずるずると、三学期の授業に出た。

　そして、昭和二十五年三月二十五日、旧制弘高こと官立弘前高等学校は三十年の歴史に幕を閉じ、一年先輩の二十七回生が卒業したことで、校舎から旧制弘高生の姿は消えた。鞠夫はようやく劣等感から解放されたものの、反面、言いしれぬ寂しさに襲われた。


　四月に入り、二年の新学期がはじまった。周りを見渡すと、さらに多くの旧制高校からの仲間たちが学校を去っていた。叔母の陋屋《ろうおく》二階の屋根裏部屋に閉じこもっていても気が滅入るばかりだったので、彼は惰性で授業に出ていた。

　その後、親友の中山が念願叶って京大に入ったことや、仲間の何人かが東北大や北大に入ったという情報が入ってきた。また以前、医学部に残らないかと誘われた同級生のなかに、旧国立医専の大学に入った者がいるとか、文系のクラスにも東京六大学の難関学部に進む者がいるとの噂が、鞠夫の耳に入ってくるようになった。彼は遅れをとった口惜しさを噛みしめながら、ドイツ語の授業だけは欠かさずに出席を続けたが、そのほかの科目は講義のあとに顔見知りと雑談するため、気まぐれに出席するだけだった。

　鞠夫が新設される医学部への進学を避けたことは、結果的に誤りではなかった。

　この年の三月二十三日、医専から単科の医科大学に衣替えをした弘前医大の入試が行われると、百六十三名が願書を出したものの、受験者は八十七名しかいなかった。医大は辞退者を見込み、定員四十名に対して五十九名の合格者を発表したが、そのなかに二十数名の旧制弘高出身者がいた。倍率一・五倍の入試なぞ、全員合格に等しい。そんな医学部に入ってみたところで、先端の分野を学びたいという彼の願いが叶えられないことは明らかで、医学部を志望した先輩の大半は旧帝大や伝統ある医専へ進学していた。

ある日、彼は古本屋に立ち寄った。その本棚の片隅で見つけたのが、ロジェ・マルタン・デュ・ガールの『チボー家の人々』だった。戦前に刊行されもので、かなり傷んでいる上に全巻が揃っていないため、投げ売りされていたので買い求めた。

フランスの有名な長編小説であることは知っていた鞠夫だが、寄寓先に戻ってページを繰りはじめると、いつしか夢中で読み耽っていた。それは二十世紀初頭、パリの名門チボー家の当主である父と、将来を嘱望される医師の長男アントワーヌ、そして父に反発する次男ジャックが繰り広げる壮大なドラマだ。物語の後半では、勃発する第一次世界大戦によって、軍医として出征したアントワーヌは毒ガスにやられて死亡し、ジャックは反戦運動に身を投じて事故死。当主であるチボー氏ものちに亡くなり、戦争に翻弄されたチボー家は崩壊し、悲劇的な結末を迎える——という内容だった。

鞠夫は、父やカソリックの司祭の教育方針に逆らって家出をしたジャックが、難関の高等師やがては労働運動に目覚めていく自由奔放な生き方に共感を覚えた。

範に合格しながらも姿をくらまし、さまざまな職業を転々としながら文学修業に励むなかで、

四月末からはじまった連休のさなか、観桜会で賑わう雑踏のなかを鞠夫は独りさ迷い歩いていた。花見客が行き交う喧騒に包まれながら、津軽に取り残されたように感じていた鞠夫は、孤独感にさいなまれていた。屋台の呼び込みの声は少しも耳に入らず、見世物小屋の客引きの嬌声も、曲馬団の楽隊のジンタも、彼の心にはまったく響かなかった。

二年前の春、鞠夫は学友たちとともに白線帽を被り、マントに高下駄姿で徒党を組んで、桜の下を闊歩した。ピンクの桜に彩られた弘前城の櫓に、旧制高校生の黒いマントはよく似合った。しかし、この春に卒業した二十七回生の先輩たちが去り、かつての仲間の多くも旧帝大へ進んだいま、観桜会の喧騒のなかで、この地に残された彼の虚しさは募るばかりだった。

彼が弘前で孤独を嚙みしめていた頃、全国各地の大学では、共産主義反対に転じたＧＨＱの占領方針に対する、学生たちの抗議行動が激化していた。

五月一日、ＧＨＱ教育顧問のイールズ博士は、東北大で「学問の自由」と題した、共産化した赤い教授の追放を訴える講演を開こうとして学生に阻止された。占領軍は警察当局に逮捕令状を出させ、学生二名を逮捕するが、逃走した他の二名は東大で開かれたイールズ声明を批判

する報告会に出席した。さらにイールズ博士は、五月十五日に北大で講演を行ったが、終了間際、発言を求める学生たちが演壇を占拠し、会場は大混乱に陥った。事態を重く見た文部省の指示により、前出の東北大では学生十四名（うち退学三名、無期停学三名）、北大では十名（うち退学四名、無期停学四名）の処分が行われた。

各地の紛争をよそに、弘前大学では当局による開学一周年の祝賀行事が行われた。五月三十一日には記念式典が挙行され、午後は学部対抗サッカー大会を実施。翌六月一日から四日にかけては、外部の大学教授や哲学者・安倍能成《よししげ》らの講演会、芸大教授のヴァイオリン演奏会が催された。こうした学内の相も変わらぬ平穏な雰囲気にいらだちを感じた鞠夫は、祝賀行事に参加する気になれなかった。

戦時中、彼は軍国少年の一人として「戦陣訓」を叩き込まれ、神州不滅、本土決戦で日本は必ず勝つと信じ込んでいた。しかし、八月十五日に玉音放送が流れ、よく聴き取れなかったものの「耐えがたきを耐え、忍びがたきを忍び」という天皇の言葉から、日本が降伏したことがわかった。大本営発表に騙され続けた口惜しさは怒りとなり、民主主義こそ敗戦後の日本が進むべき道であることを確信した。それだけに、戦前に逆戻りするかのような赤狩りの風潮が、再び台頭することは許せなかった。

六月二日、警視庁はイールズ声明反対のデモや集会を禁止する、との声明を出した。さらに六月六日、マッカーサーは日本共産党の徳田球一ら中央委員二十四名に公職追放令を発動し、弾圧が急速に強化されつつあることが明らかになってきた。

六月十二日には、東京の渋谷駅前広場で平和運動の署名活動を行っていた東大教養学部の学生数名が逮捕され、翌十三日、天野貞祐文相が「祖国の再建を妨げるような学生運動は許さぬ」との警告を出した、と報じられた。そして六月十六日、国家警察本部は当分の間、デモと集会を全面的に禁止するとの指令を出したのである。

こうした状況を憂え、日々悶々と過ごしていた鞠夫に、予想だにしない報がもたらされた。朝鮮半島で再び戦争がはじまったのだ。

昭和二十年八月、マッカーサー連合国軍総司令官は、日本の支配下にあった朝鮮半島の日本軍に対し、三十八度線を境にソ連軍と米軍それぞれへの降伏を命じ、米軍は南朝鮮に軍政を布いた。その後、紆余曲折を経て、昭和二十三年八月には半島南に大韓民国、同年九月には半島北に朝鮮民主主義人民共和国が成立し、米ソそれぞれの軍隊は撤退した。

しかし、昭和二十五年の六月二十五日早朝、突如、北朝鮮軍が南朝鮮に宣戦布告し、三十八度線を突破して進攻をはじめたのである。北朝鮮軍は怒涛の如く南朝鮮へ攻め込み、六月末には大韓民国の首都京城を陥れ、さらに南下を続けた。新聞は連日、北朝鮮軍に攻め込まれている南朝鮮の戦況を、解説図を交えて伝えたが、もしかしたら第三次世界大戦に発展するのではないか、という危機感が人々の間に拡がっていた。

日本が戦争に巻き込まれる前に決断すべきだった、と鞠夫は後悔していた。

昨夏、オカィスマに帰省した際、母親と津軽を出る、出ないで言い争いした時が、その時だったろうか。いや、昨秋に中山が湯川秀樹のノーベル賞受賞に発奮して京大を受けると告げた際、「君が津軽を出るなら俺も出る」とすぐさま受験勉強に取りかかるべきだったろうか。今となっては、すべてがあとの祭りだった。

しかし、朝鮮戦争をきっかけに、鞠夫の気持ちはかえって固まった。なにが起きようと、旧帝大系の大学に入り直すという決意は、揺るぎのないものとなっていた。

七月中旬、津軽と訣別する覚悟のもと、鞠夫は北海道へ向かった。朝鮮戦争のあおりは鉄道にも及び、青森駅の構内には警戒にあたるＭＰ（占領軍憲兵隊）の数がぐんと増え、さながら戦時下の様相を呈していた。

函館から乗った列車は、北へ向かう途中、何度も米軍の軍用列車と思われる貨物列車とすれちがった。迷彩色を施したシートが被せられた無蓋車輌には、明らかに戦車や火砲と思われる貨物が積み込まれていた。ソ連軍への防備として北海道に配備されていた武器が、朝鮮半島の戦線へ向けて次々と輸送されているようだった。

鞠夫は、朝鮮で展開する戦闘が間近に迫っていることを、ひしひしと感じていた。

二　佐賀家に起きた内紛――昭和二十五年八月

鞠夫が帰省したオカィスマは、朝鮮戦争で騒然とする内地とは別世界だった。バスをおり、カラマツの並木を抜けて坂の上から眺めると、そこには昨夏とまったく変わらない光景が拡がっていた。彼はひと休みすると、番屋に出かけて佐々木代表と小川帳場に挨拶し、続いて前浜に出て、顔なじみになった船頭や漁夫たちの間をひと回りした。

翌日から、彼は一番倉に陣取り、受験勉強に取りかかった。

間もなく、父の命日である七月二十一日がやってきた。昨年の三回忌ほどの人数ではないが、親戚づき合いする三十人ほどが長林寺に集まった。去年の秋も不漁だっただけに、鞠夫には参会者を前に伏し目がちな母フジが、気落ちしているように思えてならなかった。ひけ目を感じているのは、母だけではなかった。彼自身も旧制高校を放り出されて入った新制大学に満足できず、退学する覚悟を決めたばかりだっただけに、胸を張って人前に出る心境にはなかった。

八月十五日の敗戦の日、ラジオの聴けないオカィスマでは、北朝鮮軍が朝鮮半島を制圧しかねない状況に対する切迫感などまったく感じられなかった。それよりも集落の人々の関心は、この日行われる初めての海区調整委員選挙で、誰が当選するかに集まっていた。

二月に新しい漁業法が施行され、枝幸町と浜頓別町の地先水面は、北海道第十一海区となった。そして八月十五日、漁民による第一回海区調整委員の選挙が行われた結果、オカィスマ集落の漁師を代表するツシマコタンの増田儉吉が当選し、その報はまたたく間に集落中へと伝わった。ただし、知事が選任する学識経験者二名と公益委員一名の指名は、二か月遅れで行われることになっていた。

翌日の夕方、佐賀家の母屋に男たちがどやどやと入ってきた。海区調整委員に当選した増田儉吉や町会議員の桔梗紀四郎、隣の三浦の親父といった面々で、サンケシの牧場を任されている海軍こと、母フジの弟・中村春一も加わっていた。男たちはかなり酒が入っており、三浦の親父など鼻の頭が赤くなるほど酔っていた。

「おらあ今度、海区調整委員さ選ばれたんで、挨拶まわりに来た」

日頃の不機嫌な顔とは打って変わり、増田は得意満面の表情だった。

「それはそれは、おめでとうございます」

フジは一行を茶の間に招き入れた。仏間でお盆の飾りつけをしていた祖母のキミ婆さんが顔を出し、二階の書斎からは兄の成夫もおりてきた。

「ご当選おめでとうございます」

「いやあ、みなさんのおかげで枝幸のお偉方さに混じって当選できたじゃ。これからは、オカィスマの漁師の代表として頑張るつもりだのでよろしく」

佐賀家からの祝いの言葉に、増田は型どおりの口上を述べた。

町会議員の桔梗が、かいつまんで説明した選挙の経緯によると、オカィスマ集落をはじめとする自営漁業者の期待を集めたツシマコタンの増田が、機船底曳きの有力漁業者たちを抑え、十一名の委員のなかで上位当選したという。

フジはあらためて、上位当選を祝う言葉を増田に伝えてから、

「聞くところによると、海区調整委員というのは町会議員さんよりも名誉なお役目だそうで」

と問いかけた。

「うん、詳しいことは知らねえども、農業の農地委員みたいな仕事だそうだ。漁業解放で新しくなる漁業権を決めたり、漁師のあいだでもめごとが起きた時に調停したりするみたいだな」

増田は海区調整委員の役割を承知のうえで立候補したのに、とぼけた返事をした。彼は㋵枝幸漁業の重役である柳谷の親戚にあたり、枝幸管内ではトップクラスの漁獲量を誇る自営漁師だった。それだけに鼻っ柱も強く、鞠夫の父・省三が開拓者の受け入れや乳牛の導入など、集

落の振興を図ろうとするたびに、なにかと難癖をつけてきた男だった。

むろん、佐賀家が㋩に漁場を貸したことも、快く思っていなかった。彼が海区調整委員になったからには、佐賀家の鮭定置漁業権の存続に難癖をつけるであろうことは、誰の眼にも明らかだった。

「水産庁の解説書によると、新しい漁業法では、漁業権の認可をはじめとする揉めごとの処理などは、漁業（海区）調整委員会に権限が委ねられていますが――」

成夫が緊張した面持ちで言った。

「そんだな、佐賀さんの兄さんは中央の法学部だったな、法律のことだば専門家の卵だもんな」と桔梗さんが助け舟を出した。

農地解放がＧＨＱの思惑通りに進んだのは、大正から昭和初頭にかけて起きた小作争議で各地に農民組合が結成され、地主との闘争が早くから行われていたからだった。その一方で、漁業解放は遅々として進まなかった。その背景には、豊漁不漁の差が大きい沿岸漁業に従事する零細漁民たちは、いわば仕込み親方的な漁業資本家の支配下にあり、そうしたボスに立ち向かって闘争したケースが、過去にほとんど見られなかったことがあった。

昭和二十二年一月、ようやく漁業権は協同組合以外には免許をしない、とする漁業改革の第一次案ができた。これに対してＧＨＱは、ソ連のコルホーズ的な発想ではないかと警戒し、自営漁業者に免許をあたえる資本主義的な方式をとるべきではないかと反対。その後、四年に及ぶＧＨＱと農林省のやりとりを経た末、昭和二十四年十一月、第四次案が第六国会でようやく成立し、十二月十五日に公布された。

「増田さん、なんとか先祖の長兵衛が網を建てたオカィスマから鮭の漁業権がなくならないよう、よろしくお願いします」

成夫が増田に頭を下げた。

「ああ、佐賀さんが申請するつもりなのはわかってるよ。したども、マッカーサーの命令した漁業改革は、漁師の集ばった生産組合に優先して漁業権を許可するということだそうだからな。オカィスマの漁師たちが集まってやりたいという申請が出たら、どういう結論になるかはまだわからんなあ」

増田が生返事をした。

「そこのところを増田さんのお力で、漁業権を貰えるようにしていただけませんか。お祖母さんからもお願いしてください」

フジに促されてキミ婆さんは、「なんとかよろしくお願《ね》えしますだ」と深ぶかと頭を下げた。

「突然おいでになられたので、なにもありませんが……」

フジはお手伝いの牧子が盆に載せてもってきた、焼酎をなみなみと注いだコップとイカの塩辛を来客に差しだした。

増田が横柄《おうへい》な態度で言った。

「成夫さんよ、おめえは学校ば出だらオカィスマさ戻ってくるらしいが、そしたら、牧場は海軍さ全部任せて、おめえは漁師の仲間さとかだって（一緒になって）やるのが一番ええんでねえのがあ。もしもだ、佐賀さんが持っていた漁場の権利が認められないで、漁師の集ばりさの方に漁業権がおりるかもしらねえからなあ」

三浦の親父が増田の言葉に追従《ついしょう》した。

「まだ、決めてねえだ。どうするって……」

成夫は口ごもった。

増田のこの問いかけを聞いて、フジは男たちに弟の中村春一が加わっている理由がわかった。海軍のあだ名を持つ春一は、かねてから牧場の経営方針を巡って成夫と意見が合わず、サンケシの牧場を解放して自分の名義にしてくれと、何度もフジに要求し困らせていた。それを知る増田は、成夫に牧場から手を引くよう促して、佐賀家の内紛を煽ろうとしているのだ。

テニアン島玉砕の生き残り、海軍こと中村春一兵曹長は、島内を十か月ほど逃げ回ったのちの昭和二十年四月末、米軍に投降した。そして、テニアンやアメリカ本土の捕虜収容キャンプを転々としたあげく、昭和二十一年の年明けに浦賀へ送還され、ようやく青森の生家に捕虜服姿で帰還した。

敗戦後、職業軍人は社会から追いやられ、まともな仕事にありつけなかった。そこで春一の父の中村善太郎は、女婿《じょせい》である佐賀省三と相談してサンケシの牧場をやらせることにし、昭和二十一年の秋、海軍夫妻がオカィスマにやってきたのである。

ここで「テニアンの戦い」と呼ばれる、春一が生還した戦闘を振り返ってみよう。

昭和十九年二月、海軍第五十六警備隊に配属されていた春一は、航空母艦を持たない第一航空艦隊が基地を置く、マリアナ群島テニアン島の海岸砲台の守備についた。

六月中旬、マリアナ西方海域では、日本空母九隻・艦載機四百機、米空母十五隻・艦載機八百機を主力とする、日米機動艦隊が激突する史上最大の航空決戦が行われた。その結果、日本の第一機動艦隊は空母三隻が沈没、四隻が中小破、艦載機三百機を失い、米軍に制空権を奪われた。さらに米軍は、マリアナ群島をB29の基地にし、日本本土空襲を行うために六月十七日、サイパンに上陸して一週間で攻略に成功。その一か月後、テニアン島への上陸作戦を開始したのである。

春一は、米軍の上陸が想定されるソンソン湾を臨む、海岸洞窟に隠した十五センチ砲の指揮をとっていた。彼が砲撃を命じた砲弾は、三千メートル沖合の米戦艦に見事に命中したが、砲台の所在を知った米艦数隻の一斉砲撃を受け、三門の砲台は吹っ飛び、隊員の半数にあたる数十名の死傷者が出た。しかし、米艦艇がソンソン湾の沖合に現れたのは、上陸の陽動作戦だった。米軍は島の西北部に海兵隊二個師団、戦車数十両、砲兵隊を上陸させ、七日間で島の主要部分を制圧した。

春一は玉砕攻撃を生き抜き、数人の仲間とともにジャングルやサトウキビ畑に隠れ、スコールの水をすすり、大きなカタツムリを食べて生き延びた。九か月後、米軍の残飯漁りに出かけた一人が捕まったことから投降したという。横須賀地方復員部資料によると、海軍第五十六警備隊（含む八十二・八十三防空隊）、総員約千三百二十名のうち、生還者は百名に過ぎなかった。

八月に入ったある日、夕食を終えた鞠夫は意を決して、母フジに旧帝大系の大学に入り直すことを決めたと告げた。

「俺は来年の春、もう一度、仙台か東京の大学を受験し、やり直す覚悟をした。弘高の同級生からは二年遅れてしまったけれど、これから頑張って遅れを取り戻すつもりだ」

「…………」

ついに来るものが来たかと、黙って彼を見詰めていたフジは、悲しげな表情を浮かべながら重い口を開いた。

「やっぱし、弘前の大学だば満足できねえっていうのけえ。弘前のきさちゃ（妹の名）のとこさ世話になってれば、わだばどれほど助かるかわからねえんだども」

「母さんの言う通り弘前に残ったけれど、予想通り名ばかり大学でしかなかった。一年たっても担当教授のいない必修の教養科目もあって、よその大学から呼んだ教授の集中講義で誤魔化している始末だ。これから先、専門課程に進んでも授業の程度が思いやられるし」

「でも、医学部を出ればお医者さんにはなれるんだろ」

「ああ、医大に代わる医学部を卒業して資格試験に受かれば、医者にはなれるだろう。だけど、青森で焼け出された医専が衣替えしただけで、医大と言っても志願者がほとんど全員入学できるような程度の医学部を出たところで、俺が目指している研究者にはなれそうもないんだ」

それまで黙って聞いていた兄の成夫が、話に入ってきた。

「ちょっと待て。朝鮮で戦争がおっぱじまって大変な時期なのに、どうやって津軽を出るというんだ。東京や仙台さ出るといっても、ろくに食うものがないんだぞ。米の配給は二合七勺（約三百八十二グラム）だけど、とってもそったらもんでは足りねえんだどう。ソバは自由販売になったども、すぐに売り切れてしまう始末だ。すいとんや腐ったサツマイモじゃ、腹が減って勉強するどころじゃないんだどーっ」

敗戦直前、二合一勺（約二百九十七グラム）に減らされていた米の配給は、二合七勺に戻されていたものの、そこには麦や雑穀、イモ類も含まれていた。また、副食も不足しており、空腹を満たすのは容易なことではなかった。

成夫は続けた。

「俺だって、なにも好き好んで東京の大学さ入ったんでねえ。できれば二高で三年間過ごしてから、帝大を出たかったんだ。したども親父が死んで、六年かかって大学を出る余裕がないから、泣く泣く二高をやめて中央大学さ入ったんだ。俺が口惜しい思いをしていることは、お前もわかってるじゃないか」

昭和二十一年四月、成夫は旧制弘前高等学校を受験し、一次の筆記試験に受かったものの、GHQが定めた「陸海軍の学校に在籍したものは、入学者の二割を超えてはならない」という二割制限にひっかかり、二次面接まで行きながら不合格となった。彼は弘前高の弱腰ぶりに憤慨し、翌二十二年四月、二割制限を無視した第二高等学校を受験し、入学していた。

しかし、その直後の七月に父が急死したことから、父のやりかけた事業を継ごうと二高を中退。翌昭和二十三年春になって中央大学法学部（三年制旧制大学）に入学し、東京の学業とオカィスマの家業を両立させていた。

鞆夫は兄に反論した。

「ひもじさには戦争中から慣れているさ。津軽にいたって、腹いっぱい食えるわけじゃない。

コーリャンの雑炊をすすり、トウモロコシのパンや団子を食べて凌いだこともあるんだ」

青森で身を寄せる叔母の嫁ぎ先も、身の回りの衣類や家財を少しずつ売って生活する、まさに〈竹の子生活〉だった。兵隊にとられた叔父は、満州北西部の奥地で敗戦を迎えた。ソ連軍に捕らわれてシベリア送りとなり、四年間に及ぶ強制労働の末、半年前に帰還していた。

津軽では、代替品混じりの配給すら遅配が続いた。水をかぶったサツマイや米軍放出のトウモロコシの粉を餅のように焼いて食べた。物々交換の衣類も底をつき、叔母は生家の祖父に泣きついて飯米《はんまい》を分けてもらっていた。鞠夫は時に、未熟のリンゴをこっそり失敬してかじり、飢えをしのいでいた。

「お前は東京のドン底の生活を知らないから、そったらこと言ってるんだ。多少、食糧事情がよくなったといっても、米は配給値段の倍、一升百円以上もしているんだぞ。上野駅さおりてみろ、地下道にはまだ薄汚いボロを着た浮浪者や戦災孤児がウロついていて、栄養失調で死ぬ奴もいる。そこさ、また朝鮮で戦争がおっぱじまったんだ。もしかしたら、世界中を巻き込む第三次世界大戦になるかもしれないんだどーっ」

成夫は眼を剝いて、ランプの焔が揺らぐほどの大声で鞠夫を怒鳴りつけた。

確かに東京の生活は、凄まじいことになっているようだった。そこへ六月二十五日、朝鮮半島で戦争がはじまったため、食糧不足など敗戦後の混乱にさらなる拍車がかかったのだ。

鞠夫は、母と兄に食ってかかった。

「そんなことは、俺だってわかってるさ。来る途中、アメリカ軍の戦車か装甲車らしきものを積んだ貨物列車と何度もすれちがったよ。戦争をやりたい奴らには、やらせておけばいい。でも親父は、〈全財産をはたいてでも、子供たちに勉強をさせろ。世のなかがどう変わっても身につけたものはなくならない〉と言ってた。それが親父の遺言だったんじゃないか」

「黙れ、親父は小学校の教員だったから、そんな教育勅語みたいなことを言ってたんだ。戦争に負けて天皇陛下もただの人間になり、三井や三菱の財閥も解体された。物が不足し、インフレになり、炭鉱の親方や現金《げんなま》を振りかざす闇屋、澱粉成金、底曳きの親方が幅を利かす世のなかになったんだどーっ。三等国に成り下がった今の日本で、教育がなんの役に立つんだ。カネだ、この世はカネの力がすべてなんだ」

「教育が役に立たないって？　戦争に負けてなにもなくなった日本には、人しか残ってないんだ。親父は騙されてオカィスマさやってきて、雇いあがりの奴らにいじめられた口惜しさを、子供たちを学校さ上げることで見返してやろうと我慢に我慢してたんだ。家が没落して、師範学校しか出られなかった無念を晴らそうとしたんじゃないのか」

今の成夫には、鞠夫が口にした父の遺言や教育の価値に思いを至らせる余裕はなかった。今まさに、佐賀家と自分に降りかかっている火の粉をどうはらうか、漁業改革で取り上げられそうな漁業権をどう守るか、それを考えるだけで精一杯だったのだ。

「後生だから兄弟喧嘩は止めておくれ。鞠夫、どうしても津軽を出るというのなら仕方がない。東京でもアメリカへでも行って、好きなだけ勉強しておくれ」

「鞠夫、俺はオカィスマさ戻って仕事する。金が必要なんだ。だから、お前が東京さ出たって、これまで以上の仕送りはできねえぞ。あとはアルバイトでも、血を売ってでもして生活してくれっ」

成夫が怒鳴り散らしたのは、漁業権の行方が定かではない現状も一因だった。

「兄さんは、枝幸のボスに対抗して事業をやるというんだろう。闇だか横流しだかで儲けた奴らに対抗して、なんになるっていうんだ。いつか世のなかが変われば、そんなアブク銭はどこかへ行ってしまうんだからな。佐賀家だって先祖が命がけで働いて遺した財産が、戦争に負けて国債は紙くずになり、農地や牧野は解放させられてしまった。親父の言うとおり、財産はいつかなくなってしまうけど、勉強して身につけたものは生きている限りなくならない。カネがなんだ、新興成金がなんだ。人間、カネや権力よりもっと大切なものがあるんだ。俺は一生かけて、それを見つけてやる」

鞠夫はそう言い捨てると、床板を踏み鳴らして勝手口から飛び出した。すっかり日が落ちた裏庭の石畳を蹴散らし、一番倉の扉を勢いよく開けて階段を駆け上がると、二階の畳の上に身を投げ出して、小窓から差し込む星灯りに朧げに照らされた低い天井を見つめた。

〈畜生、カネがなんだ、田舎の漁師町の権力者がなんだ。俺は、カネや権力では決して手に入れることができない、人間らしい人生を送って奴らを見返してやるぞ！〉

悔し涙で頬を濡らしながら、彼は実直そのものだった丸刈り頭の父の顔を思い浮かべた。

〈親父よ、どうして早死にしたんだ。親父さえ生きていたら、我が家の状態はもう少しマシだったはずで、都会で勉強する学資に不自由することもなかったのに……〉


一人残された成夫は、いま頃、一番倉で打ちひしがれているであろう鞠夫のことを思い、かつて自身も同じような行動を取ったことを思い出していた。

昭和十八年十二月、戦局の悪化で大学生を徴兵しての学徒出陣が行われた。その直後、弘前中学の四年生だった成夫も、お国のためにと広島県江田島の海軍兵学校へ入学した。

その後も戦況は悪化の一途をたどり、昭和十九年十月のフィリピン沖海戦（レイテ沖海戦）で聯合艦隊はほぼ壊滅し、翌昭和二十年二月には、マッカーサー率いる米軍がルソン島のマニラ湾を奪還した。次いで同昭和二十年四月一日、米軍は沖縄本島に上陸し、四月七日に沖縄の地上部隊を援護すべく出撃した戦艦大和ほか八隻は、翌日、東シナ海で米軍機の猛攻を受け、大和を含むその多くが撃沈された。

昭和二十年の七月二十四日と二十八日、一号生徒として海軍兵学校大原分校に在籍していた成夫は、江田島湾の津久井茂岬沖に停泊していた巡洋艦大淀と利根が、B24の編隊に波状攻撃を受ける様子を間近に目撃した。巡洋艦は高角砲と機銃で応戦したが、二十八日になって大淀は艦橋近くに直撃弾を受け浸水し横転、利根は左舷後部に受けた二発の直撃弾と数発の至近弾により傾いたが、辛うじて転覆をまぬがれ座礁した。

昭和二十年八月六日、江田島の北の方角にある広島市街上空に巨大なキノコ雲が湧き上がるのが望見された。のちに、原子爆弾が投下されたことを知った。そして、ポツダム宣言の受諾により日本は敗戦、九月二日に設置されたGHQは、日本陸海軍の解体を指令した。

九月二十三日、成夫たち七十五期は二年たらずの在学で少尉に任官し、繰り上げ卒業となった。変則的な任官となった彼らは、「ポツダム少尉」とも呼ばれた。それから数日後、成夫は七十六期の藤田幹夫と一緒に江田島を出発し、二人は白地の作業服姿で北海道へ向かった。

呉から大阪までは石炭車の上に乗り、大阪から北陸本線に乗り換え、丸三日かけて青森にたどりついた。プラットホームだけを残して駅舎は焼け落ち、市街も見渡す限りの焼け野原となっていた。この年の七月二十七日深夜、青森はB29七十機による空襲を受け、市街の九割を焼失。死者行方不明者七百四十名という、甚大な被害を受けていたのだ。

さらに青函航路は、青森空襲に先立つ七月十四日、十五日、米艦載機数百機の波状攻撃を受け、青函連絡船十二隻すべてが沈没あるいは航行不能となっていた。

敗戦後、国鉄はかつての関釜《かんふ》航路（下関—釜山間）の景福丸と、稚泊《ちはく》航路（稚内—樺太・大泊間）の樺太丸、応急修理した第七青函丸などを就航させ、さらに機帆船二十隻あまりまで傭船し、輸送にあたった。しかし、各地からの帰還者に復員兵も加わって大混雑となり、連日積み残しがでる有様だった。

その上、米軍は九月二十四日から三十日まで、八十二師団を上陸させるために青森—函館間の航行を禁止した。そのさなかに、成夫たちは青森駅に降り立ったのである。二人は焼け野原となった市街を抜けて、郊外の八重田にあった母・フジの実家へ転がり込んだ。そして連日、青森駅と桟橋に通い、三日後、安方の岸壁に接岸していた小さな機帆船に、祖父・中村善太郎からもらった貴重な白米を提供して、函館まで乗せてもらうことができた。

二人は満足な食糧も持たず、満員の鈍行列車で旭川まで行き、宗谷線で音威子府まで来たところで、成夫は稚内へ向かう藤田と別れた。成夫は北見線に乗り換え、小頓別でおりた。戦争末期、鉄の供出のため、浜頓別から枝幸までの線路は撤去されていたのである。

小頓別からは簡易軌道を走るトテ馬車に乗り、三十五キロの道程を二時間ほどかけて、ようやく枝幸に着いた。軌道の終点近くにある、遠縁の佐賀勝之助の家を訪ねると、運転手をしていた彼は木炭エンジンのトラックを出して、オカィスマの佐賀家まで成夫を送ってくれた。呉を出てから、青森の祖父の家に滞在した日数も含め、すでに十日が経っていた。

帰郷後、放心状態に陥った彼は、半月あまり一番倉に籠った。江田島での厳しい学業と訓練に励んだ二年間は、いったいなんのためだったのか――。何度も紫の袱紗の紐を解き、短剣を取り出して鞘をはらい、鈍い光を放つ刃身を目の前にかざして凝視し続けた。その間、母フジは声をかけることなく、そっと扉を開け、お握りやおかずなどを黙って置いていくだけだったという。

三　㋩支社長歓迎の宴——昭和二十五年九、十月

㋩による経営も三年目を迎えた昭和二十五年、佐々木代表は山形の庄内まで出かけ、善宝寺にお参りしてからオカィスマにやってきた。善宝寺は龍神を守り本尊とし、古くから船乗りや漁師が航海の安全や大漁を祈願してきた古刹である。

昨秋、垣網（手網）の標準を千五百間（二千二百五十メートル）とし、身網（胴網）に改良を施したが、漁獲は三百石（一万八千尾）に届かなかった。今年は、沖出しを去年より五十間ほど沖合に出して、身網の設置や網を取りつける作業についても佐々木自ら陣頭指揮をした。打つ手はすべて打った。あとは肚を決め、天命を待つばかりだった。

鮭の群れは、海水温が摂氏十二度に下がるとやってくる。九月半ばからは連日、十数尾から三十尾を超える鮭が網に乗りはじめた。

九月下旬、ミズナラの林が茶色に色づき、集落の周りに立つ背丈を超えるほどの大虎杖《おおいたどり》の

叢林が茶褐色になった。陸地が荒涼とした風景に変わると、前浜は一年でもっとも賑やかな時期を迎える。十月に入ると、一日千尾を超える漁獲が続くようになった。

「大漁旗があがってるどーっ！」

「おーい、また大漁旗だどーっ、大漁だどーっ！」

朝と夕べ、大洋丸がマストの尖端に大漁旗をはためかせながら網起こしから帰ってくると、オカィスマの前浜は詰めかけた見物人たちの歓声に沸いた。大人は仕事が手につかず、子供たちは砂浜や岩礁を走り回った。オカィスマの沖合では、ゴメ（カモメ）の群れが猫のような鳴き声を上げて飛び交い、前浜に立つ倉庫の屋根や熊石の崖にはハシブトガラスの群れがたむろし、隙をみては地面に落ちた鮭の臓物をすばやく奪い去った。

作業服姿の佐々木は、威勢よく鮭を陸揚げしている漁夫たちを見つめながら、上機嫌で大船頭を振り返った。

「どうだい、大船頭。秋味の乗り具合は順調のようだな？」

「まんだ少しばかし、秋味は小振りだすが、いよいよ勝負の時がやってきやんした」

トドのように精悍な体軀をした大船頭は、殺気立った表情を浮かべ、眼を剝きしゃがれ声で力強く答えた。

「ようし、あと一週間この調子が続いてくれればな。くれぐれも怪我人を出さぬよう、気をつけてくれ、しっかり頼むぞ」

「へい、わかりやんした」

大船頭は頼もしげに答えた。

天候に恵まれ、連日出漁が続いたことから、わずか一週間ほどの間に水揚げは百石（六千尾）を超えた。その漁獲量の多さに塩蔵処理が追いつかず、地元漁師の妻など女衆数人に出面《でめん》とり（日雇い）を頼み、新巻づくりのスピードアップを図った。

夜になると鮭の生臭さに、夜間照明に使うアセチレンガスの刺激臭が加わった。佐々木は自ら、アセチレンガスの眩い照明のもと、日が暮れても続けられている処理作業を見回りながら、刺し子の袢纏を着た漁夫たちへの陣頭指揮に余念がなかった。

「おーい、そんな割き方じゃいいイクラにならんぞーっ。鰊の腹を割いて数の子をとるのとは違うんだからな。〈ポンノ　ホシキ（ちょっと待て）〉〈エコステ　マキリ（マキリを貸せ）〉」

佐々木は、慣れない手つきで鮭を処理していた、胴長姿に手拭で頬かむりした女をどかせると、大きな俎板の前にどっかりと腰を下ろした。そして、陸《おか》まわりが差し出した軍手をはめ、マキリ（ナイフ状の小型包丁）を握った。

左手で鮭の頭部を押さえ、右手に持ったマキリを胸びれの後方に浅く突き刺すと、左尾部へ向けて真一文字に腹を切り裂き、左手で腹からそっとルビーの粒の塊のような筋子を取り出して、傍らの四斗樽へ投げ入れた。続いて臓物を取り、メフンを掻きだすと、ハラスを開いて手際よく粗塩《あらじお》を振りかけた。

さすが、半生を鮭漁とともに生きてきただけあって、佐々木の包丁捌きはベテランの漁夫にひけをとらぬ鮮やかさだった。

「ダシロー　パプロープイ（わかったな、やってみろ）」

出面とりの女はもじもじしながら、佐々木の包丁捌きをまねて作業をはじめた。

彼女たちのなかには樺太からの引揚者がおり、片言のロシア語がわかる者もいたのだ。

「エアシカイ　エアシカイ！　オーチン、ハラショウ！（上手、上手。とても良い）」

佐々木はそう声をかけると、得意満面の表情で顎をつきだし、周囲の人々を見回しながら立ち上がった。

新巻にする鮭は、木目も新しい長方形の木箱に三、四尾ずつ並べて粗塩を振りかけ、三段重ねにして木蓋をかぶせ、積み上げていく。筋子は高価なイクラにするものと、筋子にするものを選り分け、四斗樽に一杯になったら倉庫に運んで次の処理をする。

三半船《さんばせん》（手漕ぎの和船）から鮭を担架に載せて運ぶ漁夫たち、鮭に取りついて腹を割き続ける漁夫や出面《でめん》とりたち、そして新巻の木箱や筋子の樽を運ぶ者たちが入り乱れて、砂浜から番屋にかけての一帯は、露天の魚市場を思わせる活況を呈していた。

そして佐賀家の母屋もまた、盆と正月が一緒に来たような賑わいを見せていた。

漁場を休んでいた間、佐賀家に出入りするのは一握りの者だけで、がらんとした母屋は広さだけが目についた。ところが、㋩大洋漁業の経営ながらオカィスマ漁場の豊漁ぶりが広まると、入れ替わり立ち替わり客がやってくるようになった。奥の居間では、ストーブを置いた炉の正面の横座にキミ婆さんが正座し、その横に弟の禎三爺さんが佐賀家の漁場を仕切る帳場気取りで、いつものように煙管を叩きながら来客の相手をした。

鮭定置網の身網の手直しを指導した杉山兵三船頭は、水揚げの好調ぶりに安堵した表情を見せた。また、かつてキミ婆さんと本家を争った佐賀耕吉が、なに食わぬ顔をして顔を出した。着古したよれよれの背広姿から、敗戦後のインフレで困窮していることが見て取れた。木工場を経営する、遠縁の秋田夫妻もやってきた。そのほか、日頃はつきあいなどまったくない市街の経済人や役場の若手職員まで、仕事帰りに適当な理由をつけて佐賀家を訪れ、祝い酒を飲み、歓談して帰っていくようになった。

おまけに、㋟枝幸漁業の柳谷常務までもが、オチュウペッツの漁場からの帰途、素知らぬ顔をして立ち寄った。彼は茶の間に上がると、丸々と太った体を窮屈そうに折り曲げてキミ婆さんに挨拶し、祝いの口上を述べてから、禎三爺さんたちにも挨拶をした。

「やあ、お婆っちゃ、すっかり御無沙汰してしまいましたじゃ。大漁だそうで、お祝いに寄らしてもらいました。これはこれは、杉山さんに佐賀さんの姐さん、しばらくでした」

「おう、柳谷か。本当にしばらくぶりだな」

禎三爺さんは見下すような態度で、柳谷常務を呼び捨てにした。

柳谷常務の父金蔵は、長らく佐賀漁場の帳場を務め、禎三爺さんはその下で働いていた。大正年間、キミ婆さんが養子の耕吉から漁業権を取り戻すドサクサに紛れて、柳谷金蔵はオカィスマ漁場の定置漁業権の共同名義者に割り込んだ。その後、昭和四年に㋓枝幸漁業会社が設立されると、彼はまんまと常勤役員に就任し、一家は市街地に引っ越した。禎三爺さんは、そうした柳谷家による策謀の実態を知る生き証人だった。

「その節は柳谷さんのお世話になりまして、ありがとうございました」

フジは丁重に一礼した。とはいえ、二年半前の冬に漁業権を取り戻そうと㋓枝幸漁業会社へ単身乗り込み、海野専務や柳谷常務と渡り合った経緯から、お互いにわだかまりが残っているようで、応対はどこかぎこちなかった。

「聞くところによると、この一週間は大変な水揚げだそうで。もう二百石は獲れたでしょうな」

柳谷常務が水を向けると、

「さあ、どれえくれえ獲れだかなあ。昔から漁のごとだば、獲れでみねばわかんねえというでねえが。明日、時化がきて網が流されてしまえば、それで一巻の終りでねえがァ」

禎三爺さんは煙管を囲炉裏の炉縁に叩きつけながら、つっけんどんに答えた。その取りつく島のない返事に、柳谷常務は漁獲量の探りを入れるのを諦め、キミ婆さんと長林寺の本堂を建てるまでの苦労や世間話をして帰っていった。

態度を変えたのは柳谷常務ばかりではなかった。特に、集落の漁師たちの豹変ぶりには、たまげるしかなかった。さっそく、増田儉吉や三浦の親父が、牧場の海軍叔父をかたらってやってきた。

「大漁になってよがったなあ。佐々木親方はオチュウペッツを追い越してみせると、鼻息があらいどーっ。この秋だば、面白い勝負になりそうだな」

酒好きの三浦の親父は、お祝いのモッキリ（焼酎を入れたコップ酒）を何杯も飲んで上機嫌だった。漁業調整委員に選ばれた増田もまた、そうした立場であることはおくびにも出さず、ただ油を売って帰っていった。

「イランカラプテ（こんにちは）」

作業の合間を縫い、勢いこんだ様子で佐々木代表が母屋にやってきた。

キミ婆さんが、

「これはこれは佐々木親方、大漁だそんで、おめでとうございます」

と威儀を正して挨拶すると佐々木は、

「いやいや、これからが正念場です。なんとしても千石獲らなければ、千石場所と言われた佐賀家の漁場の名を汚すことになりますからな。わっはっはっ」

上機嫌の時に出る、鼻を突き出して豪快に笑う仕草を見せたあと、改まった口調になった。

「急な知らせですが、支社長がオカィスマに来ることになりました。青森支社の錦織支社長が紋別と網走の事業所を視察することになり、そのついでに紋別からトロール船でオカィスマにやってくることになったんです」

「えっ、林兼の偉い人がオカィスマさくるだって?」

「㋩の支社長がやってくるって……本当ですか」

居間に居合わせた人々から、驚きの声が上がった。

「それはそれは、おめでとうございました。これで、佐々木さんの苦労も報われますね」

祝いの言葉を述べながらフジの脳裏には、こんな辺鄙な場所にやってくる賓客をどうもてなしたらよいか、という考えが早くも浮かんだ。上等な酒はどうやって手配しようか、どんな料理を出せばよいだろうか——心配事だけが、次々と湧き上がってくるのだった。

支社長を乗せたトロール船がやってくる日の午後、オカィスマの沖合は海霧《ガス》がかかっていた。

そのため、前浜ではオカィスマの在処《ありか》を知らせる篝火が焚かれた。立ち上る火の粉の柱は、赤く染まった真冬のダイヤモンドダストのようにキラキラと輝いた。佐々木はその火の粉を浴びながら顔面を赤く染め、小川帳場や大船頭らをしたがえて、カラス天狗の化身のような精悍さで浜に仁王立ちしていた。

到着予定の三時にはまだ間がある、二時半ごろのことだった。

「きたどーっ！」

潮の引いたトド岩の先端に陣取り、カムイシの沖を見張っていた子供たちが叫んだ。

「そらあーっ、きたどーっ！」

「見えたどーっ！　見えたあーっ！」

「でっけえ船がきたどーっ！」

前浜一帯に歓声が湧き上がった。人々は一斉に波打ち際や磯の岩盤などに駆け寄り、眼の上に手をかざして降り注ぐ霧滴を遮りながら沖合を凝視した。

「それえーっ、よしきたあーっ！」

漁夫たちは、篝火を焚いていた丸太の端を持って揺り動かし、火の粉の柱を勢いよく舞い上がらせた。それは、㋩のトロール船を歓迎するオカィスマ漁場の大狼火《ろうか》だった。船はオカィスマの沖合で一度前進を止め、迎えに出た大洋丸から乗り移った沖船頭の水先案内で湾内に入った。そしてディーゼルエンジンの重い音を響かせながら、ゆっくりと深淵を選び、「長運丸の澗《ま》」の沖合に碇を下ろした。

間近にみるトロール船は、吃水線から船腹がせりあがり、がっしりしたブリッジを搭載して、胴の間の中央にはウインチを備えたマストが立っていた。枝幸の漁港を基地に操業する、小型底曳き機帆船の数倍はある鋼鉄船だった。

ほどなくして、錦織支社長と数名の乗組員が伝馬船に乗り移って上陸した。

「ご苦労さまでした、お待ち申し上げておりました」

「やあ、佐々木くん。このたびは大漁おめでとう」

錦織支社長は、波打ち際まで出迎えた佐々木代表とがっしりと握手をした。

「大変な賑わいですなあ、本格的な鮭の漁場を見るのは初めてなものですから」

錦織支社長は、鮭の処理作業の現場を興味深そうに見回した。

前浜一帯は、血なまぐさい臭いに覆われていた。砂浜の莚の上に山積みされた鮭、その周りで新巻づくりの作業をする出面とりの女たち。あふれんばかりに筋子が入った四斗樽、積み重ねられた真新しい鮭の木箱の山——。

「本社からの指示で、とりあえずオカィスマの新巻を積めるだけ積んで紋別へ運び、紋別から釧路に輸送します。釧路からは、他の漁場で買いつけた生鮭や新巻と一緒に、東京に運ぶ予定です。多分、㋩自慢の第三十二播州丸で運搬することになるでしょう」

と錦織支社長は告げた。

漁獲した鮮魚などを、素早く輸送して利益を上げる。これこそ、大洋漁業の前身である㋩林兼商店が、創業以来モットーとする商売の身上だった。

㋩大洋漁業は明治十三年、明石の中部幾次郎が十五歳で鮮魚仲買業をはじめたことを嚆矢とする。明治三十八年、彼は日本で初めての石油発動機つきの帆走運搬船を運行し、明石―大阪間の輸送時間を、それまでの半分となる四、五時間に縮めた。

次いで大正五年、瀬戸内海で巾着網漁に着手し、同七年に土佐捕鯨を買収して捕鯨に乗り出す。さらに大正十四年には、漁業・冷蔵・商店の三部門を合併した㋩林兼商店を設立した。この間、大正十一年に建造した日本初の小型冷蔵運搬船・第十三播州丸による、画期的な魚の冷蔵輸送を実現させたことで、林兼の名は世に轟くことになった。

昭和十七年、戦時統制によって㋩林兼商店は、西大洋漁業統制株式会社に統合されたが、敗戦後は㋩大洋漁業株式会社として再出発した。しかし、敗戦直後に引かれたマッカーサー・ラインによって遠洋漁業が禁じられ、主力としていた東シナ海以西での底曳き漁ができなくなったことから、やむなく沿岸漁業に活路を求め、昭和二十三年には全国各地に二十ヶ統の定置網漁を経営するようになっていた。

と同時に、大洋漁業は下関の造船所で、戦争中に徴用されて失った船舶の建造に乗り出した。先に船名の出た第三十二播州丸は、戦後、最初に進水した高速の冷蔵運搬船だった。


佐賀家の人々は、錦織支社長の到着を玄関先で出迎えた。賓客を迎えるにあたって、母屋の玄関にはの屋号印の入った暖簾が掛けられた。その横には、太い和蠟燭を灯した、同じ屋号印の入る大きな提燈も下げられていた。

支社長一行は、切り炉と手焙り火鉢の炭火で暖められた茶の間に招じ入れられた。

「このたびは、大漁おめでとうございます」

おっとりとした顔立ちの錦織支社長は、関西訛りで佐賀家の人々に祝いの言葉を述べた。

一同は、一畳分を仕切った大きな炉縁を囲んで座った。

仏壇座敷を背にした横座にキミ婆さんが座り、その左手に錦織支社長らが座った。向かい合う席には、禎三爺さん、佐々木、小川帳場が座っている。

「林兼のみなさんには、こったら辺鄙などごさまでおいでになられてご苦労さんでした」

キミ婆さんは、緊張でかちかちになったまま挨拶した。

続いて挨拶を済ませたフジは、食事の準備をするためほどなく茶の間を離れた。

錦織支社長は雑談を交わしながら、初めて見る鮭の網元の母屋をもの珍しそうに見回した。柱や長押《なげし》はトドマツやエゾマツではなく、内地産のヒバ材のように見えた。幅広い綺麗な柾目の天井板は、秋田杉に違いなかった。

また、茶の間の奥に見える仏壇座敷との間の布張りの襖や、その上の鴨居と天井の間に吊られた豪華な神明三社造りの神棚、そしてツルやカメの彫刻が施された欄間など、いずれも豪華なものだった。紋様の入った曇りガラスをはめ込んだ障子も、建てつけこそ悪くなっていたが、桟には手の込んだ細工が施されていた。

さらには、炭火の燃えさかる炉縁の上から下がる、鯉の鋳物を通した自在鉤には、黒光りのする南部鉄瓶がかけられていた。錦織支社長は、炉辺のケヤキの木枠と赤銅の炉縁との間に敷きつめられた飴色の小石をみて、思わず声をあげた。

「ほほう、これは瑪瑙《めのう》じゃないですか」

「ちげぇます、瑪瑙でないす。ただの蠟石だす」

キミ婆さんはきまり悪そうに答えた。

瑪瑙かどうかはさておき、遠方から運ばれた小石を敷きつめた囲炉裏に、錦織支社長は佐賀家のかつての豊かさを感じていた。その様子を見た禎三爺さんは、さっそく佐賀家の自慢話を吹聴しはじめた。

「むかし、佐賀家は長運丸という帆前船《ほまえせん》を持ってましてな、小樽さ秋味の塩引きや鰊糟を運び、帰りに米俵や塩かます、酒、味噌、醤油など山積みにして帰り、米倉や塩倉、三番倉をいっぱいにしたもんですじゃ」

「ほほう、北前船が加賀や越前と、松前や小樽の間を行き来して、大儲けしていたという話は聞いたことがありますが、お宅の持ち船は小樽と枝幸を行き来きしていたと。船溜りもなかった時分に、流氷で閉ざされる冬の間はどうしていたんですか？」

この問いかけに、禎三爺さんは自分の話が疑われていると思い、むっとして答えた。

「こおり（流氷）が来ている間は、陸《おか》サ上げねばならねがったんだす。前浜からいえ（母屋）さ来る途中の右手にある、大きだ高い棟上げの船倉《ふなぐら》さ気がつきませんでしたが？　冬の間は、あの船倉さ入れて囲っておいたんだすじゃ」

「なるほど、この地で鮭の漁場をはじめられたご先祖の苦労は、並大抵のものではなかったんですなあ」

錦織支社長は、最涯《さいはて》のオホーツク海で漁場を営む厳しさに、思いを馳せている様子だった。ふと、長押《なげし》の上の写真額を見上げて尋ねた。

「漁場とは関係なさそうですが、あそこに飾ってある硬貨のたくさん写った写真は、一体どういったものですか」

「ああ、あの古い金貨や銀貨の写真ですか。支那（中国）とのいくさがはじまってから、おかみ（政府）が金や銀を買い上げることに決まったどかで、亡くなった省三が国さ協力しなければならねえと、家さあった古い金貨や銀貨ば全部供出したんだす。そのとき、市街の写真屋さんば呼んできて記念に撮ったものだす」

キミ婆さんが答えた。

「ほお、どのくらいの金額だったんですか」

「さあ、わだしは覚えてませんけど、省三が売った書きつけば持ってだはずですじゃ」

昭和十五年九月、政府は軍需物資になるとして、金銀など貴金属の強制買い上げを決めた。隠し持っていると非国民と決めつけられることから、佐賀家では明治の金貨や銀貨などを根こそぎ供出したのだ。

錦織支社長は不思議そうに尋ねた。

「それにしても、それほど多くの金貨や銀貨をどうして手もとに置いていたのですか」

「それはですな、昔、枝幸の奥の山間を流れるパンケやペンケという川筋で、砂金が出ましてな。砂金を手にした山師どもが、お金にとっかえてくれとオカィスマまでやってきたんですじゃ。佐賀家では、そのためにだら銭（小銭）をいっぱい用意しておいたんだすが、あっという間に砂金が出なくなったので、だら銭だけが残ってしまったわけですじゃ」

禎三爺さんは、かつて枝幸で起きたゴールドラッシュの話をはじめた。

明治三十一年の夏、鰊漁の不漁続きで不景気だった枝幸に突如、砂金景気が降って湧いた。天北山塊のポロヌプリ（アイヌ語で〈poro-nupri、大いなる山〉）の南東、ポロペッツ川に注ぐ支流のパンケナイ川の岸辺で砂金が発見されたのだ。人々はカッチャ（砂金採り用の鍬）、ざる、ネコ板（砂利から砂金を選り出す洗濯板状の器具）を担いで山奥の川に入った。

翌明治三十二年、雪解けと同時に、村外からも砂金掘りが続々と船に乗ってやってきた。同じ年、トウンペッツ川上流のペイチャン川やポロヌプリ北東のチュプンシリ、そして神威岳との間の峡谷を北に流れるウソタンナイ川（アイヌ語で〈霧の滝の流れ落ちる川〉）筋でも砂金の鉱区が見つかった。一攫千金を狙って人々は北海道各地や内地から殺到し、枝幸の市街は砂金を掘りあてた人々が豪遊して大いに賑わった。

しかし、狭い鉱脈はまたたく間に掘りつくされ、ゴールドラッシュは数年で終わった。

「これが昔、砂金ば量った秤《はかり》ですじゃ」

キミ婆さんは背後の茶簞笥から桐の箱を取り出すと、紫の袱紗に包まれた小さな象牙製の天秤竿ばかりを取り出し、錦織支社長に見せた。

最涯《さいはて》の地だけに、秋の夕暮れは早い。お手伝いの牧子が五分芯ランプを運んできて、薄暗くなった部屋の中央に吊るした。さらに、客人の間に置かれた大きな燭台の和蠟燭にも火が灯されると、料理を載せた会席膳が運ばれて歓迎の宴がはじまった。

何十年ぶりかに、一番倉から秘蔵の会席膳や食器が持ち出されて客に供された。由緒のありそうな朱塗りの会席膳、皿や銚子・盃、津軽塗りの箸、それら寄せ集めの調度品には、明治の網元ならではの栄華の名残が漂っていた。

「ほう、佐賀家にこんな見事な会席膳や食器があるとは。私も初めてお目にかかります。漆器は会津塗ですかな、瀬戸物は九谷焼などいろいろ混じっているようですが」

佐々木の問いかけにキミ婆さんが言葉に詰まっていると、禎三爺さんが助け舟を出した。

「なあに、小樽の古道具屋が持ち込んできたものなんで、どこの塗物だが、瀬戸物だがよくわからんだす。馬鹿塗りといわれる津軽塗だけは、わしにも本物だとわかりますが」

会席膳には、鯛《タイ》の獲れないこの辺りで代わりにする尾頭つきのソイの塩焼き、鮭の切り身の塩焼き、鮭の醬油漬け、干塩引《かんしおびき》の味醂ひたし、身欠き鰊の昆布巻き、市街の魚屋から取り寄せたオヒョウの刺身、それに揚げたての野菜の天麩羅など、フジの手料理が並んだ。

「奥さん手づくりの料理で大変な歓待に与《あず》かり、恐縮です」

「いいえ、こんな辺鄙なところで、材料も揃わないものですから……」

錦織支社長のねぎらいに、フジは言葉をふるわせた。㋩の幹部を迎え入れたこの席に亡夫が居たなら、どんなに喜んだことだろうかと感無量だったのだ。

酒が入った禎三爺さんは、饒舌になった。

「わざわざオカィスマくんだりへおいでくださったのに、メヂカを食べてもらえないのが残念ですじゃ。今年はまんだ獲れてないもんで。なんと言っても、オカィスマはメヂカの本場ですからな」

「メヂカ？　メヂカとは、どんな魚ですか」

「メヂカというのは秋味《あきやじ》だす。メヂカのなかでも、オカィスマで獲れるメヂカの味は最高ですじゃ」

錦織支社長の問いかけに、禎三爺さんは得意げに答えた。

「この辺りには、メヂカと呼ばれる鮭がいるらしいんです」

佐々木が、怪訝そうな顔をしている錦織支社長に説明した。

メヂカはオホーツク沿岸で獲れる、銀鱗が美しいやや小ぶりの鮭である。目と鼻の間隔が近いので「目近《めじか》」と呼ばれてきた。身には脂がよく乗り、初夏に獲れるトキシラズを上回る美味とされる。漁の最盛期が終わる十月中旬から下旬、時化のあと大挙して網に乗ってくるといわれるが、毎年獲れるとは限らない。

「それらしき鮭は、これまでにも多少獲れました。とはいえ、私にもまだメヂカなる鮭の正体は摑めていません」

「択捉《エトロフ》から樺太まで北の漁場を渡り歩いた、鮭漁の生き字引きと言われる佐々木さんが、正体を摑めない鮭だというんじゃ、メヂカとは鮭の忍者のようなものですな」

錦織支社長の例えに、みなが大笑いした。

続いて、味噌汁を口にした錦織支社長が尋ねた。

「こりゃ美味い。この味噌汁に入っている魚は、なんですか」

「お口に合いましたか。この辺りではカジカと言います。ダシが出ますので、味噌汁に入れたり煮つけにしたりします」

フジが説明した。

「カジカ？　メヂカの次はカジカですか。こちらでは珍しい名前の魚が獲れるんですな。カジカとは、どんな魚ですか」

「カヅカはカヅカだす。カヅカは『鍋壊し』と言われるぐらい美味い魚だす」

「『鍋壊し』？」

「んだす、鍋の底をひっさらって食うくらい美味いので、そったら名前もあるんだす。底曳き漁ででも獲れますだが、磯で釣るカヅカのほうがいい味がしますな」

と禎三爺さんが答えた。

カジカは、本州のオニオコゼに似た魚だ。前からみると鬼の面のような形相で、頭部が大きい割に体の小さい、棘のある大きな背びれや胸びれを持つ一尺ばかりの魚である。通称イソカジカ（学名ギスカジカ）といい、北海道やサハリン（樺太）海域の沿岸の岩礁やコンブの間に棲息する。

禎三爺さんは、ますます饒舌になっていく。

「戦争さ負けたというのに、立派な冷蔵運搬船ば使えるなんて、さすが林兼ですな。昔、佐賀家の長運丸ば走らせるのは大変だっただす。根元がふた抱えもある太い檣《ほばしら》サ、何十畳もある帆ば張って走ったもんだったんだす。なにしろ、焼き玉エンジンなんてものもなかった時分だすからなあ」

「根元がふた抱えもある太い檣？　よくそれで、船のバランスがとれたものですな」

「本当だす。天辺まで何十尺もある、雲まで届きそうな高さだったんだす」

そう口を挟んだキミ婆さんは、次いで奇妙な話を持ち出した。

「あるとき、潤印さ碇を下ろしてだ長運丸の檣さ、雷が落ちましたじゃ。そしたら、まなぐ（眼）が光り、真っ赤な口が耳まで裂げだ見たこともない生き物が、爪を立てて檣ば昇っていき、真っ黒だ雲のなかさ消えてしまったんですじゃ」

キミ婆さんの突拍子もない目撃談に、錦織支社長や佐々木代表、支社長のつき人たちは笑って応じるしかなかった。フジも苦笑いを浮かべた。

「ほんとだす、あれだばカンナカムイ（アイヌ語で〈龍〉の意）の赤子だす」

誰ひとり自分の話に取り合わないので、キミ婆さんはむきになって言い張った。

アイヌには、天の上にはカンナカムイが住んでいて、そのカンナカムイが空を動き回ると雷鳴がとどろき、稲妻が走るという言い伝えがあった。それを信じるキミ婆さんは、長運丸の檣にカンナカムイの赤ん坊が落ちたものと心の底から思っていた。

入れ歯が飛び出さんばかりの大声で、禎三爺さんが助け舟を出した。

「どうせあんだがたは、信用しないでごわしょう。わしがオカィスマに来る前の話で、わしも見たわけでねえども、したども昔のオカィスマには、口の裂けた狛犬のような怪物《ばけもの》が長運丸の檣ば昇って行くのを見た、という漁師が何人もいましたじゃ」

禎三爺さんがいくら説明しても、㊇の幹部たちがキミ婆さんの荒唐無稽な話を信じるわけもなく、みな呆気にとられていた。

この秋、枝幸周辺は豊漁で、オカィスマ漁場での漁期中の漁獲量は四百石（二万四千尾）を超え、まずまずの成果を上げた。

四　形式に過ぎなかった公聴会——昭和二十六年三月

昭和二十六年三月、鞠夫の兄・成夫は卒業試験が終わると、築地明石町の㋩大洋漁業・丸尾専務の自宅を訪ねた。大学を卒業したことの報告とお礼を伝えるとともに、引き続き漁場を使ってもらうことを確認するためだった。去年の秋、オカィスマでは四百石もの鮭が獲れたので、丸尾専務は上機嫌だった。

その後、三月中旬に開かれる海区漁業調整委員会の公聴会に参加するため、慌ただしくオカィスマに帰省した。というのも、三月に入ると日本海北部からオホーツク海を爆弾低気圧が駆け抜けることが多く、列車が不通になることもしばしばだったからだ。

三月十四日、建物の周りにまだ雪が残る枝幸町役場の玄関には、「枝幸海区漁業調整委員会公聴会会場」と大書された立て看板がかけられていた。役場内のホールに入った成夫は、後方の席に腰かけて周囲を見回した。会場に並べられた椅子は、二百人ほどの潮焼けした顔の漁師たちでほぼ埋めつくされていた。菜っ葉服の者、軍隊服を着た者、袢纏をひっかけた者、オーバーを着たままの者など、その服装はさまざまだった。オカィスマで顔なじみの漁師たちも何人か来ていた。

ざわめきが収まらぬまま、定刻の午後一時から少し遅れて公聴会がはじまった。正面の壇上には、枝幸海区漁業調整委員会の委員十三人全員が着席しており、そのなかにツシマコタンの増田儉吉もいた。見かけたことのない顔は、隣町の浜頓別町から選出された委員に違いない。

事務局員が開会を告げ、会長の挨拶をうながした。互選された上野貞作会長が型どおりの挨拶をした。彼は、㋓枝幸漁業にも底曳き漁業にも加わっていない、枝幸市街北側の目梨泊で自営する漁業者の代表として会長に選ばれていた。

「みなさん、流氷も去って海明けした本日、枝幸海区の公聴会を開催しましたところ、なにかとご多用のところ、多数の組合員のみなさんにお集まりいただき心からお礼申し上げます。さて、昨年八月、選挙で選ばれたわれわれ漁業調整委員は、新しい漁業法について勉強し、枝幸海区における漁業権のありかたの検討を続けてきました。漁業組合員のみなさんは、すでに新聞などによりご承知のことと存じますが、新しい漁業法における定置漁業権をご理解していただきたく、公聴会を開催した次第であります。事務局より説明させますので、疑問な点、率直なご意見を承りたいと存じます」

かたわらに控えていた事務局員が立ち上がり、説明をはじめた。

「それでは、まず新しい漁業法と古い漁業法とで、漁業権がどう変わったかをご説明申し上げます。古い漁業法の下では、漁業権は定置漁業権、区画漁業権、特別漁業権及び専用漁業権の四つに分けられていました。それが新しい漁業法では、定置漁業権、区画漁業権、共同漁業権の三つに分けることとなりました」

「新しい漁業法では、これまでの定置漁業権を二つに分けました。その一つは、身網の設置場所が水深二十七メートル以上の海域となる大型のものを、定置漁業権としました。もう一つは、大型から除かれる中小の定置漁業で、これから説明する共同漁業権のなかに入れられることになりました」

「共同漁業権というのは、古い漁業法にあった専用漁業権と特別漁業権を廃止し、それに代わって沿岸海域に新しく共同のものを設定した漁業権です。区画漁業権は海苔の養殖などの漁業権で、枝幸海区には関係ないので省略します」

事務局員の漁業法の説明に、聴衆はわかったような、わからないような表情をして聞き入っている。

「次に、新しい定置漁業権の免許についてご説明します」と切り出すと、ようやく出席者の間に緊張が走った。

「定置漁業権の免許を受ける資格については、漁村を民主化するという漁業改革の趣旨にそって、第一順位は漁業協同組合、第二順位は地元漁民が設立する生産組合に優先して免許が与えられることになりました。個人や会社は第三順位となっております」

さらに事務局員から、大型定置漁業権について、北海道の鮭や鰊の定置漁業は規模が大きいので、例外として身網が水深二十七メートル（約十八尋《ひろ》）以内に収まるものについても免許を与えてもよいこととされた、との補足説明があった。

委員会で最も議論になったのは、優先して免許が与えられる生産組合についてであった。生産組合は七人以上の漁業者であれば認められる。したがって、海区内に生産組合が乱立し、共倒れにならぬよう調整を図ることが望ましいとの素案が、ほぼ決まっていた。

「今のところ、枝幸海区では鰊を獲る定置漁業権の申請の動きはありません。申請が予想される鮭の大型定置漁業権については、資源の保護と漁業経営の健全化を図る観点から、枝幸海区ではいくつかに絞って許可する方向で検討しております。ただし、それ以外に鮭を獲ってはいけないというのではなく、共同漁業権のなかで地元の生産組合が定置網漁で獲ることは認められる、ということであります」と事務局員は述べた。

事務局員の「鮭の大型定置漁業権については、いくつかに絞って」という説明に、会場内はどよめいた。ほどなく私語が収まると、不気味なほど静まり返った。

それは、すでに漁師の間に噂として伝わっていたことだった。戦後の数年間、多額の資金を必要とする鮭の定置網は、枝幸海域において㋮枝幸漁業のトイマッケ、オチュウペッツ、それに㋩大洋漁業が佐賀家の漁業権を借りたオカィスマの三ヶ統しか網は建っていなかった。この三ヶ統をそのまま認めるのか、そのほか十数ヶ統といわれる個人や会社所有の漁業権をどう取り扱うかが、関心を呼んでいたのだ。

説明を終えた事務局員が、「質問や意見のある方は挙手していただき、こちらで指名しますので、お名前を名乗ったうえでご発言ください」と上ずった声を上げた。正面に並んだ漁業調整委員の面々を前に、つめかけた二百人ほどの漁民は押し黙ったまま、互いに顔を見合わせていた。

「どなたかご発言される方は、おられませんか」という事務局員の呼びかけに、カーキ色の軍隊服を着た、見るからに零細漁師らしい男が立ち上がって叫んだ。

「おらあ、どうも共同漁業権だとか生産組合っつうのがよくわかんねえだ。なしてかというと、おらだぢはこれまで、前浜沖で自由に鰊や海鼠《なまこ》、帆立ば獲ってきたんだ。それが、共同漁業権だとかなんとか、規則で七面倒くさくなるというのがあ」

「それでは、質問にお答え申し上げます」と事務局員が立ち上がった。

「これまでも、みなさんの誰もが勝手に漁獲することを認められていたわけではなく、明治三十四年に制定された旧漁業法の専用漁業権のもとで、鰊刺し網や海鼠、帆立漁を営んでこられたわけです。その専用漁業権は、漁業組合が組合員のみなさんを代表して認可されていたのです。新しい漁業法では、みなさんが漁業を営んできた深さ十八尋以内の海岸海域を、地元のみなさんが共同管理する共同漁業権として認めることになりましたので、これまで通り、集落の前浜の沖合で漁ができることに変わりはありません」

その答弁に、一人の潮焼けした顔の老漁民が立ち上がり文句をつけた。

「なんだと、明治にできた法律だなんて、そったらものおらあ知らねえどーっ。おらだぢだば、親の代から前浜の沖で漁をしてきたんだどーっ。それを、これから漁ができる共同漁業権とかっつうのは、十八尋から沖さ出るなというのがあ。海の上さどうやって、ここまでがおらだぢの漁場だって境ば決めるんだ。海の上ば鰊網の浮子《あば》さ繋いで決めるとでも言うのがあ。そったことできなかべぇー」

「わあーっ」と場内に爆笑が巻き起こった。

慌てて立ち上がった事務局員が、「ご意見のあるのはわかりますが、法律では……」と説明しはじめたが、その声は場内のざわめきにかき消され、ほとんど聞き取れなかった。

騒ぎが収まるのを待って事務局員が再び質問を促すと、いちゃもんをつけた漁師が再び立ち上がり、酒でも入っているのかべらんめえ口調で言った。

「専用だかなんだが知らねえが、おらだぢは親の代から前浜の沖で鰊の刺し網をやってきたんだ。今度は共同漁業権とかで鰊とか秋味を獲れると言うが、その漁場ば底曳きが荒らしているから、魚が獲れなくなってるんでねえのがあ。一体、おメエだちは底曳きばどうしてくれるんだ。新しい漁業法では、お上が底曳きをぼ、っ、た、く、っ、て（追い払って）くれるのがあ、そこはどうなんだ」

質疑のやりとりは、あらぬ方向に発展した。

笑い声とともに、「そうだ、そうだ」「底曳きは密漁してるんだ」などという野次が、あちらこちらから上がった。正面の委員席に並ぶ、枝幸港を根拠地として底曳きを営む漁業者の代表は、平静を装って無表情のままだった。

戦前、枝幸沿岸の漁民は、春鰊漁だけで一年の生計が賄えるほどの漁獲を上げていた。時には群来《くき》るほど押し寄せてきて、水揚げ処理が間に合わず、みすみす海中や浜で腐らせることもあったほどで、戦時中も鰊の漁獲はまずまずだった。

ところが敗戦後、春鰊の漁獲は戦前の半分以下と不漁が続いた。その理由については、海流が変化したせい、ロシアが間宮海峡を封鎖したせい、などといった憶測が飛び交っていた。それに加えて鰊や帆立などの不漁は、マッカーサー・ラインが引かれ、外海へ出られなくなった沖合底曳き漁船や小手繰《たぐ》り船（小型船による底曳き網）が、沿岸で操業するようになったせいではないかと、零細漁民の誰もが不満を抱いていたのである。

たまりかねた事務局員が、漁師たちを制して苦しい答弁を行った。

「新しい漁業法の下では、日本の民主化を推し進めるために沿岸漁民が守られるようになっております。ですから、沿岸漁民を脅かす底曳き漁などの違法行為は、当局によって取り締まれることになります。どうか、漁協の組合員のみなさんは集落ごとに結束し、新たな共同漁業権の下で漁撈に従事していただきたいと存じます」

昭和二十三年四月、ＧＨＱの民主化指令を受けて新しく発足した枝幸漁業協同組合は、四百五十名の組合員で発足した。しかし、手漕ぎの櫓を漕ぐ川崎船《かわさきぶね》（和船）で漁をする零細漁民にとって、漁獲が減るなかで生計を立てることは容易でなかった。

騒然とした雰囲気が収まりかけた頃、事務局員が質問を促したタイミングで挙手した成夫が、指名を受けて立ち上がった。

「オカィスマの佐賀です。先ほどの事務局の説明についてお尋ねします。枝幸海区の鮭の定置漁業権については、資源の保護と漁業経営の観点から〈大型定置漁業権についていくつかに絞る〉とお聞きしましたが、これまで認められていた漁業権の数をどのような基準で減らそうとするのか、教えていただきたい――」

成夫の質問に場内は静まり返った。正面の委員席に座る増田は、成夫を無視するかのように明後日の方を向いて煙草の煙をくゆらせていた。事務局員たちは互いに顔を見合わせ、誰が答弁するのか逡巡していた。

漁民たちの視線を浴びているのを意識しながら、成夫は質問を続けた。

「――私の仄聞《そくぶん》したところでは、漁業権は漁民の組織のみに認めるという当初の案に対し、GHQ当局は個人事業者も加えるよう指示したとされています。それでは、これまで秋味の定置漁業権を持っていた個人が申請した場合、引き続き認めるのかどうか、これまでの検討の状況を明らかにしていただきたい」

事務局員を務める役場の職員が立ち上がり答えた。

「ご質問については、まだ委員会としてお答えできる段階に至っておりません。ご案内のように、古い法律では秋味漁の定置漁業権は一本でありました。それに対して新しい漁業法では、身網が水深二十七メートル以上の沖合に設置される大型定置漁業権と、沿岸を区域とする共同漁業権のなかの小型定置漁業権に分割されました。そして、大型の定置網についても、許可は漁業協同組合、生産組合の順位となっておりますので、従来の漁業権の個人所有者に対して、引き続き無条件に認めることにはなりません。その点、ご了解いただきたいと存じます」

参会者の多くは、漁協に漁業権を認可するといいながら、実際は枝幸漁業に経営を委ねるだけではないか、と暗に成夫が指摘していることに気づいていた。彼は質問を続けた。

「話は変わりますが、ほかの海区ではこれまであった秋味の定置漁業権の数を、そのまま認める方向で調整が進んでいると聞いております。それに対して、なぜ枝幸海区だけが、十数ヶ統あったといわれる漁業権を数ヶ統に減らすのでしょうか。さらに、個人や会社を排除するよう検討されているようですが、私としては納得できませんので、調整委員の方からご説明いただきたい」

成夫の追及に、高山学識委員が立ち上がった。

「委員会としては、まだ何ヶ統に絞ると決定したわけでありません。ただ、事務局が申しあげたとおり、新しい漁業法では、第一順位として漁業組合に定置漁業権の取得を認めることになっており、その上で、海区内に余裕の海面があれば、会社や個人に配慮することになるかと存じます」

成夫が意見を述べ終わると同時に、見知らぬ中年の漁師が挙手をして立ち上がった。

「ヤー　ニェサグラーセン、いや、失礼。ただいまの意見に異議があります」

突然、ロシア語らしき言葉が飛びだし、会場内は騒然とした。雛壇の漁業調整委員はもちろん、漁師たちや傍聴者たちも一斉に男を見つめた。

「私は個人にも定置漁業権を認めるべきではないか、との意見に反対であります。少数の網元たちが、北海道開拓に便乗して手に入れた定置漁業権を既得権として引き続き認めることは、このたびの漁業改革に逆行するものであります」

成夫はとっさに、男を枝幸漁業の回し者でないかと疑ったが、そうではないようだった。「どこの奴だ」「エタシペの引揚者でねえが」といった囁きが聞こえてきたからである。

男の発言に、再び高山委員が答えた。

「ご意見にありますように、このたびの漁業改革は旧漁業法によって許可された漁業権を引き続き延長する運びにはなりません。特に、いわゆる不在地主のような漁業権を所有している町外の網元や資本家に対しては、漁業権が免許されることはありません」

発言した男は、敗戦後にエタシペへ縁故を頼って樺太から引き揚げ、漁業についた者に違いなかった。枝幸町内には、二千人を超える樺太からの引き揚げ者が入っており、そうした引き揚げ者の漁師が漁業解放を求めるのは当然の成り行きだった。

エタシペの鮭定置漁業権は、函館に本店を構えていた準大手水産会社・駒井合名会社が持っているはずだった。駒井合名会社は択捉《エトロフ》でも漁場を経営して利益をあげ、旧枝幸村や旧礼文村など北海道沿岸の鮭定置漁業権を手に入れていた。町外資本に鮭の定置漁業権を引き続き許可することは、いわば不在地主に田畑の所有を認めることと同じで、漁業解放の趣旨に逆行するという意見は正論であった。

その後も、さらに何人かの漁師たちが質問や意見を述べた。

頃合を見計らって、上野会長が事務局員から渡されたメモを見やりながら、参会者に対してあらためて今後の委員会の審議に理解を求めた。

「本日の公聴会では、忌憚のないご意見を承りありがとうございました。いずれにしても新しい漁業法は、日本の民主化、漁業解放の趣旨に沿って、実際に漁撈に従事される漁民の権利を守ることにあります。それを踏まえて、本日の公聴会でご発言いただきましたみなさんのご意向を充分に参考にし、この秋以降、素案ができました段階であらためて公聴会を開催し、さらなるご意向を拝聴したのちに、みなさんのご利益になるよう漁業権を決めさせていただきますので、よろしくお願いいたします」

事務局員が散会を宣告し、形式的な公聴会は終了した。

帰宅して居間のストーブにあたっている成夫に、フジが「公聴会はどうだったの」と聞くと、彼はぶっきら棒に答えた。

「公聴会は法律の説明と、これまで委員会が議論してきた内容の説明があっただけで、誰に漁業権を免許するかという具体的なところまで話はなかったよ」

そう答えながらも、成夫は頭のなかで、公聴会でのやりとりを繰り返し吟味していた。そこで高山委員がエタシペの引き揚げ者に答えた、駒井合名会社などの町外資本を排除するとの説明に、成夫は思いあたる節があった。町外資本を排除するという理屈にかこつけて、漁業権を㋩大洋漁業に貸して賃借料をもらい、稚内の北見株式会社と漁業権を共有する佐賀家の定置漁業権を、奪い取る魂胆ではないのか——と。

いずれ枝幸海区の鮭定置網は、民主化の名のもとに地元の生産組合に免許が与えられるだろう。しかし、零細漁民で組織される生産組合には、鮭定置網を経営する財力はなく、枝幸漁業が裏で牛耳る傀儡の生産組合だけが網を建てられるという事実は、誰もがわかっていることだった。

敗戦後、GHQは農地改革や漁業改革などを指令した。それを受けて、戦前から地主の搾取に立ち向かう農民運動が続けられてきた農村では、土地解放によって地主による支配は解体された。しかし、漁村の零細漁民たちには、彼らを支配するボスたちに向かって立ち上がるだけの力はなかったのである。

五　憧れの教養学部へ――昭和二十六年四月から七月

〈あった、あった!〉

鞠夫は、教養学部の正門横に張り出された合格者掲示板に、自分の受験番号を見つけ、小声で呟いた。一瞬、貧血を起こしたかのように、白い模造紙に受験番号が並ぶ掲示板や辺りのフェンス、樹々が視界から消え、体中の力が抜けてしまった。

我に返ると、掲示板の受験番号を指さして飛び上がっている者、抱き合い肩を叩き合いながら祝福しあっている者、やや離れた場所では胴上げをしているグループなど、周囲は騒然としていた。昭和二十六年三月二十一日、合格発表の朝、東京・駒場で繰り広げられた光景だった。

理科は四、五倍の倍率ともいわれ、難関であることが知られていた。

〈間違いないだろうな?〉

鞠夫はもう一度ポケットから受験票を取り出し、掲示板に張り出された理科Ⅱ類合格者の番号と見比べ、合っていることを確かめてからゆっくりと掲示板の前をあとにした。

正門前から井の頭線の一高前駅へと続く数十メートルの砂利道は、その両側に入会を勧誘するサークルや運動部の立て看板がお祭りの出店のように並び、学生たちが新入生に声をかけながらビラを配っていた。

駅から電車に乗り、規則的な震動に揺られながら、受験勉強に明け暮れたこの数か月の辛かった日々を振り返ったが、今ではよい思い出に感じられ、徐々に喜びが込み上げてきた。

〈ようし、これで俺はどんなことにも挑戦できる身になった。北の涯《はて》にいる漁師のボスたちの勢力から脱がれ、津軽で埋もれることもなく、自分の可能性を追求できるスタートラインに立ったんだ〉

受験の外国語にドイツ語を選択したことも、難関を突破した要因の一つだと思った。あらためて、レベルの高い旧制弘高のドイツ語の授業に必死に食らいつき、新制大学に籍を置いてからも西郷啓造教授のドイツ語の講義にだけは、できる限り出席したことが功を奏したに違いなかった。

鞠夫は渋谷で電車をおり、ハチ公前広場に面した本屋の隣にある「ルーエ〈ドイツ語で〈Ruhe、休息〉〉」という喫茶店に入った。そしてコーヒーをすすりながら、この半年間の朝鮮戦争に怯えながらの孤独な受験勉強を思い返していた。

昭和二十五年の秋、受験勉強に専念するため再び戻った津軽は、オカイスマと違って、ラジオや新聞で朝鮮戦争の動きを知ることができた。九月半ば、南朝鮮軍は釜山《プサン》周辺まで追い詰められ、朝鮮半島は北朝鮮軍に制圧されようとしていた。そのさなか、マッカーサー元帥率いる国連軍は、北朝鮮軍の背後をついて仁川《インチョン》に上陸し、一挙に戦局の転換を図った。国連軍は北進して平壌《ピョンヤン》を占領し、さらに旧鮮満国境にまで迫ったが、十月下旬、中国人民軍の大軍が鴨緑《アムノク》江《ガン》を越えて戦闘に参加し、国連軍は圧倒的な中国人民軍の兵力の前に後退を余儀なくされた。

一方、国内ではこの間に、レッドパージ反対の学生運動が沸き起こっていた。十月に入ると、東大・早大・中大・一橋大などが続々とストに入り、東大や早大では警官隊との衝突によって多数の学生が検挙され、学校当局により首謀者が処分される事態に発展していた。鞠夫は、朝鮮戦争が今にも第三次世界大戦に突入しそうなほど激化し、国内では学生運動が高まりを見せるさなか、独り受験勉強をやり直している自分を顧みて、そのタイミングの悪さに苛立ちを募らせた。

そんななか、母からもたらされた朗報が彼を勇気づけた。十月になってオカィスマの漁場では、一、二年目の不漁とは打って変わり、連日、好調な水揚げが続いた。そして、まずまずの漁獲量になりそうなことから、㋩の青森支社長が視察に訪れたという。

とはいえ、冬が本格化するに連れて寒さが厳しくなる津軽で、再び受験勉強に打ちこむことは容易ではなかった。寄寓する叔母の嫁ぎ先の家屋は、藩政時代に建てられた古い住居で、特に鞠夫が使う二階の屋根裏部屋は、障子に板戸だけであった。そのため、ニクロム線が熱源の小さな炬燵だけで寒さを凌ぐのは、生易しいことではなかった。

鞠夫は、暖かい勉強場所を求めて市内を転々とした。珈琲苑《ガルテン》二階の奥まった席で二、三時間粘り、スチーム暖房がついたお濠端の市立図書館閲覧室にも通った。時には、かつての旧制弘前高校の校舎にある図書室に隠れるように籠って勉強を続けた。

年が明けた昭和二十六年の正月、休戦ラインとされた三十八度線を巡って、国連軍と中国・北朝鮮軍との間で、一進一退の激しい攻防戦が続いていた。戦争の行く末がどうなるかわからない不安のなか、鞠夫は自分に言いきかせた。朝鮮での戦争は所詮、マッカーサーと毛沢東の争いではないか、俺の生き方には関係のないことだ。いまは受験勉強のことだけを考えて、追い込みをかけるだけだ——。

思い起こせば昭和二十一年の暮れ、最後に父と会った時に言われたのが、「金や財産はいつかなくなる。したども、どんな世のなかになっても、学問して身につけたものはなくならない」という言葉だった。生家が破綻したことで、父は苦労してやっと師範学校を出た口惜しさから、息子たちを津軽の旧制中学に進学させ、鞠夫には旧制高校への道を選ばせてくれたのだ。

いまここで挫けては、父の遺志に背くことになる。残りあと二か月のラストスパートだ、と自らを叱咤激励した。そうした死に物狂いの猛勉強の甲斐あって、彼は駒場の東大教養学部という難関を突破できたのだ。

東京の桜は津軽よりもひと月早く、四月に入ると駒場の教養学部キャンパスに植えられた桜は、入学式を前に満開となった。桜とともにイチョウ並木やマツの古木の植え込みがある広い構内に、戦災を受けることなく立ち並ぶ旧制一高の鉄筋コンクリート造の校舎は、時計台を仰ぐ堂々たるパルテノンのような本館をはじめ、本館の手前左手奥に聳える講堂など、津軽で通った旧制高校の木造校舎とは比べものにならぬ偉容を誇っていた。

四月十二日、本郷の安田講堂で入学式が行われた。教養学部の学部長である矢内原忠雄教授は、戦時下で教壇を追われ、敗戦後に東大に復帰した反骨の学者であり、キリスト教者だった。戦争中に軍国主義教育を受けた鞆夫は、侵略戦争に反対して大学を追われた人々がいたことを、入学するまで知らなかった。

昭和十二年暮れ、南京占領で国中が勝利の歓びに浸っているさなか、当時、東大経済学部で教鞭をとっていた矢内原教授は、文部省の圧力で辞表を提出した。かねてから教授は、日本の植民地支配を批判する著作を出していたが、その秋、日本の中国大陸進出政策と戦時体制下での思想統制を批判する論文を雑誌に発表したことが、不穏当とされたのだ。

いよいよ授業がはじまると、鞠夫は錚々たる顔ぶれの教授陣に圧倒された。矢内原教授と同様に大学を追われていた自由主義思想の教授たちが復帰し、知性あふれる講義で人気の的になっていた。直接教えを受けずとも、総合雑誌や新聞に寄稿する著名な教授や受験雑誌に執筆して名の通っている教授たちが、キャンパス内を闊歩していた。

学徒出陣で戦争に駆り出され、辛うじて死を免れた新進気鋭の学究たちは、戦争の罪悪と民主主義による国家の再建を熱っぽく訴えかけた。なかでも、小林直樹助教授の憲法概論の講義は圧巻だった。富国強兵を目指し、天皇に大権を与えた明治欽定憲法を真っ向から批判し、戦争放棄を宣言し主権在民をうたった新憲法こそ人類理想の国是であると、長軀に情熱をたぎらせて講義し、急造の合同教室に集まった学生たちを魅了した。一時間半の講義が終わると、学生たちは酔いしれたかのように無言で教室をあとにするのだった。

語学の教授陣も若さにあふれ、潑剌としていた。アメリカの作家の小説をテキストに、辞書にも出ていないスラングを難なく訳してしまう英語・米語に精通した講師がいたほか、リルケ研究の第一人者である富士川英郎教授は、ホーフマンスタールの「幽霊船の話」をテキストにした。

写楽の役者絵のような風貌の大賀小四郎教授は、トーマス・マン「マリオと魔術師」のテキストを、関西弁訛りを交えてまくしたてた。彼は戦時中に日独交換留学生としてドイツに渡り、昭和十九年六月、連合国軍がノルマンディーに反攻上陸したのち、戦火のなかを逃げ回って帰国した経歴を持っていた。それだけに、ただ文章を翻訳するだけでなく、生きている言葉を——その言葉を話す民族の風習や思想を——教えようとした。

そんな面々のなかでも、生物学の八巻敏雄教授による講義は新鮮だった。細胞の染色体中にDNAというスパイラル構造の遺伝子の繋がりがあり、これが解読されれば生命の根源が明らかになるだろう、という生物学研究の最先端を紹介してくれた。鞠夫は〈これだ、中山が湯川さんの下で素粒子論を追求するなら、俺は染色体中の遺伝子解析に取り組み、生命の根源に迫ろう。それでこそ、東京へきた甲斐があるというものだ。広く世のなかで役立つことをやるんだ〉と決意を新たにした。

圧倒されたのは、豪華な教授陣ばかりではなかった。彼が在籍する理科Ⅱ類ドイツ語既習クラスには、想像もつかぬ秀才や桁外れの経歴を持つ学生たちがいた。ドイツ語既習クラスということで、新制高校からのストレート組はおらず、ドイツ語を履修できる東京の私学出身者や旧制高校を経た浪人組が、学生の大多数を占めていた。そのクラスでも一際目立っていたのが、都立の旧制ナンバー中学出身の秀才組と、中高一貫教育である私立の旧制高校組だった。

特に、一目で育ちのよさがわかる、私立の旧制高校出身組には舌をまいた。鞠夫たち地方の旧制高校組も勉強の面では競争できたとしても、親が大学教授や著名な文化人という恵まれた家庭環境で育まれた豊かな個性と多彩な才能を知ると、トータルでは敵いっこないという劣等感に襲われた。

さらに驚愕したのは、新入生の歓迎コンパで出逢った、鞠夫の常識を遥かに超える経歴の持ち主たちだった。

女房を連れて上京したと豪語する年齢不詳の〝土佐のイゴッソ〟。旧制一高を裏表六年やった上に、あと三、四年は駒場に通いたくて教養学部へ入り直したという、ボート部マネージャーの猛者〝オンケル〟（彼はある授業が終わると、その教師に親しげに話しかけていた。駒場の寮で仲間だったという）。鞠夫の数歳年上らしき女性も二人いた。彼女たちは、戦後の混乱期に女子高等師範学校を出て教師となったが、もう一度勉強をやり直したいと入学した、化粧などこ吹く風の女傑たちだった。

また、鹿児島から来た、寮歌に精通する旧制高校出身の男は、最初のコンパで自己紹介すると「第七高等学校造士館寮歌『北辰斜《ほくしんななめ》に』！」と叫ぶや、〽北辰斜にさすところ　大瀛《たいえい》の水洋々乎《こ》……、とストームさながらに腹の底から出す大声で寮歌を熱唱し、寮生活を経験しなかった鞠夫や都会育ちの連中の度肝を抜いた。

講義は充実し、教室には張り詰めた空気がみなぎっていたが、一歩教室の外へ出ると、厳しい現実に直面しなければならなかった。

昨年（昭和二十五年）秋の全学連によるレッドパージ反対全学連ストライキと、学期末試験ボイコットに対する学校当局の処分の余波は、いまだ収まっていなかった。授業前や昼休み時間には、駅から正門前までの道端で、学生の処分を糾弾するグループや反戦活動の有志がアピールを続けていた。寮の周りにも、再軍備（警察予備隊創設）反対や退学処分撤回など、さまざまな主張を掲げる立て看板があふれていた。

さらに、生活の面も厳しかった。ＧＨＱに招かれたドッジ顧問によって推進された超緊縮財政政策によって、日本国中が不景気に喘いでいただけに、学生たちも非常に貧しかった。食糧事情は幾分好転したとはいえ、街の食堂で米食するには外食券を必要とし、量も足りない上に、値段も高かった。

自宅から通う学生のなかには、弁当を持参する恵まれた者もいたが、大半の学生は乏しい昼食で空腹を紛らわせていた。駅前にある蕎麦屋のもりやかけが、十五円から十七円に値上げになったことから、利用をボイコットしようと呼びかける有志もいた。

鞠夫は、外食を毎日とるだけの余裕がなかったので、生協の売店でイチゴジャムまがいのものを間に挟んだ十円のコッペパンと十円の牛乳で昼を済ますことが多かった。彼の仕送り額から考えると、月額千八百円の奨学金で最低生活が維持できる大学の寮に入るべきだったが、あえて東大駒場寮には入らなかった。その理由は、大きく二つあった。

一つは、相部屋生活に慣れていないことがある。旧制高校は全寮制だったが、彼が入学した当時は食料を確保できないため、地元の中学出身者は自宅から通学することになり、寮生活を体験できなかった。駒場寮は三階建ての鉄筋コンクリート造だったが、大部屋に数人が入る雑居生活で、独り静かに勉強したり思索したりする個人の自由は得られそうになかった。

もう一つは、寮内の激しい学生運動の雰囲気に、馴染めそうもなかったからだ。合格発表のあとに覗いた駒場寮は、過激なスローガンを書き殴ったビラやプラカードにあふれていた。レッドパージや授業料値上げに反対する学生運動の機運が高まり、寮が学生自治会の拠点となっていたので、入寮すれば放課後も否応なしに運動に巻き込まれそうだった。

彼は、旧制弘高時代に起きた関戸教授の罷免事件で、一年上の先輩たちが真っ二つに分かれ、憎しみ合う姿を目のあたりにしていた。それだけに、弘高の北溟寮を遥かに上回る凄まじい思想の交錯を見て、入寮することに怖気づいてしまったのである。

経済的に負担ではあるが、鞠夫は個室生活をするために、郊外の吉祥寺駅から西荻窪寄りに十分ほど歩いた街はずれにある、畑に面したバラック建ての安アパートの四畳半を選んだ。吉祥寺駅の北口に出ると、賑わっているのは駅前のバラックとハーモニカ横丁の一角だけで、北口のメインストリートである商店街は、夜八時を過ぎると早々と店を閉めた。唯一、遅くまで明るかったのは、五日市街道に突きあたる手前左側に立つ映画館の照明だけだった。

彼は、北口の裏通りにある音楽喫茶「モーツァルト」で、しばしば心と体の疲れを癒した。

五月二十五日から、心待ちにしていた学園祭「五月祭」がはじまった。

しかし、昨年十月の学生ストライキに対して、大学当局が警官隊の学内出動を要請した余波から、開催が決まるまでには紆余曲折があった。当初、大学当局は五月祭常任委員会を構成するいくつかの団体について、その資格に問題があるとして、常任委員会を公式に認めることに難色を示した。

さらに学生委員長の尾高朝雄教授は、各自治会と文化団体が総意として決めた〈平和のための五月祭〉〈戦争宣伝の禁止〉〈民主的権利の確保〉のスローガンが政治的であり、真理探究の場としての大学の祭典にふさわしくない、と撤回を要求。最後の最後に常任委員会が譲歩することで、ようやく開催に漕ぎつけていた。

鞠夫は五月祭の初日を駒場で過ごし、翌日は本郷へ出かけた。重厚なコンクリートの建物が林立し、イチョウの街路樹が植えられた広いプロムナードが交錯する本郷キャンパスは、彼がドイツ語のテキスト『大学時代』を学びながら夢想していた、歴史あるハイデルベルク大学のイメージそのものだった。

構内には、おびただしい数の宣伝・主義主張をアピールする立て看板が、所狭しと掲げられていた。大学当局からは、政治的スローガンを禁じられていたものの、やはり〈戦争反対〉〈単独講和反対〉〈治安省設置反対〉と大書された看板が目についた。二十五番教室で行われるイタリア映画「無防備都市」の上映会やベートーヴェンのヴァイオリン協奏曲の演奏、ゴーリキーの演劇上演などの告知も多かった。

喧騒のなかで鞆夫が驚いたのは、米軍の軍事裁判にかけられている仲間への救援を訴えるグループがいたことだ。

四月五日の夕方、飯田橋駅前で〈青年よ武器を取るな！　労働者よ武器を造るな！〉などのスローガンを書いたプラカードを掲げて反戦を訴えていた東大生の一団が、政令第三二五号（連合国軍の占領目的に有害な行為に対する罰則）違反として警官隊に取り囲まれ、麴町署などに十六名が拘束された。彼らは四月二十六日に警視庁内の軍事法廷へ連行され、米軍憲兵隊司令部の取り調べを受けた結果、〝占領軍の安全に対する有害行為〟の罪で起訴されたのである。

事件の背景には、混沌とする朝鮮半島の戦局があった。三月十五日に国連軍は、廃墟と化した京城《ソウル》を奪回した。しかし、三十八度線付近での戦闘は収束の見込みが立たず、業を煮やした国連軍最高司令官マッカーサー元帥は、鴨緑江《アムノクガン》を越えて中国本土を爆撃すべしと主張し、米政府と対立していた。事件はそのさなかに発生しており、加えてプラカードには、米軍が使用する兵器の部品を製造し、戦車や車両の修理も手がける企業名を弾劾するものがあったことも、事件化した一因と思われた。

取り調べの末、五月二十三日に十三名が釈放された。残る三名については、四日間にわたる裁判が開かれた。弁護側は、飯田橋駅前で訴えていた学生たちは、元東大教授で都知事選に出馬中だった共産党の出隆《いでたかし》候補（旧制弘高・関戸教授の恩師）の応援をしていたにすぎないと主張した。言い渡された判決は、一名無罪、二名は重労働六か月で、執行猶予つきというもので、六月十三日になってようやく釈放された。

鞠夫はあらためて、激戦が続く朝鮮戦争において日本は米軍の補給基地でしかなく、いまだ連合国軍の占領下にあることを痛感させられた。

五月祭から数週間後、渋谷駅のハチ公前広場で全面講和締結・再軍備反対の署名活動をしていた東大生の一人が、「仲間が警察にパクられた」と逃げ帰ってきた。キャンパスは騒然となり、駒場から数百人の学生が一斉に駆け足で渋谷へ向かった。鞠夫もそのうちの一人だった。

警察当局は、渋谷のハチ公前広場に乗りつけた右翼の街頭宣伝車が、再軍備を主張する幟旗を掲げ、大音響で軍艦マーチを流しているのを見過ごしながら、学生たちによる署名活動は都条例・政令第三二五号違反であるという詭弁を弄していた。その対応に、学生たちの誰もが憤りを感じ、仲間の釈放を求めて渋谷警察署に押しかけたのである。

鞠夫がデモに積極的に参加したのは、場末の映画館で関川秀雄監督の「きけ、わだつみの声」を観て涙し、悲劇を再び繰り返してはならぬと思ったことがきっかけだった。昨年、封切に先立って二十五番教室で上映されると、二回の上映に三千人が詰めかけたと聞いていた。

学業半ばにして学徒出陣で入営した登場人物たちは、非人間的な軍隊生活を強いられる。彼らは見習士官、下士官、二等兵として、ビルマとインドの国境に跨る戦線での無謀な作戦に派遣され、敗走するなかで病と飢えにより十数万人の死者を出し、悲惨な最期を遂げる。

映画もさることながら、鞠夫は『きけ　わだつみのこえ　日本戦没学生の手記』を読み、学徒出陣で国のために命を落とし、志を果たせなかった先輩たちの口惜しさに思いを馳せた。そして、東大教授でフランス文学者の渡辺一夫が序文に引用した、レジスタンスに身を投じた詩人の詩が彼の胸に突き刺さった。

死んだ人々は、還《かえ》ってこない以上、
死んだ人々には、慨《なげ》く術《すべ》もない以上、
生き残った人々は沈黙を守るべきなのか。
　　　　　　　　　ジャン・タルジュー

これを契機に鞠夫は、レジスタンス運動に関心を持つようになった。そして、行動する知識人サルトルの『嘔吐』や『自由への道』『実存主義とは何か』の翻訳を図書館で借りて読んだが、彼の思考能力では難解すぎて歯が立たなかった。

初夏になると、新入生たちもキャンパスに馴染み、多少のゆとりが出てきた。クラスやサークルごとのコンパも開かれはじめたなか、鞠夫はなにをさておいてもと、ともに浪人し励まし合った弘前中学時代からの友人、清野と海老名の二人と祝杯を交わすことにした。清野は教養学部の文科I類に入学し、海老名は早稲田の法学部に入っていた。

清野は、池袋の西口繁華街から十分ほど歩いた所にある、兄が勤める会社の社員寮の一室に母親と一緒に住み、そこから駒場へ通学していた。焼け跡に建てられた社員寮は、木造モルタル塗りの二階建てアパートだった。玄関を入るとコンクリートの土間の左右に下駄箱があり、その先に続く廊下の両側に六畳間の部屋が向かい合って並び、突きあたりに共用便所があった。

食糧事情が厳しいなか、鞠夫と海老名は時々、清野の母の食事にありついた。また、帰りが遅くなると、清野のアパートに転がり込んで雑魚寝をさせてもらった。

三人は清野のアパートに近い、「みなとや」という飲み屋で祝杯をあげた。池袋駅から社員寮へ向かう道筋にある、三業地と呼ばれる花街の入り口近くにあり、建てつけの悪いガラス戸を開けると、土間を改装したカウンターのなかで、着物にエプロン姿のママさんがぎこちない笑顔で「いらっしゃいませ」と迎えてくれた。店内は十人も入れば満員といった広さだ。日本酒を飲むゆとりのない鞠夫たちは、グラス一杯三十五円の梅割りか葡萄割りのカストリ焼酎ばかりあおった。

同級生の話題が一巡すると、海老名はママさんと如才なく話しはじめた。ママさんは、学徒出陣し恋人が戦争から帰ってこなかった、というもっぱらの噂だった。

「ようし、それじゃいっちょう行くかあ」

清野は、鞠夫も教わった正調の旧制一高寮歌「嗚呼玉杯」を、声高らかに歌った。

嗚呼玉杯に　花うけて
緑酒《りょくしゅ》に月の　影やどし
治安の夢に　耽《ふけ》りたる
栄華の巷《ちまた》　低く見て
向ヶ岡に　そゝりたつ
五寮の健児　意気高し

（第一高等学校寮歌「嗚呼玉杯」）

六　大学生たちで賑わうオカィスマ——昭和二十六年八月

八月に入って間もないある日の昼下がり、オカィスマの佐賀家では、この地ではそれまでに聞かれたことのない若者たちの歓声がこだました。鞠夫の中学の同級生である清野と海老名、それに清野のクラスメートの渡辺を加えた三人が、稚内を回ってオカィスマへやってきたのだ。

「これが網元の屋敷か……」

三人は茶の間の切り炉の周りに座り、襖が開け放たれた母屋の内部を物珍しげに見回していた。広い赤銅の炉縁、炉に釣りさげられた鯉の鋳物の自在鉤、ちぐはぐな障子や襖、長押《なげし》に飾られた立派な神棚、幅広い柾目の杉の天井板、仏間の奥に見える馬鹿でかい仏壇——。

「へーえっ、あれが薪ストーブってもんですか？　おばさん」

居間に置かれたストーブを見つけて、渡辺が大声を上げた。湘南で生まれ育った渡辺は、火鉢やガスストーブでしか暖をとったことがなく、初めて見るブリキ製の薪ストーブに眼を輝かせた。

「北海道では、真夏でもストーブを焚くんですか?」

「北海道といっても、この辺りは特別なんですよ。ヤマセ(北東風)が吹いてガス(海霧)がかかると、真夏でも毛糸のセーターを着なければならないくらい冷えることがあるんです。この辺りの家では、どこでも一年中ストーブを据えつけたままにしておきます」

母のフジは物悲しげな表情で答えた。よくぞ二十年間もこの厳しい北の涯《はて》での生活に耐え抜いたものだと、彼女はあらためて辛かった日々を思い返していた。

「真夏でもストーブが必要とは、驚きだなあ。そういえば、さっき裏庭の崖下でミズバショウの花を見かけたけど、とすればここは高原の尾瀬の春先みたいな気候なんだ。要するに北海道という土地は、これまでの我々の常識が通用しない別の世界なんだなあ」

渡辺にとっては、初めて東北・北海道の旅だった。しかも、北海道のなかでも辺境のオカィスマを訪れたことで、異国にでも来たかのようなカルチャーショックを受けていた。

「実は今朝、ただで泊めてもらったお寺で寝坊しちゃって、稚内発の一番列車に乗り遅れたんです。駅に駆け込んだら、ちょうど列車が出たばかりだったんですけど、そうしたら駅員が『なあに、学生さんの足なら、線路を走って行けば次の南稚内で追いつけますよ』というんです。人間が走って列車に追いつけるなんて、そんな馬鹿な話があるもんかと疑ったんですが、ともかく線路を走って行くと、次の駅に列車が止まっていました。『待ってくれぇー』と大声を上げながら飛び乗れたので、お昼に枝幸に着くことができたんです」

「そうでしたか、それは大変でしたね。北海道の辺鄙なところを走る汽車は、停車時間が長いことがあるから追いつけたんでしょう」

学生たちが話す珍道中に苦笑いしながら、沈みがちだったフジの気持ちも少しは晴れたようだった。

乗り遅れた列車を追いかけて、次の駅で追いつけたのは、その列車が内地では見かけない客貨車混合の編成で、南稚内の構内で貨車の連結や荷物の積み替えをしていたからだった。

「そのくらいのことで驚いていては、北海道で暮らしていけませんよ。ほんの四、五年前まで、枝幸では木炭バスが走っていて、坂道にさしかかると、乗っているお客さんがバスからおりて後ろを押したもんですよ」

「乗客がバスからおりて、バスを押す？　そんな馬鹿な……」

フジの話に、渡辺が素っ頓狂な声を上げた。戦時中だったか、敗戦直後だったか定かでないが、鞠夫もポロペッツ河岸からサンケシの丘陵に登る急坂で、バスからおりて後ろを押した記憶がある。

「こんな辺鄙なところで驚いたでしょう」

フジが若者たちに問いかけると、

「いやあ、北海道の漁場っていうのは、さすがスケールが大きいですね。いくつもの建物や倉庫があるし、海岸にはでっかい網が干してあるのに驚きました」

と渡辺が答え、みなも同意するようにうなずいた。

彼らは、バスをおりて母屋まで来る途中、坂の上から初めて鮭定置網の漁場と建物群が並ぶ前浜を見渡して、未知の世界に足を踏み込んだことに興奮していた。

「これでも、小樽や増毛なんかの、昔、鰊で儲けた網元の漁場とは比べものにならない貧弱なもんだよ。それに、十年以上も漁を休んでいたのでガタが来ているんだ。四年前にはがやることになり、あちこち応急修理してなんとか間に合わせた程度でね」

鞠夫は彼らが浜に出てから落胆しないよう、あらかじめ弁解した。

津軽塗りの大きな丸テーブルを囲み、遅い昼飯を済ませると、鞠夫は三人を前浜に連れ出した。見慣れぬ大学生たちが連れ立って、オカィスマでバスをおりたという噂は、またたく間に集落中に広まった。なにしろ、東京からきた大学生たちが前浜を歩き回るなどということは、オカィスマはじまって以来の出来事だった。集落中の人々の眼が、彼らの行動に注がれていた。

鞠夫は彼らを連れて、番屋にある㋩大洋漁業の事務所に立ち寄り、佐々木代表と小川帳場に一行を紹介してから、前浜一帯をぶらぶらと案内した。彼らにとっては初めての漁場であることから、見るものすべてが新鮮であり、驚きであった。

漁夫たちの生活の場である番屋。小型飛行機を格納できそうなほどだだっ広い船倉《ふなぐら》。丸太で組んだ網干し場に掛けられたコールタールで真っ黒に染まった漁網のカーテン。砂丘に広がる広場に張り巡らされたワイヤーロープや太い藁綱《わらづな》。太い網をかけた浮子のガラス玉を積み上げた小山。沖合に係留されている発動機船の大洋丸と三半船《さんばせん》、波打ち際に寄せられた磯舟——。

それら一つ一つを、鞠夫が説明して回った。

その途中で、兄の成夫が漁夫たちと働いている現場を通りかかった。成夫は仕事の手を休め、学生たちと挨拶を交わしたあと、大船頭に彼らを紹介した。

「こちらが大船頭の中川原さん。学生たちは鞠夫の同級生で、夏休みを利用して北海道旅行にきたついでに、オカィスマまで足を延ばしたそうだ」

「船頭の中川原でごぜえます」

禿げ頭に捩じり鉢巻きを締めた大船頭は、真っ黒に陽焼けした顔をほころばせながら腰を低くして挨拶した。その様子を、前浜のあちこちで作業する、赤銅色に日焼けした半裸の漁夫たちが、もの珍しそうに眺めていた。

大学生たちは、「長運丸の澗《ま》」から澗印までを見渡せる、前浜の砂丘の上に立った。渡辺はクマウシから潮が引き、平磯まで連なる広い岩礁となった岸辺を見渡しながら大声を上げた。

「うーん、さすがオホーツク海だ。真夏だというのに、人っ子一人泳いでいねえや」

彼が生れ育った湘南海岸は、夏の間、海の家が立ち並び、土日ともなれば数十万の海水浴客が押し寄せる。それだけに、人気のないオホーツクの夏は新鮮だった。

渡辺の言葉に鞠夫が答えた。

「水が冷たくて、真夏でも十日ほど泳げればいいほうだよ。これでも、大洋漁業が建網をやって漁夫たちがいるから、活気があるんだ。漁場をやってない時は、昆布取りの漁期を除いて、地元の漁師の姿をちらほら見かけるだけの淋しい浜辺なんだ」

目の前に拡がる海辺は、都会の人間から見れば格好の海水浴場だった。綺麗な砂浜に、海はどこまでも透き通り、海底の砂が輝いて見えた。砂浜から陸地に入った砂丘には葦——正しくはカヤツリグサ——の茂みが点在していた。淡い紫がかった花をつけたハマボウフウや、赤い花をつけたハマナスも所々に見られた。しかし、最涯《さいはて》のオホーツク海は水温が低く、わずかに地元の子供たちが天候のよい日を選んで泳ぐだけだった。

鞠夫は昔、鰊漁で賑わった頃の様子を説明した。

「俺が子供の時分、鰊がたくさん獲れていた頃は、春先の漁期になるとこの前浜は、鰊の大漁に沸いていた。浜辺はどこも鰊を積み上げた山で、足の踏み場もないくらいだった。その鰊は鰊糟にして、肥料として内地に出荷してたんだ。ひと月たらずの漁期の間、この辺りの浜はどこもかしこも鰊であふれていた。カラスも鰊を食い飽きて、浜辺に寄りつかなくなってしまうくらいだったな……」

鞠夫が子供だった昭和十年代までは、枝幸でも鰊漁が盛んだった。女衆が浜辺に山積みされた刺し網から鰊を外し、みるみるうちに鰊の小山を築いていく。その山に、木製のモッコを背負った出面とりや村人たちが駆け寄ると、屈強な若者がタモですくって鰊をモッコに入れ、それを砂浜の上の「廊下」まで運ぶ。廊下というのは、鰊を加工するまで一時的に保管する小屋のことだ。そのなかへ身体を斜め前屈みにし、反動をつけてモッコのなかの鰊を肩越しに投げ込むのだが、勢い余って廊下の鰊のなかに転落する者もいた。

廊下の奥に面した裏手では、鰊糟作りの作業が行われた。鰊の塊は、五右衛門風呂を一回りも二回りも大きくしたような大きな釜で煮られ、その隣に据えつけられた一間四方ほどもある巨大な締め器にかける。ジャッキで締め上げることにより、水分と油を分離させた鰊糟のブロックは、莚を拡げた干場に運ばれ、手早く乾燥されるのだ。そのため、浜辺のみならず集落の山手まで、鼻をつく鰊糟や鰊油の臭いで覆われてしまう。

老いも若きも、村人はみな手伝いに出た。学校も休みになり、鞠夫は子供用のモッコを背負って鰊運びに加わった。ヤン衆や出面とり女衆で、村の人口は倍以上に膨れ上がった。

「佐賀の先祖は、アイヌや出稼ぎ雇いたちを搾取して儲けていたんだろう。それで、この辺りの屋敷やいくつもの倉庫を建てることができたというわけだ。わっはっは」

清野は文科系の学生らしく、経済史の知識を披瀝して豪快に笑った。

鞆夫は佐賀長兵衛が漁場を開いた時、働き手はアイヌしかいなかったであろうことは、薄々気づいていた。しかし、酷使したかどうかについては確かめたことがなく、返答に詰まった。松前藩や幕府から場所を請負っていた商人たちは、アイヌ人雇いを酷使して鰊場や鮭漁を営んだ。佐賀長兵衛の養父が働いていた栖原《すはら》の請負場所でも、過酷な労働が行われていたことが知られている。

鮭漁の最盛期には、「アイヌを昼夜の別なく働かせ、秋の日が暮れて東の空に宵の明星がキラメク夜の九時ごろになって、やっと休めの号令がでて夕食になった」とされ、アイヌたちは宵の明星をスワラノチュウ（栖原の星）といって仰ぎ見て、嘆息していたという（『日本海と北国文化』〈小学館、1990〉所収、田島佳也「北の海に向かった紀州商人」より）。

一行は熊石の崖に差しかかった。鞆夫は、ヒグマとトドが波打ち際で死闘を繰り広げ、死んで巨石群になった、というアイヌの人々の言い伝えを説明した。

「ヒグマとトドが一騎討ちして、死体がでっかい巨石《いわ》になったのか。アイヌの人たちは素晴らしい言い伝えをしたんだなあ」と渡辺が感嘆の声を上げた。「アイヌ民族は文字を持っていなかったというじゃないか。そんな壮大な伝説を口伝えしたアイヌの人に、会ってみたいもんだ」

屈託のない渡辺は、土産物店で売られているアッツシ（アイヌ紋様の入った手織りの着物）をまとった、木彫人形（ニポポ）のようなアイヌの人々が、今も住んでいると思っているようだ。

確かに、オカィスマ集落にもアイヌの人々は住んでおり、鞠夫自身、幼い頃はアイヌの子供たちと一緒に遊んでいた。母の話によると、鞠夫は幼い頃、唇に紺青の刺青をしたアイヌのフチ（お婆さん）に、「お婆さんの口、どうしたの？」と訊ねたので、母が慌てて「お婆さんは怪我をしたんです」と鞠夫を制し、その年老いたアイヌの夫人に平謝りしたことがあったという。

鞠夫がアイヌ民族の存在を意識したのは中学受験の前年、昭和十八年に弘前の国民学校へ転校するため、オカィスマを出る直前のことではなかっただろうか。彼は集落にアイヌが住んでいることに触れず、話題をそらした。

「そうだ、この熊石の先のオチャラペというところに、ヒグマと取っ組み合いをして倒したアイヌの猟師が住んでいて、俺が子供の頃はよく家に顔を見せていたよ」

「すげえなあ、ヒグマと取っ組み合いして倒すなんて人間業ではないな」

と渡辺が驚嘆した。

鞠夫は、サマイェクル（アイヌ神話の豪傑）として畏れられていた猟師の話をした。彼が幼い頃、顔面が引きつり、背中に赤犬の毛皮を背負った、異様な風体の古老が時々家にやってきた。オチャラペの川筋に住む、アイヌの屈強な鉄砲撃ちだったと聞かされた。若い時、彼はコクワを採りに山へ入ってヒグマと遭遇し、鉄砲を撃つ間もなく格闘となり、山刀《マキリ》で刺し殺した。顔面がケロイド状に引きつっているのは、その時、ヒグマの爪で引っかかれた痕だった——。

夕暮れになると、フジがランプを運んできて、梁から下がる針金の輪に吊りさげた。

「わあーっ、ランプだ。小母さん、ここはランプだったんですね。ランプにストーブの生活、ロマンチックだなあーっ」

渡辺が歓声を上げた。フジは戸惑った表情で、

「私が物心ついた頃の青森ですら、電灯がついていたというのに、ここでは私が生まれる前の明治時代そのまんまの暮らしなんですよ」

「いやあ、ランプの生活も素敵じゃないですか。ランプの山小屋に泊まって、下界の二倍も三倍も多くの星が輝いているのを見て感動したことがあります。きっとオカィスマの空も、星が綺麗なんだろうなあ」

「電気がないと夜なべ仕事は捗らないし、ラジオも聴けません。こんな不便な生活はご免です」

フジは無邪気な渡辺に、笑いながら答えた。

オカィスマに連れられてきて早二十年――厳しい自然環境に立ち向かい、激しい労働に明け暮れてきたフジに、星空を見上げている余裕などなかった。太平洋戦争に突入し石油が乏しくなると、ランプは居間に一つしか掛けられなかった。それでも、佐賀家はまだましな方だった。敗戦前後、石油を切らした家では、帆立貝の貝皿に魚油を流し、網をほぐして撚った芯の炎を明かりに生活していたのだ。

夕食はカレーライスだった。

「鮭の漁場だというのに、九月にならないと鮭が獲れないので、みなさんに食べていただけません。ありあわせのものしかないんですが」

フジは言い訳をしながら、前浜で獲れたエビの天麩羅、ホタテのカレーライスなど精一杯のご馳走で歓待をした。夜は、仏間と隣り合った奥座敷の間の襖をはずし、一番倉から運んできた蒲団を並べて敷き、四人は合宿のように枕を並べて寝た。

翌日、四人の大学生は、漁夫たちの物珍しそうな視線を浴びながら、㋩の佐々木から借りた磯舟でオホーツクの海へ漕ぎ出した。磯の突端、澗印の沖に差しかかると鞆夫は声をかけた。

「この磯の周りは、格好の釣り場なんだ。ウグイやハゴドゴ（アイナメ）、カジカ、カレイなんかが釣れる。夕食のおかずにするんだ」

「ゴダラッペとかハゴドゴとかカジカとか、変な名前の魚がいるんだなあ」

「それじゃオカィスマにいる間に、磯釣りをしようか」

鞠夫が答えた。

磯舟はサンケシ岬の突端を目指して、さらに沖合に出た。すると渡辺が大声をあげた。

「うわーっ、あれはなんだ」

海面には、愛くるしい顔をした二頭のアザラシが、灰色の毛に覆われた頭を出していた。

「トッカリだ。この辺りでは、アザラシのことをトッカリというんだ」

鞠夫は説明した。

「アザラシか。図鑑では見たことがあるけど、こんなに近くで本物にあえるとは感激だなあ」

渡辺が歓声を上げた。大きな真っ黒い目の、愛くるしい顔をしたゴマフアザラシは、彼らを不思議そうに見詰めてから水中にもぐり、数分後に少し離れた海面に再び現れた。

「冬、流氷に閉ざされる前に、アザラシの群れが二、三十頭、あそこに見える平磯の上にやってくるんだ」

鞠夫は平磯と呼ばれる、海面に沈まない岩礁を指差した。

「そうか。また冬に来て、岩の上に寝そべっているアザラシの群れを見たいもんだなあ」

真冬のブリザードの厳しさを知らない友人たちは、無邪気にはしゃいだ。この日のオホーツク海はあぶら凪（べた凪）だったので、彼らは湖面でボートを漕いでいるような気分だった。

突然、清野が〽われは海の子、白浪の、と唱歌を歌い出した。引き揚げ組の清野は、確か台湾育ちだった。荒涼とした最涯《さいはて》の浜辺で、幼い頃に見た台湾の海岸風景に思いを馳せているのかもしれない——鞠夫は勝手な想像を巡らせた。

今度は渡辺が、〽Das ist die Liebe der Matrosen と声を張り上げ、得意の「これぞマドロスの恋」をドイツ語で歌い出した。湘南で生まれ育った渡辺は、幼い頃から横浜港あたりで、颯爽と歩く外国航路船員の姿を何度も見ていたのだろう。

数日後、清野、渡辺、海老名の三人がオカィスマを去った。この地の開闢以来、初の大学生たちによるひと夏のバケーションは、あっという間に終わった。


お盆が終わったあとのある日、キミ婆さんは仏間と隣り合った寝室に鞠夫を呼んだ。

キミ婆さんは押入れの襖を開け、金庫代わりにしているくすんだ飴色の古ぼけた船簞笥の前に座った。船簞笥と言うだけあり、船が難破しても壊れず海の上に浮かぶよう、分厚いケヤキの板を精緻に組み立て、漆を何重にも塗り、鉄の金具を打ちつけた堅牢なものだった。

婆さんは、ガチャガチャと鍵を使って引き出しを開けると、信玄袋（合切袋）を取り出した。

「戦争さ負けて、東京だばものの値段が高くなってしまって、なにを買うにもうゝってカネがか

佐賀家が代々所蔵する船簞笥（佐賀瑞子提供）

かるっていう話でねえがやあ。わだら、そったら苦労してまで勉強しねばなんねえっていうおめえが不憫でならねえだ。わも老齢《とし》だはんで、これがめえさ呉れでやる最後の馬ゝになるかもしれねえなあ……」

「なに言っているんだ、老齢《とし》だなんて。お婆ちゃ、来年の夏休みにまた来るから元気でいてよ」

そう言って鞠夫は慰めた。

キミ婆さんは、信玄袋から紙幣十数枚と硬貨を一握り取り出して、鞠夫の手に握らせた。ざっと数百円はあったろうか。しかし、哀しいことにそのなかには、昭和二十一年の新円切り替えで使えなくなった戦前の旧札、聖徳太子の百円札や和気清麻呂の十円札、菅原道真の五円札が混じっていた。また、靖国神社が刷られた五十銭の札も十数枚あった。

硬貨は穴の開いた十銭や五銭の白銅貨やニッケル貨などで、紐に通してあった。これらの穴開き銭は、三途の川を渡る時に必要なものとして、棺桶に入れるため後生大事に取っておいたものの一部に違いなかった。

キミ婆さんは、敗戦後のインフレを押さえ込むために新円切り替えが実施されたことや、貨幣価値が下落していることを理解していなかった。

鞠夫がオカィスマをあとにした昭和十八年と、敗戦後のインフレを経た同二十六年の物価を郵便料金で比較してみると、封書七銭が八円に、はがき二銭が二円になっていた。また、都電の乗車賃は、昭和十八年に十銭だったものが、八年後には十円になっていた。つまり戦前の貨幣の価値は、今や百分の一にまで下落していたのである。

　婆さんがくれた馬コを、鞠夫はありがたく受け取った。

　鞠夫がオカィスマから上京する日、キミ婆さんは母とともに、道路端に立つ火の見櫓の下にあるバス停まで見送りにきてくれた。それが最後に見た、すっかり小さくなったキミ婆さんの姿となった。

第四章　網元・佐賀家の終焉

一　不漁に終わった最後の鮭定置網漁――昭和二十六年秋

昭和二十六年は、オカィスマ漁場での㋩による鮭定置網漁の四年契約が終わる年だった。鞠夫の兄・成夫は、定置網の建て方を実際に学ぶ最後のチャンスとあって、前浜で漁夫たちに網作りから教えてもらい、「型」を作りあげる作業にも加わった。海上に張り巡らす定置網の骨格に相当する型は、潮流や時化に耐えられる強度が求められる。そのため型は、鉄製のワイヤーにロープを巻いてコールタールを沁みこませ、それを芯にさらに荒縄で撚って作られるが、それは力のいる難しい作業だった。

ポロペッツ河口での土俵詰めも体験した。型を海底に繋ぎとめる碇代わりの土俵は、上等の分厚い建莚《たてむしろ》（厚手に編まれた大型の莚）の端を折って円筒形に縫い合わせ、そこに六十貫（二百二十五キロ）もの砂利を詰め込む重労働だ。

続いて土俵入れにも参加した。夜明けとともに大洋丸に乗ってポロペッツ河口に到着した漁夫たちは、土塁のように積み上げた土俵に取りつく。そして、四人がかりで六十貫の土俵を太い樫の棒で担ぎあげ、調子を合わせながら運び出した。漁夫たちの肩にかけた刺し子に、樫の棒が食い込む。

難関は、河岸から三半船《さんぱせん》に積み込む工程だ。土俵を吊るした樫の棒を担いで、河岸と舷側との間に掛け渡した分厚い歩み板を渡るのは、曲馬団の綱渡りにも似た熟練を要する作業だった。成夫は海兵出身ということで漁夫たちから一目置かれていたが、この土俵担ぎだけは歩み板から転落する危険があるとして、作業に加わることは許されなかった。

漁夫たちは入れ替わり立ち替わり、大洋丸と三半船を行き来して土俵を積み込んだ。土俵が満載になると、五十馬力の大洋丸は三半船を牽いてポロペッツ河口を出た。目指すは南東四キロ先のカムイシ沖の建場だ。

移動中、疲れ果てた漁夫たちは、死んだように眠りこけていた。眼を覚ましているのは、佐々木と大船頭、機関士、そして成夫だけだった。中川原大船頭は肩をいからせ、鐘馗様を思わせるいかめしい顔で、沖合千五百間（二千二百七十メートル）にある建場の先端に置く、身網の位置を決めようと海上を睨んでいた。

身網の型の四隅など重要な箇所には、五俵を束ねた碇を二本沈めて繋ぎとめる。六十貫の土俵を五俵束ねると、三百貫になる。二束《そく》で六百貫（二・二五トン）だ。その土俵の束に、水深の一・二倍にあたる十五尋（二十三メートル）長のトワインを撚り合わせた太い碇綱を括りつけ、目指す海底めがけて投げ入れるのだ。

「スロー、スロー」

漁期も四年目とあって、海岸に崖が迫り出すカムイシの沖合千五百間辺りに差しかかると、大船頭は慣れた様子で船のスピードをゆるめさせた。佐々木は機関室の手すりに掴まり、陸の地形を遠望しながら沖出し地点を計っていたが、

「ここら辺りでどうですか」

という中川原大船頭の問いかけに、ＯＫのサインを出した。

「ここだあーっ、それいげーっ！」

大船頭の掛け声に、土俵を束ねた碇は小さな爆雷のように海面を泡立て、渦を巻きながら沈んでいった。碇綱の尖端にしっかりと結びつけられた浮標が海面に浮かぶと、そこを基点に身網の型に沿って土俵の碇を投下する作業がはじまった。大洋丸は、カムイシ沖とポロペッツ河口との間でピストン輸送を繰り返した。

オホーツク海の天気は急変する。午後になって、カムイシ沖の建場に北東から乳白色のガス（海霧）が押し寄せ、見通しがきかなくなってきた。すると南東の方角、濃霧の彼方からボーン、ボーンという焼き玉エンジンの音が響いてきた。

佐々木は、中川原大船頭と成夫を振り返った。

「大船頭、トクシュペッツの奴らも土俵入れをしているらしいが、沖さ出し過ぎているような気がするんだが……」

「んだすなあ……。共同の鱒網だのに、どう見ても沖さ出しすぎてますなあ」

「畜生、どうやら二百間（三百メートル）は沖さ出ているどうーっ。あの辺りさ網ばブッ建てられたら、おらほの中網さ被さってしまうどうーっ」

耳を澄ませていた沖船頭が、歯軋りして叫んだ。

「ようし、行ってみるべーっ。機関士、エンジン全開だ！」

大船頭は艫に立って舵を握ると、船首を南東に向けガスのなかへ突っ込んだ。ほどなくガスを透かして、トクシュペッツの漁師たちが乗る発動機船が見えてきた。

大洋丸はエンジンの回転を落として近づき、大船頭が大声で呼びかけた。

「おーい、船頭、船頭はどこだあーっ」

「おーっ」と、相手の発動機船から野太い声が返ってきた。

大船頭は大声で怒鳴った。

「おーい、船頭。こっちはオカィスマの㋩の者だども、おメエのほうは、どごさ網建てるつもりだあーっ」

「おー……っ、わー……っ」

「どごさ網建てるつもりだってきいてるんだ。そごさ土俵入れるんだば、沖出し違反だどーっ」

先方の船頭はなにか叫んでいるようだが、エンジン音に邪魔されて聴こえないのか、それとも聴こえない振りをしているのか、いくら呼びかけても埒が明かない。業を煮やした大船頭が、横づけできそうな距離にまで船を近づけると、大船頭に代わって成夫が喧嘩ごしに怒鳴った。

「おーい、俺はオカィスマの佐賀だども、船頭、おメエのほうは小型定置の鱒網だべーっ。枝幸の小型定置だば、五百間以上沖さ建てられないんだどーっ。おらほの網の上手さ、中網ば被さるように建てるつもりでねえのがあーっ！」

「おらさチャランケ（アイヌ語で〈談判〉の意）つけたって、どうにもならねえだ。今日は親方が指図した建場はどの辺りか、下見に来ただけですじゃ。文句あるんだば、うちの親方さ言ってけれ」

そう言って、刺し子を着た船頭らしい男は、トクシュペッツのボスの名前を挙げた。

かねてから成夫は、新漁業法の施行を前に、共同漁業権である小型定置漁業権の獲得を有利にしようと、トクシュペッツのボスが集落の漁師たちを語らって、建網を建てようとしているようだという噂を聞いていた。

これまで枝幸海域では、沿岸漁民が専用漁業権によって建てる小型定置網は、沖出し五百間とされてきた。旧漁業法の最後の年というドサクサに紛れ、トクシュペッツの連中が建場をオチャラセナイの沖合に寄せるつもりなのか、それとも背後の黒幕にそそのかされて嫌がらせの神経戦に出ているのか、実のところはわからなかった。

とはいえ、これまでも沿岸の定置網漁では、建場を巡る争いが絶えず繰り返されてきた。言い合いの末、トクシュペッツの船は今日のところ、土俵を投げ入れず、目印の浮標《ブイ》も立てずに引き揚げていった。

それから数日間は、早朝から日没まで土俵入れの重労働が続いた。身網に五百俵、垣網に千俵、合わせて千五百俵（三百トン）もの土俵を海に投下する大作業が、ようやく終わった。

「型曳き」は、海の穏やかな日を選んで行われた。早朝から集落中の人々が総出で漁場最大のイベントを見守るなか、佐々木の出発の合図で大洋丸の焼き玉エンジンが轟音を上げると、前浜の砂を巻き上げながら型が海面へと引きずられていく。

成夫は大洋丸に乗り込み、船上から型曳きを見守った。身網の側張りが龍の頭のように海面を蹴散らし、その背後には垣網の側張りに吊るされたガラス玉の数珠が延々と続く。カムイシ沖の建場に到着すると、予め投下してあった碇綱に型を繋ぎ止める本番の型入れ作業がはじまった。

その作業は、海が凪の間に一本でも多くの碇綱を型に繋ぎ止めなければならない、時間との戦いでもある。ワイヤーを芯に荒縄を巻いた太い型に、漁夫たちが碇綱をもやい結びでがっちりと結びつけて行く様は、まさに神業に思えた。

漁期が近づき、オホーツク沿岸の海水温が下がってきた。鮭の群れが、産卵のため河川に遡上しはじめるのに適した水温十一度になるのも、もう間もなくのことだ。

型に網を取りつけるのに先立ち、大安吉日の日を選んで「網下し」が行われた。これは、漁期内の大漁と海上の安全を祈願するとともに、漁夫たちの結束を図るための大切な行事で、神事のあとの祝宴をみな楽しみにしていた。

網下しは、神事からはじまった。佐々木が幹部部屋の長押《なげし》上に飾られた神棚に、厳島神社と善宝寺のお札を捧げ、お神酒《みき》の銚子を供えてから、拝礼して柏手を打った。それが終わると、佐々木が幹部たちに挨拶をした。

「いよいよこの秋は、㋩がオカィスマで漁場を経営する最後の年となった。昨年は四百石と、まずまずの水揚げだったが、今年こそ、オカィスマ場所の最後を飾るにふさわしい、五百石を超す水揚げができるよう、全員、力を合わせて働いてほしい」

佐々木は、漁獲目標を五百石と宣言して檄を飛ばした。

「それでは佐賀家当主の成夫さんに、乾杯の音頭をとってもらいましょう」

「僭越ではありますが、ご指名いただきましたので乾杯の音頭をとらせてもらいます」と言って成夫はコップを掲げると、「五百石を目標にけっぱろう、乾杯！」と叫んだ。

祝宴がはじまると、焼酎と酒がふんだんに用意された。酒の肴は、スルメ、コマイの干魚、タコとニンジン・ダイコンの酢の物、ホッケの塩焼き、竹輪や油揚げの煮〆、鰊の切り込みなど、賄い婦たちがてんてこ舞いで作り、盛りつけしたものだ。もちろん麦飯に三平汁も出る。

宴もたけなわになると、呑ん兵衛の機関士は、盃に成夫の焼酎を受けながら言った。

「若旦那、五百石といわずもっと獲って、オチュウペッツの奴らを見返してやろうじゃないですか！」

「その意気込みで頼むどうーっ」

この三年間、枝幸漁業のオチュウペッツ漁場に敵わなかった口惜しさを、機関士はぶちまけた。それは、オカィスマ場所で働く漁夫たちの誰しもが抱いている気持ちだった。

やがて、陸回り（船に乗らない働き手）の爺が自慢の江差追分を唄い、沖船頭が北海櫓漕ぎ唄のオースコ節を唄った。北海櫓漕ぎ唄は、かつて三半船が建網漁場で使われていた時代、漁夫たちが漕ぐ船の左右に置かれた数挺の櫂の動きを合わせるために唄われたものだ。

オースコーエンヤー　オースコーエンヤー
エンヤーサー　オースコーエンヤー
オースコーエンヤー
沖でかもめが　啼《な》くその時は
浜は大漁で　秋がくる

九月に入り、網起こしの日が来た。

佐々木と大船頭、成夫が乗り込んだ大洋丸は、三半船を曳航してカムイシ沖の建場に向かい、二十分ほどで大きな生簀のような側張りを巡らせた身網に到着した。

「着いただどーっ。さあーっ、とっかがるどーっ」

「おーす、きた」

大洋丸と三半船が、身網の端の袋網を挟んで向かいあった。水面には鮭が青黒い背中を見せ、泳ぎ回っているのが見えた。大洋丸の舷側に勢ぞろいした漁夫たちは、沖船頭の「かがれーっ！」の号令に、「エンヤーコラ　ホイ、エンヤーコラ　ホイ」と威勢のよい掛け声とともに、袋網を船縁《ふなべり》越しに手繰り寄せた。網がせばまるにつれ、鮭は水飛沫を上げて跳ね回った。

綿糸三寸目の網地で作られた袋網は、海水を吸いこんでずっしりと重い。屈強な漁夫たちが、渾身の力を込めて網を船縁に手繰り上げると、歓声とともに銀色に跳ねる鮭が三半船の胴間に躍り込んだ。

水揚げの初日は、数十尾ほどだった。そのなかから成夫は二尾を選び、茶の間の神棚と集落の稲荷神社に供えた。

十月に入り、本格的に鮭が網に乗りはじめた。海が荒れ模様の朝、沖の上空でゴメ（カモメ）の群れが舞っているのが見えた。

「やっと秋味の群れが乗ってきたようだな」

漁夫たちは大洋丸と三半船に飛び乗り、期待に胸を躍らせながら網起こしに向かった。広い囲網のなかでは、追い込まれた鮭の群れが勢いよく飛び跳ねている。

漁夫たちは袋網の端に取りつき、「オーシコイ、オーシコイ」と沖揚げ音頭で調子をとりながら船縁で足を踏ん張り、腰を落として鮭の群れが入ってずっしり重くなった網を引き揚げた。鳶口のついた竹竿を手に漁夫が加勢すると、大歓声とともに袋網から大洋丸の胴間に雪崩込んだ鮭の群れが跳ね上がった。

「おーい、沖船頭。夕起こしには、大漁旗ば忘れるんでねえどうーっ」

佐々木は高揚した気分で、威勢のいい声をかけた。

大洋丸はボンボンボンと焼き玉エンジンの音を快調に響かせながら三半船をしたがえオカイスマの前浜へ帰ってきた。半日後の夕起こしには、朝の倍、いや三倍の水揚げがあり、今期初めての大漁旗を掲げられるであろうと、成夫をはじめ大船頭、漁夫たちの間に期待が高まった。

しかし、大漁旗を掲げられたのはその後、数回に止まり、一日の水揚げが二百尾を切る低調な日が続いた。増田や三浦など地元のベテラン漁師たちは、それを冷やかな眼で眺めていた。佐賀家を訪れる人も少なく、昨秋の賑わいが嘘のように静まり返っていた。成夫は日に日にいらだちを募らせ、フジも落胆の色を隠せなかった。

十月も半ばになり、漁の最盛期を迎えたが、漁獲は一向に増える気配がなかった。この年は㊺にとって最終年となるだけに、なんとしても昨秋の四百石を上回る漁獲を上げ、有終の美を飾りたかった。しかし、このまま推移すると、この秋の漁獲量は一昨年の三百石にすら届きそうになかった。

佐々木代表、中川原大船頭、小川帳場、成夫が、番屋の事務所に集まった。全員の顔を見回して佐々木が言った。

「相変わらず水揚げの低調な日が続いている。なにか打つ手はないか、意見を聞かせてくれ」

「………」

今さら建網を手直しなどできないことは、佐々木にもわかっていた。それを承知の上で、苦し紛れに問いかけたのだ。みな口をつぐんだままだった。

水揚げが増えなかったのは、オカィスマの漁場だけのことではなかった。枝幸漁業のトイマッケ、オッチュウペッツも同様の傾向にあり、小型の定置網などは、早々に漁を切り揚げてしまうところすらあった。㋩の最終年は、運悪く不漁の年にあたってしまったのだ。その上、新しい漁業法の下で漁業権を確保しようとする者や、漁業補償金の上乗せを狙う者がいるなど、鮭の定置網が乱立状態になったことも災いしていた。

重苦しい雰囲気のなか、佐々木が幹部たちに向かって口を開いた。

「――いやあ、弱気なことを言ってすまなかった。今となっては、『人事を尽くして天命を待つ』しかない。しばらく、このまま様子を見よう。オカィスマの漁場は、不漁の年でもメヂカという秋味が獲れるという言い伝えがあるんだ。そこでわしも、メヂカに賭けてみようと思うんだが、成夫くんはどう思うかね」

成夫が大きく頷くと、佐々木は中川原大船頭に、

「どうだね、大船頭」

と同意を求めた。

「ようごわす、メヂカがやってくるまで待ちます」

そう力強く答えた。

その後も連日、朝晩の網起こしを続けたものの、いく日経っても、メヂカの魚影は見られなかった。そんなある日、昼を過ぎた頃から、オカィスマ上空の雲が少しずつ黒さを増し、西の山脈から刷毛で黒く描いたような乱雲が低く飛びはじめた。

そうした怪しい雲行きに呼応するかのように、海面は濃藍色に変わり、白波がささくれ出した。海上を舞っていたミサゴは、大きく羽ばたきながら山へ引き揚げ、白いシギの群れが砂浜をかすめんばかりの超低空で次々と海辺から飛び去っていった。それから小一時間もすると、今度は地元の漁夫たちが川崎船にコウナゴ網や鱒網の刺し網を積んで帰ってきた。そして女子供も加わり、一家総がかりで持ち船を砂丘の下まで引き揚げだした。

佐々木代表は、成夫や大船頭とともに番屋前の砂丘に立ち、漁師たちが慌ただしく作業する様子を見詰めていた。

「大船頭、どのくらいの時化《しけ》になりそうかね」

「うーむ、これぱっかしはなあ。この四年間だば、幸い大きだ時化さ遭わねえで済みましたどもな。たいしたことさ、ならねばええが」

そう言い残していったんその場を離れた大船頭が、しばらくして戻ってくると、恐る恐る佐々木に話しかけた。

「あのー、沖船頭が……若いもんたちが、土俵を補強したらどうだべ、と言ってるだども……どうだすか、親方」

「うーむ」

佐々木は口をつぐみ、思案しているようだった。

「どうだすか、親方」

大船頭が再び判断を求めた。

「うーむ、あれだけ念入りに型入れしたんだがなあ。しかし、若いもんがそう言うんだら、今のうちに土俵を補強するか。できるだけの手を打って見るかあ」

佐々木は苦し気に決断を下した。それは、大船頭から沖船頭に伝えられた。

「おーい、若い衆だぢー、土俵詰めさかかるどーっ。海が荒れる前に型ば補強するんだ！」

沖船頭の掛け声に、「おーす！」と野太い蛮声で漁夫たちは応じた。

大船頭が号令をかけた。

「わがったな。わがったなら、大車輪で支度しろ。いいがあ、砂利を詰めるどこはトド岩のわぎの砂っ原だどーっ」

番屋へ駆け戻った漁夫たちは、刺子の半纏を羽織り、手に手に空き俵やスコップを持って熊石の浜へ飛び出した。

「かがれーっ！」

大船頭の陣頭指揮の下、漁夫たちは狂ったようにスコップで砂利混じりの砂を俵のなかへ投げ込み出した。その間に雨混じりの風が吹きはじめた。

佐々木と成夫はいったん、漁夫たちが土俵詰めをしている前浜を離れ、番屋の事務所へ戻った。そしてストーブに薪をくべると、携帯用の真空管ラジオのスイッチを入れた。それは、成夫が東京で買い求めた新製品だった。

気象通報によると、近畿地方を縦断して日本海に入った台風が勢力を盛り返し、爆弾低気圧となって秋田沖を北海道に向かって北上しているという。佐々木と成夫は、事務所の板壁に掛けられた年代物の水銀気圧計をじっと見つめた。幼児のスキー板ほどもある気圧計の太い目盛りは、七百四十ミリを割りこんでいた。ここまで低い気圧は、オカィスマ漁場が再開されてから一度も経験したことがなかった。

〈気圧の下がり方から判断すると、これは大時化になりそうだぞ〉

成夫は、海軍兵学校時代に演習した天気図を脳裏に描いた。幾重にも重なった同心円に、風力を示す矢羽がいくつも突き刺さった爆弾低気圧が、北海道に襲い掛かろうとしているのだ。

成夫は佐々木に告げた。

「佐々木さん、台風は津軽海峡から北海道を通過する、オカィスマにとって最悪のコースです。沖に出るのは無理です。例え、沖にある型にたどりついたとしても、土俵を投げ入れている間に船が転覆する恐れがあります」

強風は通常、台風の進路の東側に吹き荒れる。そのため、宗谷地方の北部を通過する場合、オホーツク海東北部にあるオカィスマ漁場は、進路の東側に位置しながらも北見山脈によって西風が弱められ、最悪の事態は避けられた。それに対して、津軽海峡を抜けたり、北海道の中央を縦断したりすると、台風の西側に位置するにもかかわらず、オカィスマ漁場には沖合から大波が押し寄せるため、漁場の被害が特に大きくなるのだ。

「佐々木さん、止めましょう。型の補強は取り止めにしましょう」

「うーむ、北海道を通過するコースをとるのか。せっかく漁夫たちが意気込んで、土俵詰めに取り掛かっているんだが……。でも万一、漁夫が命を落とすことになったら、取り返しがつかない。よーし、わかった。型の補強は中止しよう」

佐々木と成夫は、ゴム合羽を着込んで事務所を出ると、漁夫たちが土俵詰めをするトド岩前の砂浜に駆けつけ、背後から中川原大船頭に声をかけた。

「大船頭、土俵詰めは止めだ！」

「なしてだし！」

大船頭は眼を剝いて振り返った。すでに漁夫たちは、砂を詰め込んだ六十貫の土俵に、撚った藁綱をくくりつけ、大洋丸に積み込もうとするところだった。

「台風が秋田沖を北東に向かっている。このまま進むと、津軽海峡から北海道の真ん中を通過する見込みで、オカィスマにとって最悪のコースになる。船を出すのは危険だから、型の補強はやめよう」

「そったら馬鹿な。このくれえの時化で船を出すのを怖がっているんだら、何十年も漁師ばしてまへんでぇー。とっくの昔に松前から逃げ出し、炬燵に入って孫のお守りでもしてまさあ」

「プレクラティーテ！〈ロシア語で〈止めろ〉の意〉。土俵詰めは止めだ。万一、船がひっくり返ったらどうするんだ。網は流されても金で買えるが、人の命は買えやしないぞ。たかが時化ぐらいで、命を落としてどうするんだ」

「いまさらやめろだなんて……」

大船頭は怒り心頭の形相で、佐々木と成夫に食ってかかった。互いの意地がぶつかり合い、どちらも引こうとはしない。横殴りの雨のなか、漁夫たちはにらみ合う二人の様子をうかがいながら、どちらに転ぶか計りかねていた。

と、その時、

「おーい、おめえだち。土俵詰めは止めだどーっ！」

ついに、中川原大船頭が折れた。

「土俵詰めはやめだ、やめるんだ！」

怒りに声を震わせながら、大船頭は絶叫した。

スコップを手にまだ戸惑っている漁夫たちに、さらに大船頭の怒声が飛んだ。

「突っ立ってるんでねえどうっ！　いいがあ、次は船ば陸《おか》さ揚げるんだ！　船ば巻くんだ、ぐずぐずしてると日が暮れちまうどーっ！」

胴長をはいた漁夫たちが海に入り、大洋丸と三半船を「長運丸の澗」のある前浜に移動させ、轆轤《ろくろ》にとりつけたロープを坊主（木製の轆轤の俗称）まで引きずってくる。同時に別の漁夫たちが、波打ち際から砂丘に向けて油を塗った板を並べていく。

準備ができると、漁夫たちは坊主の十字になった横木に取りつき、狂ったように回転させながらロープを巻き上げ、大洋丸と川崎船を陸に引き揚げた。そして、船体が暴風で横倒しにならないよう、碇や砂に打ち込んだ丸太に何本ものロープを懸命に張って固定した。

夕暮れが近づくと、風雨はさらに激しさを増した。前浜にビューービューーと強風が吹きつけ、沖合から次々に押し寄せてくる波濤が、「長運丸の澗」の澗印の磯やトド岩に砕け散って舞い上がり、轟音を響かせた。

番屋の事務所では、佐々木や成夫、そして大船頭、沖船頭ら幹部が、石油ランプの下でストーブを囲み、スルメやコマイの干魚を肴に焼酎を酌み交わしていた。

「おーっ、船頭。もう一杯いげや」

成夫は一升瓶を鷲摑みにし、船頭のコップになみなみと焼酎を注いだ。大船頭をはじめ沖船頭、機関士もみな意気消沈し、口数が少なくなっていた。誰もが、この大時化で建網が流されるのではないかという不安に取りつかれていた。

「もう、運を天に任せるっきゃないんだ、飲むべや。さあ、さあ、こんな時に飲まねぇで、いつ飲む時があるかってんだ」

酔いが回った成夫は、カラ元気を出しながら漁場の幹部たちに焼酎をつぎ続けた。

南東から吹きつける暴風雨はさらに激しさを増し、番屋をあおり、大粒の雨が事務所の窓ガラスに叩きつけ、吹き込む隙間風にランプの炎が大きく揺らいだ。

佐々木は択捉《エトロフ》の漁場で大漁だった時の話や、ソ連に連行されて〝露助〟に定置網の建て方を手ほどきした自慢話を繰り返した。落ち込んでいる面々を鼓舞しようとする気持ちは伝わったが、いつものように座が盛り上がることはなかった。

飲みはじめて小一時間が経った頃、佐々木は急に立ち上がると、

「明日になれば時化は収まるさ。万事はそれからのことだ。いまさらじたばたしたって仕様がない。この辺で俺は帰って寝るぞ」

そう言って立ち上がった佐々木を小川帳場が支え、二人はよろよろと立ち去った。

続いて成夫も席を立った。

「若旦那、家までお送りしましょうか」

沖船頭が差し出した手を払いのけ、「これくらいの酒で酔ってたまるかってんだ」とぶつぶつ言いながら外に出た途端、成夫は烈風にあおられてよろめいた。オホーツクの海は怒り狂い、吼えていた。津波のような波濤が海岸に打ち寄せ、オカィスマを押し潰さんばかりに地響きを立てる。懐中電灯の明かりを頼りに、番屋から母屋まで五十メートルほどの距離を戻る途中、渦巻く烈風にあおられ、成夫は何度も躓いて転んだ。

勝手口のガラス戸を開け、雨合羽を脱ぎ捨てて居間に入ると、五分ランプの明かりの下で、フジがストーブにあたりながら起きていた。そして、「乾いた下着を出しておきましたよ」とだけ言って、奥の離れ部屋へと引っ込んだ。

成夫はずぶ濡れになった作業着と下着を着替え、セーターを着こんだ。そして、淹れてあったお茶をがぶ飲みし、冷えた体をストーブで温めた。そして、寝室代わりにしている仏壇座敷の布団の上に、セーターのままごろ寝した。

吹きつける猛烈な風は、雨戸を揺るがし、母屋をも揺さぶって軋ませた。海岸に打ち寄せる大波の響きは、火山の鳴動のように絶え間なく辺りを震わせていた。

〈ああ、この大時代ですべてがお終いになるのか。最後の年もだめだったか……〉

過ぎ去った数年間の出来事が思い浮かんだ。悔しかった、残念でならなかった。㋩大洋漁業によるオカィスマ漁場の再開という父の悲願は実現したものの、枝幸漁業に敗れる結果に終わるのか——。あふれでる涙を、成夫は押さえ切れなかった。

深夜に目覚めた成夫は、便所に行こうと起き上がった。勝手口から納屋へ通じる渡り廊下に出ると、ぐっと気温が上がっていることに気づいた。

〈風向きが変わったな……。どうやら、北海道の内陸を縦断するコースをとらず、日本海を北上し、樺太から間宮海峡を抜ける進路に変わったようだ。台風の左側に入る、最悪のコースは避けられそうだ〉

成夫は一縷の望みを抱いた。

寝つけないまま、一夜が明けた。成夫は寝床を出ると二階に上がり、雨戸を開けて前浜を一望した。雨はすっかり上がり、南から吹きつける風は収まりかけていた。昨夜、気づいたように、台風は夜中に日本海北部、北海道の西の沖合を駆け抜け、サハリン方面へ向かったに違いない。最も被害を受ける北東からの大波に、定置網がさらされる最悪の事態は免れたのだ。

前面の広場に立っていたポプラの大木はなぎ倒され、ぽっかり視界が開けている。その左手の古ぼけた大きな船倉は傾き、真正面の前浜に立つ鰊の「廊下」は、屋根が吹き飛ばされていた。海岸には依然として大波が襲いかかり、澗印の岩礁に押し寄せては反転し、滝のような飛沫を空中に舞い上げている。成夫は双眼鏡を手にすると、祈るような気持ちでカムイ岬沖の建場へ焦点を合わせた。

「流されなかったどーっ！」

成夫は思わず叫んでいた。

レンズの向こうに見えたのは、遥か沖合、荒れ狂う大きな波に見え隠れする影のようなもの——それこそ、身網につけられた目印の矢倉だった。

彼は合羽を着こむと、佐々木が寝起きする事務所に向かい、戸を開けて怒鳴った。

「佐々木さん、佐々木さん、網は流されていないようです！」

「なにーい、網が流されてない？」

血走り眼《まなこ》の佐々木が、縕袍《どてら》姿のまま起き出してきた。佐々木が作業服に着替えると、二人は番屋にある事務所に移動した。

すぐさま小川帳場が現れ、ストーブに火をつけた。ほどなく、中川原大船頭、沖船頭、機関士ら幹部連も揃った。まだ風は収まっておらず、時折、事務所の窓ガラスが強風でガタガタ揺れた。焦燥にかられた大船頭や沖船頭は、いたたまれずに合羽を羽織って前浜へ出て、事務所に戻るたびに時化の模様を報告した。

拭い切れない不安を抱えたまま、オカィスマ漁場の長い一日が過ぎた。

翌朝、ようやく時化が収まりかけたので、佐々木と大船頭、成夫が漁夫たちと大洋丸に乗りこみ、荒波をついてカムイシ沖の建場へ向かった。垣網には流木や海草が絡みつき、側張りがガラス玉の浮子の浮力で波間に見え隠れしていた。さらに垣網の先端にあたる沖合の身網は、押し寄せた大量の漂流物がまとわりつき、障子網の開口部はふさがれ、鮭の群れが乗っている気配はまったくなかった。

この惨状を確認した佐々木代表は、襲いかかる波しぶきを浴びながら、大船頭や沖船頭らとなにやら言い合っていた。そして話がまとまると、最後に中川原大船頭が、

「今年の漁は、おしめえだあどーっ!」

と吼えるように怒鳴った。

「機関士、ゴオーッヘッ!」

大船頭は機関室に通じる合図の紐を乱暴に引き、艫に立って舵を握った。グォン、グォン、グォンと焼き玉エンジンを全開にして、大洋丸は逆巻く白波をかぶりながら、カムイシ沖の建場からオカィスマの前浜への帰路についた。

機関室の手摺りにしがみつき、北西の方角を見詰める成夫の瞼に、サンケシ突端のウエン

ノッ岬の沖合を、銀鱗をきらめかせながら進むメヂカの大群の幻影が浮かんだ。
〈時化のあとには、オカィスマの沖さメヂカ(注)の大群が押し寄せてきたもんだ〉
禎三爺さんの喚くような声が、彼の脳裏に空耳のように聞えた。

結局、オカィスマの漁場での漁獲は、目論んでいた四百石に届かず、二百五十石そこそこに終わった。枝幸漁業のトイマッケやオチュウペッツでは、それぞれ三百数十石の漁獲があり、完敗を喫した。この年は、枝幸に限らず宗谷管内の鮭漁獲量は全般に低調に終わり、前年一万石(五十九万五千尾)あったものが、半分以下の四千石(二十四万尾)ほどしかなかった。

(注)メヂカとは、北海道の河川に遡上せず山形や新潟方面へ向かう、産卵一、二か月前の(生殖腺がわずかに発達した)脂がのり身の締まったブランド鮭の俗称である。
平成十八年十月二十三日、枝幸の定置網で捕獲されたメヂカに標識をつけて放流したところ、十一月二十五日に信濃川で再捕獲された(清水勝「本州での放流がブランドサケを増やす」〈日本海区水産研究所「日本海リサーチ&トピックス」第四号、二〇〇九年二月〉)

二　半世紀に及ぶ漁業権を失う――昭和二十七年年明け

昭和二十七年一月半ば、真冬のオカィスマの朝は明けるのが遅かった。

厳しい凍気を避けるため、成夫は奥まった仏壇座敷の枕元に屛風を立て巡らせ、掛け布団を二枚重ねにして寝ていた。それでも布団のなかに染み入るような寒気は防げず、あまりの寒さに眼を覚ました。掛け布団の衿には、吐いた息が凍りついていた。

耳を澄ますと、昨夜まで打ち寄せていた波の音が嘘のように静まりかえり、辺りはシーンと静まり返っていた。シベリアおろしの北風に押されて、一晩のうちに沖合にあった流氷の大群が接岸し、浜辺を覆い尽くしてしまったのだ。

寝床を出ると、丹前を着て居間に向かった。お手伝いの牧子が先に起きて、ストーブを焚いていた。

「おはようございます。氷が来ました」

「うん、一晩で岸まで来たみたいだな。波の音が聴こえなくなったなあ」

成夫は丹前のままトイレに立った。カーテンの隙間から見える窓ガラスは凍れ、差し込む朝日で万華鏡のように輝いていた。おそらく外は、零下三十度近くになっているに違いない。統計上、枝幸町の冬季最低気温は零下十数度とされているが、海面が流氷に覆い尽くされた日の晴れた朝は、大気中の湿度が失われ、内陸の極寒地のようにぐっと気温が下がるのだ。

居間に戻った成夫が、ストーブにあたりながら冷えた身体を温めていると、母フジが離れから、キミ婆さんが障子を隔てた寝室から起き出してきた。

「氷が来たよ」

成夫は二人に同じことを告げた。

「んだがあ。通りで今朝だば、風呂敷がバリバリ凍ってでじゃ」

キミ婆さんは蒲団の足元に行火《あんか》を入れ、頭にすっぽりと風呂敷を被って寝ていた。その風呂敷が、自分の息で凍っていたというのだ。

「ああ、いやだ、いやだ。今年もまた、白熊のような暮らしをするんだべか」

フジが詠嘆した。去年までは冬を耐え忍ぶと、雪が解ける晩春から初夏に㊩の漁夫がやってきて、半年は賑わったものだ。しかし、今年はもう㊩が漁を行わないだけに、氷に閉ざされたオカィスマ暮らしの極寒がひときわ身にしみた。

「親父がオカィスマくんだりまでやって来たんだから、しょうがなかべえー。母さんは騙されて連れてこられたというけど、親父にはそれなりの考えがあったんだろうさ」

ありきたりな佐賀家の日常ではあったが、そこには見えない重苦しさが漂っていた。

年明けの一月一日付で、枝幸海域における新しい鮭定置網の漁業権免許が告示された。その内容は、四つに分けた海域すべての免許を漁業協同組合が取得し、後日、どの生産組合に漁場を建てさせるかを漁協が決める、というものだった。

これによって、明治十二年に佐賀長兵衛が栖原《すはら》家から独立して枝幸に漁場を開き、二代目佐賀長兵衛が旧漁業法で免許を取得した漁場のうち、相続争いなどを経て最後まで守ってきた、六十余年に及ぶ佐賀家五ヶ統の鮭定置網漁業権はすべて失われてしまった。

成夫に残された方策は、オカィスマの漁師を語らって、生産組合による鮭定置網を建てるしかなかった。ところが、早くも集落のなかで主導権争いが起き、また資金調達のめども立たないことから、話し合いは容易にまとまりそうになかった。生産組合による秋味漁ができないのであれば、成夫は経験のない秋のサンマ棒受け漁にでも挑戦しようかと、策を巡らしていた。

彼は、失われる漁業権の補償として三月に交付される漁業権証券を見込んで、金融機関に金策を打診した。元金は、五年償還（昭和三二年九月まで）による五分五厘の利付証券とされていた。しかし、換金する場合は七掛けで買い叩かれるため、証券を担保にもっと有利な条件で着業資金を貸すよう話し合いを続けていた。その後、内々に通知のあった補償金額は、彼の見込みを大きく下回り、三百万円にすら届かない額だった。

思い通りにことが進まず、いらだちを募らせる成夫に、フジは腫れ物に触るかのように接していた。朝食を終えると、フジはそさくさと小さなダルマストーブがある離れに引っ込んだ。居間のストーブの前に座り込む成夫の脳裏に、この一年余りの苦闘が去来した。

「おまえは、都会で学問を生かした仕事につきなさい」という母の忠告を聞き入れず、成夫は父の遺志である家業の漁業と酪農経営を引き継ごうと枝幸に戻ってきた。

昨年の鮭漁が㋩大洋漁業による最後の経営であり、旧漁業権の最後の年にあたることから、定置網を建てるために必要な土俵詰めから網起こしまで、漁夫たちの過酷な労働を自ら体験した。それにもかかわらず、結果は二百石をわずかに超える程度の不漁に終わり、しかも漁期の最後には大時化に遭い、メヂカの夢も消える不運に襲われた。

それに加えて、母との間が気まずくなる出来事が起きた。

一つは、㋩の佐々木代表が絡むものだった。オカイスマでの四年間にわたる赤字の責任を取り、佐々木は㋩を辞めた。彼が戦前に勤めていた択捉《エトロフ》水産は㋩の系列で、樺太から引き揚げた佐々木は、その関係で㋩の青森支社に雇ってもらえただけの存在でしかなかったからだ。

㈲を辞めたあと、佐々木は青森市内で弟が経営する日魯子会社の食品会社に役員として入ることになり、入社に際しては、増資の株を引き受けることが求められた。それを聞いたフジは、成夫を口説いて二千株を引き受けた。そこまではよかったのだが、それだけでは足りないと佐々木に泣きつかれたフジは、かねてから囲碁をするなど親しくしていた松田医師に数千株を用立てするよう口利きしていたのだ。

そのことをあとで知った成夫は、年の暮れにフジと口論になった。

「母さんは人が善すぎるんだ。佐々木さんに頼まれたからといって、松田先生から金を借りてやることなんかない。もし、迷惑を掛けるようなことになったらどうするんだ」

「お前はそう言うけれど、佐々木さんがオカィスマで漁場をやると決めてくれたんだよ。この四年間、㈲の賃貸料でお前や鞠夫の学資を工面できたんじゃないの。お世話になった人のために口利きをするのは、あたりまえのことじゃないですか」

「佐々木の弟は、日魯のなかでも札つきで、青森の子会社に体よく追い出されたという噂だ。鼻っぱしの強い佐々木が、そんな弟とうまくやっていけると思うかい？　もし二人が対立して、あけぼの食品の経営がうまくいかなかったらどうするんだ。我が家の二千株はあきらめるしかないけれど、松田先生の分はどうするんだ。最後の後始末は、すべて俺がやらなきゃならないんだどうーっ」

そう食ってかかる成夫に、フジは黙ってうつむくしかなかった。

成夫は作業服に着替えると、しばらく暖をとってから綿入れ袢纏を羽織って二階に上がった。雨戸をこじあけると、眼の前には地平線の遥か彼方まで真っ白な氷原になったオホーツク海が拡がった。突き刺さるような寒気が顔面を襲う。双眼鏡は寒さでレンズが凍りつき使えないため、肉眼で遠くを見つめた。

彼は流氷で覆われた澗印から平磯のあたりを遠望した。すると、押し寄せている氷塊に一羽の尾白鷲がとまり、あたりを睥睨していた。その時ふと、氷塊の峰に立つオジロワシの姿と、海軍兵学校の校長となっていた栗田健男中将の武人らしい孤高の姿が脳裏で重なった。

昭和二十年一月、栗田中将は前年十月のいわゆるレイテ沖海戦で惨敗した責任をとらされ、海軍兵学校に校長として着任していた。

かじかんだ手で座卓の上にある同期の仲間から送られてきた手紙を持つと、成夫は居間におりた。その手紙には、敗戦後の昭和二十年九月に七十五期が繰り上げ卒業する際、栗田校長が訓示した内容を活字に起こしたものが入っていた。

ストーブにあたりながら、彼は改めて栗田校長の訓示を読み返した。

訓　示

百戦効空シク四年ニ亘ル大東亜戦争茲ニ終結ヲ告ゲ停戦ノ約成テ帝國ハ軍備ヲ全廃スルノ止ム無キニ至リ（中略）

諸子ハ時恰モ大東亜戦争中　志ヲ立テ身ヲ挺シテ皇国護持ノ御盾タランコトヲ期シ選バレテ本校ニ入ルヤ　厳格ナル校規ノ下　加フルニ日夜ヲ分カタザル敵ノ空襲下ニ在リテ克ク将校生徒タルノ本分ヲ自覚シ拮据精励一日モ早ク実戦場裡ニ特攻ノ華トシテ活躍センコトヲ希ヒタリ（中略）

然ルニ天運我ニ利アラズ　今ヤ諸子ハ積年ノ宿望ヲ捨テ諸子ガ揺籃ノ地タリシ海軍兵学校ト永久ニ離別セザルベカラズニ至レリ　惜別ノ情何ゾ言フニ忍ビン　又諸子ガ人生ノ第一歩ニ於イテ目的変更ヲ余儀ナクセラレタルコト誠ニ気ノ毒ニ絶ヘズ

然リト雖モ諸子ハ年歯尚若ク頑健ナル身體ト優秀ナル才能トヲ兼備シ加フルニ海軍兵学校ニ於イテ體得シ得タル軍人精神ヲ有スルヲ以テ必ズヤ将来帝国ノ中堅トシテ有為ノ臣民ト為リ得ルコトヲ信ジテ疑ハザルナリ（中略）

惟フニ諸子ノ前途ニハ　幾多ノ苦難ト障碍ト充満シアルベシ　諸子克ク考ヘ克ク圖リ将来ノ方針ヲ誤ルコトナク　一旦決心セバ目的ノ完遂ニ勇往邁進セヨ（中略）諸子ノ苦難ニ對スル敢闘ハ　ヤガテ帝国興隆ノ光明トナラン

栗田健男中将は明治二十七年、日本海軍に聯合艦隊が編成されて以来と言われるほどの、まさに悲劇の提督だった。

昭和十九年十月二十日、マッカーサー率いる米軍は多数の米艦隊・輸送船団を投入しレイテ島に上陸作戦を敢行、フィリピン奪回に乗り出した。これに対して大本営は十月二十五日、聯合艦隊に残存勢力でレイテ島上陸作戦を支援する米大艦隊との決戦を挑むよう命じた。

小沢治三郎中将率いる機動部隊は本土海域から南下し、基地航空部隊と呼応して、ルソン島の北東洋上で米機動艦隊を迎え撃った。

一方、これより先の十月二十二日、栗田中将率いる第一遊撃部隊三十二隻は、レイテ島沖で上陸作戦を敢行中の米艦隊・輸送船団を撃滅しようと、味方航空機による一機の援護もないなか、ボルネオ島のブルネイ基地から出撃した。しかし、決戦を前にしたその途上、米潜水艦と艦載機群の攻撃を受け、戦艦武蔵、旗艦重巡愛宕など四隻を失い、二隻が大破し戦列を離れた。

十月二十五日、残存遊撃部隊はルソン島南端のサン・ベルナルディノ海峡を抜け、米の軽空母艦隊と交戦しつつサマール島沖を南下した。その途上、さらに重巡熊野など四隻を失った。正午過ぎ、レイテ湾口まで数十海里に到達した時、栗田中将は進撃を断念し、部隊に反転を命じ北上したのである。

二日後、ブルネイ基地に帰還したのは、大破した利根、中破した大和、長門、矢矧など出撃時の半数にあたる十六隻の艦艇にすぎなかった。

敗戦後、栗田中将がレイテ湾の米艦隊・輸送船団への突入を断念し、反転を命じたことは、〝栗田艦隊の謎の反転〟として多くの論議を巻き起こした。しかし、栗田中将は黙して語らず、屈辱にじっと耐えている様子が、それとなく成夫たち海兵仲間にも伝わっていた。

〈漁業権がなくなったいま、俺も栗田中将のように屈辱に耐えるしかないのか〉

成夫は逡巡していた。

昨年六月には、陸士五十八期、海兵七十四期の二百数十名が警察予備隊に採用されていた。同期七十五期の仲間からは、海上保安庁に入らないかとの誘いもきていた。すでに、朝鮮戦争で旧海軍軍人が掃海艇に乗って出撃し、近々、海上警備隊も発足する。事実上、日本海軍が復活しつつあったのだ。しかし成夫は、軍関係の職業にだけは就くまいと、自分に言い聞かせていた。

午後から成夫は、防寒服に防寒帽姿で外の見回りに出かけた。流氷が押し寄せたオカィスマは、集落がすっぽり冷凍庫に入ってしまったかのように、シンシンと冷え切っていた。前浜一帯に降り積もった乾いた雪は、日光を浴びて、細かいガラスの破片を撒き散らしたかのようにキラキラと輝いていた。わずかに露出した眼の周りには、零下二十度を下回る冷気が突き刺さり、吐く息も凍り、睫がくっついた。踏みしめる足元は、キューッ、キューッと鳴った。

成夫は番屋を覗いてみることにし、常倉に戻って掛矢《かけや》（大形の木槌）や金梃子《かなてこ》（バール）を持ち出し番屋に向かった。出入り口の辺りは吹き溜まりの陰になっていて、思いのほか積雪は少なかった。彼は手で雪を取り除くと、土蔵の扉のように分厚い木の引き戸を開けにかかった。

しかし、引き戸の底は敷居に凍りつき、掛矢で叩いても金梃子で持ち上げても、ビクともしない。成夫が悪戦苦闘していると、後ろから声がした。

「佐賀さんの兄さん、番屋の戸を開けるのかい」

振り返ると、近所の若者が二人立っていた。一人はアイヌとの混血で、㋩の漁場の仕事をよく手伝ってもらっていた。

「ああ、切り揚げのあと、㋩から預かっている網や資材がどうなっているか、夢見が悪かったんで気になったものだから」

「夢見が悪がったって？　ウエノソユンペ（アイヌ語で〈悪霊〉の意）でもやってきたのが」

アイヌの血をひく青年は、足をドンドンと踏み鳴らし、悪霊を追い払う仕草をした。

「んだがあ。したら、おらだちも手伝うべ」

掛矢と金梃子を使って三人がかりでレールに凍りついた重い引き戸を持ち上げ、冷えた金属に皮膚がつかないよう手袋をしたまま南京錠をはずすと、ようやく引き戸が開いた。成夫と若者たちは、ガラス窓を覆う雪囲い板の隙間からの薄明かりを頼りに、部屋のなかを見回した。

天井の高い番屋の内部は、厳冬期の山小屋のように空気まで凍てつき、静まり返っていた。土間に入ると地面はツンドラのように凍りつき、隙間から吹き込んだ雪が部屋のあちこちに、ミニチュアのピラミッドのような三角錐《さんかくすい》を作り出していた。土間の上に架かる梁の隅には煙出しの穴が開けられていて、そこから外気がそのまま入ってくるのだ。

「ずいぶん凍《しば》れてるなあ。こんなにしばれているんだば、網をかじるネズミやイタチも生きていけなかべ」

若者たちが呟いた。

土間の中央には、漁網やロープがうず高く積み上げられ、その周囲にはガラス玉が置かれている。これらの資材は、あの大時化のあとに少しでも損失を減らそうと、大船頭以下漁夫たちが一丸となって回収した定置網の型や網の一部だった。

右手の高床になった板の間は、天井からランプが吊りさげられ、周りの壁には何着もの刺し子や合羽、カンテラが掛けられたままだった。さらに、板の間の真ん中に仕切られた大きな囲炉裏には、自在鉤に南部鉄瓶が吊られていて、ここに漁夫たちがどやどやと入ってくれば、すぐにでも漁場が再開できそうに見えた。

しかし、オカィスマで定置網による鮭漁が再開できる見込みはもはやなく、これらの漁網や漁具は、すべて㊝が持ち去ることになっていた。

成夫は傍らに若者たちがいることも忘れ、土間に立ち尽くした。

その時、どこからともなく低い歌声が聴こえてきた。それはアイヌ民族に伝わるもの哀しげな調べのようでもあった。

それに交じって、

「おーい、成夫でねえがやあー」

と遠くの方から、呼びかける声が聴こえてきた。

「成夫や、おメエだば、よぐやったでねえがやあー。時化に遭ったがらって、なんにもクジケルことはねえどうっ。吾も昔、大時化でシルエトウ（アイヌ語で〈地《ち》の涯《はて》＝知床〉の意）まで流され、アイヌに助けられて命拾いしたことがあるんじゃ」

成夫の眼の前に、ぼんやりとした影のようなものが浮かび上がってきた。眼を凝らしてみると、それはアイヌの長老《エカシ》を思わせる蓬髪に髯面の老人の姿だった。南部訛りでイタコ（巫の一種）のように語りかけるその老人こそ、佐賀家の初代・佐賀長兵衛その人に間違いなかった。

枝幸の古老の間で、佐賀長兵衛は不死身の漁師として語り継がれてきた。ある春、川崎船で鰊釜を回送中の長兵衛は、突然、強烈な颶風《ぐふう》に襲われ、三昼夜も時化のオホーツク海を漂流。

瀕死の状態で知床に流れ着き、アイヌの人々に助けられて奇跡的に生還したのだ。

「吾《われ》が藤野に雇われ、炊丁として西蝦夷さやってきたのは、おメエと同じ年頃の二十代初めのことじゃった。それがら四十年の間、わしは宗谷、エサシで鰊や秋味《あきあじ》の建網に明け暮れたのじゃ。その頃のエサシにはアイヌの家が四十軒ばかしあったが、和人は藤野の番屋にしかいなかった。吾は還暦を迎える時分になって、場所請負人から独立してオカィスマで漁場をはじめたんじゃ」

天保八年(一八三七)、佐賀長兵衛は藤野の宗谷場所に炊丁としてやってきた。宗谷場所では三十年前、この地の警備についた弘前藩士が斜里に向かい、一冬で百人死んだという悲劇が語り継がれていた。浮腫病、いまでいうビタミン不足から引き起こされる壊血病が、その死因となった。

長兵衛が極寒の地で越冬できたのは、若い時分、宗谷場所に働いていた時の経験と智慧があればこそのことだった。それは、弘前藩士のような本州同様の衣類や食生活ではなく、北海の船乗りに欠かせない耐寒性ある服装と、現地で採れる食物を生かした食生活を取り入れていたからだ。

長兵衛は、和人が好む米食・雑穀のみならず、アイヌの側女の作ってくれる現地料理をなにでも口にした。蝦夷地で採れる雑穀、アイヌが主食とする干し鮭、鮭のメフン(背骨についた血ワタの塩辛）、魚のザッパ汁（あら汁）、異臭のする鰊の切り込み、昆布をはじめとする海草、エゾシカの生肉・内臓、時には血のしたたるトッカリの生肉まで食べた。ウバユリ、オオイタドリ、ニンニクを上回る強烈なキトピロ（ギョウジャニンニク）などの山菜、カムオハウ（肉汁）、チェプオハウ（魚の塩汁）なども食べていた。

こうした雑食により、流氷に閉ざされた漁場にあっても長兵衛は、体に欠かせない栄養とビタミンCを摂っていた。普通の者なら隠居する六十代になってから独立し、漁場の経営に乗り出した長兵衛は、八十歳になっても眼鏡なしで新聞を読んでいたという。

「吾はまずめぇ（松前）さ渡って来て、長いこと藤野さ奉公したんだども、場所の持ち主がまずめぇ藩から徳川幕府さ代わったり、幕府が倒れると、開拓使っちゅう役人が乗り込んできたりしたもんだ。その間にも、宗谷・枝幸ば久保田藩（秋田）が警備を担当したり、金沢藩の支配になったり、お上がとっかえひっかえしただすけ、それさ仕えるのに散々苦労した。御一新になり、鰊や秋味のことだば、からっきしわがねえ薩摩や長州のお武士《さむらい》あがりの役人さつきあうのに、へっちょはいだ（ほとほと弱った）。そのあと、吾は伊達や栖原《すはら》サ仕えたんだども、うまくいがなくなり辞めただ。いいがあ成夫、どんなに栄えた場所請負人でも、未来永劫に続いたためしはねえだ。

一番ひでえ目に遭ったのは栖原だった。お上が〝露助〟との間で、樺太《かばふと》と千島を取っかえたもんだから、栖原は樺太の番屋や倉庫、設備、仕掛けていた鯡の建網まで置き去りにして引き揚げさせられ、莫大な損害ばかぶった。漁場の権利だば、いつの世の中も、お上に振り回されっぱなしだった。

今度も、漁業改革だがなんだかいって、佐賀の漁場が取り上げらたからって、なんも嘆くことはねえ。お武士《さむらい》が威張っていた昔から、繰り返されてきたことだ。成夫よ、おめえだちは林兼ど組んで秋味漁ばやり、オカィスマの漁場に最後の花ば咲がせてけだ。へだすけ（そうだから）、吾はなんも思い遺すことはねえ。おめえだちさお礼ば言うどう――。

イヤイライケレ（アイヌ語で〈i-yay-rayke-re、ありがとう〉）イヤイライケレ、アプンノオカ（アイヌ語で〈apunno-oka、さようなら〉）イヤイライケレ、アプンノオカ……」

アイヌ語の残響とともに、朧な長兵衛翁の姿が視界から消えていった。

三　母の手紙に記された悲報――昭和二十七年一月下旬

前略　手紙拝見しました。

お前が、漁業権の補償金の一部を学資に回してほしいという気持ちは、私にもよくわかります。でも、成夫は補償金を元手に漁業をやるつもりでいます。ですから、これまで少ない仕送りで我慢してもらいましたが、㊩からの賃貸料が入らなくなったら、これまで通り送金できるか見通しがつきませんので、それは承知してください。

もう一つ、悪い知らせを伝えなくてはなりません。

サンケシの牧場の牧舎が火になり、丸焼けになりました。なんとか牛は連れ出し、三宮さんに預かって貰うことになりましたが、牧舎の屋根裏にあった干草が焼けてしまったので、その分、出費がかさむことになってしまいました。そのようなこともあって、近々、春一は牧場を牧夫《ぼくふ》の鎌田さんに任せて内地へ引き揚げることになりました。

実は、牧場が火事になる前から、春一は八重田へ戻る話が出ていたのです。昨年暮れに弟の周一が急死したのです。周一がやっていたメッキ工場は、家屋敷を抵当に入れて資金を借りていたので、工場をやめれば家屋敷を手離すことになります。そこで親族会議を開き、春一を中心にして事業を続け、借金を返していくことになったのです。

㊕が引き揚げたあと、我が家には誰も来なくなり、父さんが亡くなったあとのようにひっそりと静まり返っています。この夏、お前の友達がオカィスマに来てくれたことは、いま思うと夢のような佐賀家最後の賑わいでした。

最後にお願いがあります。

満足な学資も送れずに言えたことではないのですが、父さんがいつも口ぐせに言っていた、財産を全部はたいても子供たちは大学を出すようにとの遺言を忘れず、石にかじりついてでも東京で勉強して海野や柳谷を見返すような立派な人間になってください。

かしこ

母より

昭和二十七年一月××日

落ちぶれて　袖に泪のかかるとき　人の心の奥ぞ知らるゝ

添え書きされた歌に、鞠夫の胸は詰まった。それは父の死後、母がよく口にしていたものだった。手紙にはやっとやりくりしたであろう、よれよれになった五百円札が一枚同封されていた。すっかり潮焼けし、今では道産子らしい浜の女に変貌した母の顔が、まぶたに浮かんだ。苦境に追い込まれ、今頃は離れの座敷に引き籠もって落ち込んでいるに違いない。

わずか四年前、枝幸漁業の本社へ乗り込み、海野の恫喝にもひるまず漁業権を取り戻してきた気丈な母、殴り込みをかけてきた造材人夫と漁夫たちの乱闘のなかに飛び込み、短刀をもぎとったヤクザの女親分のような母――。まさに網元の若女将らしい、火の玉のような津軽のカラキヂ女の面影は、いったいどこへ行ってしまったのだろう。

昔から北海道では、「網元は三代と続かない」と言い伝えられている。それを知っていたからこそ、父は漁撈に乗り出すことに慎重だった。しかし、佐賀家を窮状没落から救うため、やむをえず大手資本と提携してのオカィスマ漁場の賃貸に踏み切り、漁場の賃貸料が入っている間に牧場の基礎を築いて、安定収入を得ようとしたのだ。しかし、その目論みは破綻した。

鞠夫は子供の頃、オカィスマで牛乳を腹いっぱい飲んでいたことを思い出した。冬になると父は、市街からの帰り道にウエンナイのほとりにある田村牧場に立ち寄って牛乳を買い、それを詰めた一升瓶を背中に袈裟懸けに背負って帰ってきたものだ。母は凍りかけている牛乳を、菜箸で突っつきながら一升瓶から鍋に注ぎ、沸かしてくれた。そうやって、ストーブにあたりながら熱い牛乳をカップで何杯も飲むのが、なによりの楽しみだった。

　太平洋戦争がはじまってほどなく、父はホルスタインの雑種を一頭飼いはじめた。敗戦後は、母の実父である八重田の爺さんに頼まれ、働き先のなかった海軍叔父を牧場で働かせることにしたが、叔父と牧夫による牛飼いはうまくいかなかった。

　見かねた兄の成夫は、獣医師の専門学校を卒業した幼馴染と組んで、血統書つきの乳牛を導入しようと計画し、それに反対する叔父と対立した。成夫は強引に高価な乳牛を導入したが、飼育に習熟していない春一叔父と牧夫《ぼくふ》は、乳量の多い品種をうまく扱えず、牛たちは乳房炎を起こし、目論みは外れてしまった。

　そのさなか、海軍叔父が内地へ引き揚げることになった。生家の兄が急死し、経営していたメッキ工場を引き継ぐことになったのだ。しかし、漁業補償が出ることを知った彼は、牧場を引き継いで以来、食べるだけで月給をもらっていなかったのだから、その分をもらう権利があると要求してきたのだ。

　鞠夫には、兄が母に食ってかかる様子が目に見えるようだった。

「母さんは弟も説得できないのか。漁業補償目あての強請《ゆす》りを止めさせてくれ」

「あの子はテニアンで玉砕しそこなって、気がふれてしまったんです。お前も知ってるように、気に食わないことがあると、私をぶっ殺すぞと脅かすし、おどっちゃ（実父）でも手を焼いていたんだから、女子《おなご》の手には負えません」

「いくら頼まれたからといって、なして、そったらゴロツキ（手に負えない者）ば連れてきて牧場ばやらせたんだ。わかってたなら、母さんが反対すべきだったんだ」

昭和十九年三月、海軍叔父の所属する第五十六警備隊は、航空母艦を持たない第一航空艦隊が基地を置く、テニアン島守備のために派遣された。数か月後の七月、島の西北部に上陸した米軍海兵隊二個師団は、強力な重火器と戦車で日本軍守備隊を圧倒し、一週間で島の主要部分を制圧した。

南部のカロリナス台地に追い詰められた日本軍残存部隊は、最後の玉砕攻撃をかけたが、彼は生き延びた。

蛸壺に潜む部下が米軍の戦車に自爆攻撃をかける現場に居合わせ、南岸の岩肌や洞窟伝いに敗走する途中、力尽きた婦女子の群れが断崖から海に身を投げる惨劇を目撃した。数名で廃材を組んだ筏を漕ぎ、近くの小島アギガン島に脱出を試みたものの、海流に阻まれて押し戻されるさなか、漕いでいた仲間の一人が鮫に嚙みつかれ、鮮血を残して海中に消えた――。この世の地獄を体験した海軍叔父は、今なお悪夢に取り憑かれた状態にあった。

仕送りを増やして欲しいという鞠夫の懇願に、先行きは見通せないというのが母の返事だった。これまでも資金繰りのために仕送りが遅れることはあった。しかし、先行きが見通せないとは、なんとも悲痛な訴えであり、鞠夫にとっても深刻な事態だった。

母はこれまで、集落で暮らす人々のために、米の配給や塩・煙草など生活必需品を細々と商ってきた。しかし昨春、食糧配給公団が廃止されたことで、食糧の流通は民営化され米屋が復活し、わずかばかりの配給手数料は激減した。さらに米以外も統制が次々と解除され、配給制度が前提のささやかな商売は成り立たなくなりつつあった。

一方、東京で暮らす鞠夫も、仕送りと奨学金でギリギリの生活を続けていた。個室で暮らすため郊外の安アパート住まいを選び、大学の寮に入らなかったことは失敗だったのか——。月額千八百円の奨学金は、生活費の半分ほどにしかならず、年間六千円の授業料も痛かった。参考書を買うゆとりはなく、アンパンやクリームパンは高価で食べられなかった。自炊のための米を買う金に窮し、十二円の銭湯代も節約して食費にあてていた。

兄に「東京さ行ったって、ロクに食べる物がない」と反対されたのを押し切って出てきたからには、歯をくいしばって空腹に耐えるしかなかった。仕送りが遅れると食費に窮し、杉並のはずれにある五日市街道沿いの質屋に駆け込んでしのいだ。これといった質草がないときは、辞書やこうもり傘で小銭を借り、奨学金をもらうと返した。それも、教養学部の学生証を信頼してくれてのことだった。

厳寒期に入り、駒場の急造された合同教室は、暖房もなくしんしんと冷えた。空きっ腹が寒さを倍増させるのか、ノートをとる鞠夫の手は寒さにかじかみ、字が乱れた。

母の手紙にあった、〈財産を全部はたいても子供たちは大学を出すように〉という父の遺言、そして〈石にかじりついても勉強して枝幸のボスたちを見返してくれ〉という言葉が、鞠夫に重くのしかかった。

鞠夫は、母が彼に津軽の医学部を出て、無医村に赴任することを望んでいることを知っていた。しかし、彼はその願いに反して、東京の大学を出て研究者となる道を選んだのは、より広い視野で社会に貢献する人間を目指すことが、父の遺志を真に引き継ぐことになると考えたからだった。

だがその夢も、自分の学力の足りなさに加え、今でさえ不足する仕送りが打ち切られるかもしれない状況に、打ち砕かれそうになっていた。

その日の放課後、鞠夫は母からの仕送りを片手に渋谷へ出掛けた。渋谷の大通りに面した繁華街は、買い物客や恋人たちなど大勢の人々でごった返し、パチンコ屋は大音量の軍艦マーチを流して客を呼びこんでいた。

彼はしばらく喧騒に身を任せながらうろついたが、心が満たされることはなかった。うさばらしに酒でも飲もうと、井の頭線のガード下に面した飲み屋街にある、小さな縄のれんに入った。スタンドの端に腰掛け、安いモツ煮を肴に焼酎を飲み、パイカル（中国発祥の蒸留酒）をあおった。

どのくらい飲んだろうか。酔い覚ましに、いつも立ち寄る宇田川町裏通りの名曲喫茶「らんぶる」へ行こうと勘定を済ませ、店を出た途端、鞠夫は足元から崩れ落ちるように路上にへたり込んだ。意識ははっきりしているので、何度も立ち上がろうとするのだが、下半身がいうことを聞いてくれない。

物乞いのように地べたに座りこみ、目の前を通り過ぎる酔客たちを見上げているうちに、いつしか涙が止めどもなくあふれだし、彼の頰を濡らした。それは、最後のオカィスマ漁場が不漁に終わった嘆きであり、父の悲願だった牧場が挫折したことの哀しみであり、パイカルごときで腰を抜かした自分の不甲斐なさへの悔しさでもあった。

どぎついネオンの光が涙で滲み、揺らぎ、裂けた。飲み屋の店頭から流れるジャズや流行歌を、目の前の高架を行き交う電車の騒音が搔き消した。じゃれあいながら通り過ぎる恋人たちの姿に、有楽町のガード下でＧＩの腕にぶらさがるように寄りそうどぎつい化粧をした女の姿がダブッた。その背景に、「星の流れに」の切ないメロディーが途切れ途切れに聞こえた。

なんとか終電に乗った鞠夫は、夢遊病者のような状態で吉祥寺にたどりついた。深夜の駅北口は暗く、寒々としていた。改札口から青梅街道まで続く商店街はどの店もすでに閉まり、人影はなかった。わずかに、駅前左手にひしめくバラックの飲屋街だけは、裸電球が灯り、人声が響いていた。

駅前から三鷹台方向へ水道道路を数分歩くと、住宅もまばらになり畑が一面に拡がる。大寒の東京郊外、深夜の武蔵野は底冷えしていた。夜空に北斗七星がくっきりと輝き、オリオン座のシリウスが煌々と青白い光を放っていた。彼は最涯《さいはて》のオカィスマで見上げた、満天の星空を思い出した。流氷で覆われたオホーツク海の上に拡がる星空は、もっと地上に近く、星の数も何倍も多かった。

安アパートに帰りつき、蒲団にもぐりこんだものの、武蔵野の寒気は容赦なく酔い覚めの身体に襲いかかり、なかなか寝つくことができなかった。頭だけが冴えわたり、さまざまな思いが行き交った。旧制高校の教養主義に代わる拠りどころにと読みかじった「実存主義」が、脳裡に浮かんだ。第二次大戦中、レジスタンス運動を呼びかけたサルトルは、「人間はなにものにも制約されない自由な存在としてこの世に生を受けた。それゆえ、自由な存在であるために直面するさまざまな苦悩を背負って生きていかなければならない存在なのだ」と言った。

振り返ってみると鞠夫も、サルトルの言うように、自由な存在として生きようと最涯《さいはて》の漁師町を出た。それが、苦悩のはじまりだった。父母の意向もあって津軽の叔母の下に身を寄せ、父の急死後、歯を食いしばって受験勉強をして旧制高校に入った。さらに、津軽の地に埋もれることを嫌って、東京へ憧れ出た。それらはすべて、自ら選んだ道だった。

「人間は自由であることの苦悩から逃れられぬ宿命を背負って生きていかなければならない」、そうサルトルは説いた。そうだ、未熟な読解力でドイツ語の原書を読んだゲーテの「ファウスト」にだって、「Es irrt der Mensch, solange er strebt（人間は努力する限り迷うものだ）」と書かれているではないか。彼は自らを鼓舞した。

鮭の定置漁業権がなくなったことがなんだ。牧場の経営の行き詰まりがなんだ。母と兄の不仲がなんだ――。実存主義流にいえば、俺は東京に〝自らを投企（アンガジェ）した〟のではないか。もはや退路は断たれた。ようし、俺はどんな困難に直面しようと生き抜いていくぞ。

そう決意し、鞠夫はようやくまどろみはじめた。

四　町会議員団の陳情に同行——昭和二十七年三月

一学年が終わり、春休みに入った。

鞠夫は専門課程への進路をどうするか悩んでいた。一学年目の成績はよくなかった。決められた必修科目の単位はとったものの、ギリギリの合格点に過ぎなかった。

生命に関わる基礎研究を志して上京したものの、一学期を過ぎた頃から、基礎医学を学ぶ道を目指すことは極めて難しいことに気づいた。理学部で生物化学を専攻しようとするなら、二学年で猛勉強し、かなり良い成績を取る必要があったが、いまの状態では覚束なかった。

しかも同じ新入生には、かつてのナンバースクールの旧制高校出身者に加えて、東京圏や関西の有名進学校現役組である秀才たちも多く、鞠夫にはとうてい敵う相手ではなかった。

春休みに入ると、鞠夫は神田錦町にある書籍・雑誌の取次店で、仕分けと自転車での小口配送のアルバイトをはじめた。鞠夫は少しでも賃金の高い仕事を求めて、十円の電車賃をかけて渋谷から須田町行きの10番の都電に乗り、北の丸の旧近衛師団兵舎跡にある学徒援護会を訪ね、裸電球の下、掲示板に貼りだされた仕事から条件のいいものを探し出したのだ。

ある日、彼がアルバイトから自室に帰ると、母から速達が届いていた。また問題が起きたのかと、鞠夫は急いで封を切った。用件は意外なものだった。鉄道敷設の陳情に上京する枝幸町議会議員団の一人として、桔梗紀四郎議員が東京に行くので宿泊先を訪ねて挨拶してほしい。そして、東京見物の案内もするように、という内容だった。

生前、父は鉄道の誘致に熱心に取り組み、オカィスマに駅を誘致するんだと意気込んでいたことを、鞠夫は思い出した。

指示された日の夕刻、鞠夫は飯田橋の駅から九段に向かって徒歩数分の、傾斜地の裏通りにたつ海野議長が定宿にするという仕舞《しもや》た屋風の小さな旅館を訪ねた。

玄関の格子戸を開け、出てきた女中に用件を伝えると、引っ込んだ彼女と入れ替わりに桔梗町議が出てきて鞠夫を迎え入れると、奥の十畳ほどある座敷に案内した。座敷では、縕袍《どてら》姿の数人の男たちが大きな座卓を囲んで酒盛りをしていた。

桔梗さんが「海野さん、オカィスマの佐賀さんの息子です、東京の大学に入っている二番目の」と鞠夫を紹介すると、床の間を背にどっかりと胡坐《あぐら》をかいた親分風の初老の男が、「おうーっ、お前《めえ》が佐賀さんのオンジ（次男坊）があ」と口を開いた。

「はい、母や兄がいろいろとお世話になっております」

鞠夫は型通りの挨拶をした。

「そうか、同じ兄弟でも、海軍あがりの兄貴と違ってやさ男だのーっ」

男は横柄な態度で鞠夫に言葉を投げかけた。

初めて間近に見る海野は、磯釣りで上がるカジカのような容貌魁偉な顔をしていた。

〈この男が、漁業権を取り返してもらいに行った母を恫喝した海野か。もともと網元でもないのに、奸計を巡らして漁業権を手に入れ、枝幸漁業会社に割り込んで実権を握った男か〉

鞠夫は胸中にこみ上げる怒りをこらえ、海野と向かい合った。

「おーっ、おめえのおふくろは津軽生まれだけあってジョッパリだのー、わっはっは。おらほから抜けて㊾と漁場ばやって、いがったのがなあ。㊾と最後の去年は、不漁だったしなあ。去年はおらほの漁場も一昨年の七掛けしか水揚げがなかった。もともと秋味漁ってのは、そんなに甘いもんでねぇーんだ。㊾はでっかいクジラ獲りは得意かもしらんが、北見の秋味の定置網は、永年苦労してきたおらだちのほうが上手だ。おめえの兄貴は、オカィスマの連中と組んで共同でやるとかいう話だが、まあ、ちゃっこい網で二、三年苦労してみるってこったなあ。わっはっは」

上機嫌の海野は一方的に話した。大きく開けた口には金歯が光っている。左手に盃を持ち、右手の指に挟まれた太い葉巻からは、線香を束のようにした煙がたなびき、甘たるい香りを漂わせていた。

「どうせなら、おめえさんにも明日の陳情さ一緒にかだって（参加して）もらうべ。おめえの親父も鉄道ば引っ張ることに熱心だったからな。オカィスマさ駅を作る計画になっていることだし」

「はい、よろしければお供させていただきます」

「せっかく来たんだから、晩飯でも食っていげや。東京の連中だば、腹いっぱい食ってねえず話だども、俺の行き先だば、どごサ行っても銀シャリだけはあるんだ。どうだ、酒コ少し飲まねがァ」

「はい、それでは少しだけ」

桔梗町議が杯に注いでくれた日本酒が、鞠夫のすきっ腹に染みわたった。

長年にわたり枝幸村の最寄りの駅は、海岸から約四十キロも内陸に入った宗谷線の小頓別だった。昭和十一年七月、ようやく宗谷線浜頓別から北見枝幸までの興浜北線三十・四キロが開通した。その一年前の昭和十年八月には、名寄《なよろ》線興部《おこっぺ》から雄武《おうむ》までの興浜南《こうひんなん》線十九・九キロが開通していた。しかし、日中戦争がはじまると鉄道の敷設どころではなくなり、北見枝幸から雄武までの五十一キロは、今なお未敷設のままだった。

いつだったか、母は鞠夫に、

「子供に学問させだって、なんになるんだ。俺は高等小学校ば中退して、枝幸くんだりまでやってきて雇いになったんだども、見ればええ、こうして会社ば切り盛りしてる。おめえも、息子ば一人ぐれえは漁師にしたらどうだ。したら、俺が面倒みてやる」

そう海野に言われたと告げていた。

今の鞠夫は、戦国時代に負けた武将が、勝った武将に差し出した人質同然の心境だった。悔しいが、海野が開いた酒宴に同席し、銀シャリを食わせてもらう屈辱に耐えるしかなかった。空腹こそ満たされたものの、帰路は虚しさが募るばかりだった。


翌朝、鞠夫はふたたび飯田橋の旅館へ赴いた。海野議長をはじめ町議一行は二台のタクシーに分乗し、東京駅丸の内北口の国鉄ビル内にある運輸省へと向かった。政務次官室では、小太りの佐々木秀世次官が立ち上がり、一行を迎え入れた。

佐々木代議士は旭川市会議員を経て、昭和二十二年四月の総選挙で民主党から出馬し当選するが、炭鉱国家管理法案に反対して除名され、同二十三年三月、民主自由党（のち自由党に党名変更）の結成に加わり、同二十四年一月に再選を果たした。そして昭和二十六年十二月、第三次吉田内閣で運輸政務次官に就任していた。

「このたびは、政務次官へのご就任おめでとうございます」

海野議長は持参した紙封筒を机の上に差し出しながら、ソファーに腰をおろした。

「いやあ、これはこれはありがとうございます」

佐々木代議士は顔をほころばせた。

「かねてよりお願いしておりましたように、先生が政務次官に在任中、なんとしても枝幸の鉄道ば雄武まで繋げるよう、着工を決めてもらいたいと陳情に参りました」

海野議長の声に合わせて、一同は「どうかよろしくお願いします」と揃って頭を下げた。

「海野議長をはじめ町会議員のみなさんに、わざわざお越しいただき恐縮です。みなさんの期待に沿えるよう努力いたします」

佐々木代議士は胸を張って答えた。

陳情を終えると、一行は再びタクシーに分乗し、日比谷のお濠端を通って永田町の議員会館へ向かった。衆議院議員会館は国会議事堂正面に向かって左手、道路一本隔てた一郭に立っていた。焼け残った白亜の議事堂とは対照的に、焼け跡に建てられた議員会館は暗い水色に塗られ、いかにも安普請の木造二階建てバラックだった。

一行は守衛所で面会の手続きをしてから、第二議員会館の板張りの廊下をぎしぎし踏み鳴らしながら、自由党・松田鉄蔵代議士の部屋へ向かった。

「おう、入れや」

ノックをすると、なかからドスの効いた声がした。

ドアを開けると、部屋の奥に閻魔様を思わせる仏頂面をした小男が、回転椅子に胡坐をかいて座っていた。北海道機船底曳漁業会の理事をしているという彼は、馬喰《ばくろう》のような赤犬の毛皮でできたチョッキを着ていた。

海野議長は、小さな丸テーブルを挟んで松田代議士と向き合う、粗末なソファーへ座った。

「今日は運輸政務次官の佐々木先生のところへ、鉄道ば引いてもらう件でお願いさ行ってまいりやした。松田先生にもオホーツク沿岸の振興のため、ぜひお力添えをお願いしたいので陳情に参りました」

「わかった、わかった。選挙区が違うから構わないなんて、俺はそんなケチな根性は持っとらん。佐々木代議士のあと押しをして、枝幸と雄武のあいだの鉄道ば繋げるよう頑張るから心配せんでええ！」

松田代議士は、狡猾そうな三白眼をぎょろつかせながら啖呵を切った。鞠夫や桔梗町議らは立ったまま、そのやり取りを見守っていた。

佐々木秀世が宗谷・留萌・上川を選挙区とする北海道第二区の選出であるのに対し、松田鉄蔵は十勝・釧路・網走を選挙区とする第五区の選出議員だった。若い頃に紋別へやってきた松田は、小学校卒ながら漁業会社を立ち上げ、町会議員を経て実力者となった。その経歴は海野議長とよく似ていた。その後、昭和二十四年一月、海千山千の北海道水産業界でボス連中に睨みをきかす力量を買われ、自由党の前身である民自党から出馬、衆議院議員に初当選した。一度も立会演説会で政見を述べずに当選を果たしたという、もっぱらの噂だった。

天野議長は頃合いを見計らって、

「先生、例の独航船の件ではお世話になりました。今後とも、念には念を入れてよろしくお願いしますじゃ」

と言いながらポケットから分厚い封筒を取り出し、丸テーブルの上に置いた。それは、佐々木代議士に渡した封筒の三倍ほどの厚みがあった。

「実弾かあ。心配するな、おめえの船はだいじょうぶだ。どんなことになっても、水産庁は俺が持つ枠の船の数は確保するはずだ。男・松田鉄蔵さ任せておいてけれ！」

あけすけに「実弾かあ」と口にした松田代議士は、人相の悪い顔をニンマリさせながら、メリヤスのシャツがはだけた胸をポンと叩いてみせた。そのやり取りに鞠夫は、海野議長が鉄道敷設の陳情に合わせて、この春再開される北洋鮭鱒漁業の独航船に、枝幸漁業の所有船を内定してもらった礼も兼ねてやって来たことに気づいた。

昨昭和二十六年十二月に仮調印された日米加の漁業条約は、この年の四月二十五日、マッカーサー・ラインの撤廃を機に正式調印され、北東太平洋公海における日本船団の鮭鱒流し網漁業の操業が許可されていた。

「したども、おめえも目先がきく男だな。一隻あたり六万尾獲るのが目標だそうだな。六万尾ったら、なんぼになるけの？」

「ざっと、千石になる勘定だす」

「千石？　うーん……」

「おらほの漁場のトイマッケとオチュウペッツば、合わせだくらいの水揚げになる勘定だす」

「そうがあ、独航船一隻でトイマッケとオチュウペッツの漁場くらいの水揚げかあ。それに、独航船だば時化で定置網ば流される心配はないしなあ」

「はい、先生。したども、千石というのはあくまでも皮算用で、先生もご存知のように、流し網漁は漁をしてみないことには、どれくらい獲れるか見当がつきません。それに、許可ば見越して元手をつぎこみましたんで、万が一はずされて出漁できなくなったら、元も子もなくなってしまいますんで、どうか最後の念押しばお願いしますだ」

海野議長は鄭重に頭を下げた。

鞠夫は、独航船一隻の水揚げによる利益が、トイマッケとオチュウペッツの二漁場を合わせたものに匹敵すると海野が見込んでいることを知った。

一行は松田代議士から、ひとしきり水産行政に口出しして勝ち取った数々の利権について、自慢話を聞かされた。松田は海野の持ち船を独航船に割り込ませ、水揚げ高も計算ずくのくせに、素知らぬふりをして質問していたのである。それだけに止まらず、松田は自分の持ち船を水産庁の調査船に採用させ、母船に漁獲を引き渡さず、自前で販売できる権利まで獲得し、甘い汁を吸おうという狡猾さだった。

ちなみに、昭和二十七年に再開された北洋のサケ・マス流し網漁業の総水揚げは、二百一万尾だった。三船団による独航船五十隻での漁だったことから、一隻あたりの水揚げは平均すると、六万尾（千石）にこそ届かなかったものの、四万尾に達した。


佐々木、松田両代議士への陳情は、午前中の三時間ほどで終わり、一行はそこで解散した。鞠夫は午後、桔梗町議を東京見物の定番コースに案内した。マッカーサー元帥が君臨した第一生命ビルを仰ぎ、宮城前広場で二重橋を眺めた。電車や地下鉄を乗り継いで、銀座通から浅草の観音様参りをしたあと、上野に出て露店街から西郷さんの銅像を回り、最後に九段の靖国神社に案内してから、飯田橋の旅館まで送り届けた。

その夜、鞠夫は久しぶりに、渋谷ハチ公前広場の裏通りにある名曲喫茶「らんぶる」に立ち寄った。桔梗町議が別れ際、彼のポケットへねじ込んでくれた小遣いで、一杯六十円のコーヒーを奮発したのだ。

彼は弘前時代、富田通の珈琲苑《ガルテン》で鬱屈を紛らわせながら、東京で大学生活を送り、オーケストラの生演奏を聴くことを夢見ていた。しかし、苦労して東大に入ったものの、その夢は打ち砕かれた。演奏会に行くことはおろか、店内にクラシックが流れる名曲喫茶に入ることすらままならない、貧しい東京生活だった。

彼は、豪華な雰囲気の店内でコーヒーをすすりながら、この二日間の出来事を回想し、改めて屈辱を嚙みしめていた。

桔梗町議に昼食をご馳走になった折、彼は言いにくそうに鞠夫に告げた。

「母さんか成夫くんから聞いているだろうけれど、漁業権の切り替えで佐賀さんの漁業権は結局、認められなかったんだ」

母からの手紙にそのことがほのめかされていたので、鞠夫は平静を装った。

「枝幸では、秋味漁の漁業権は漁協が漁師に代わって免許を受け、漁協がどこの生産組合さ建網を建てさせるか決めることになったんだ。成夫くんは集落の漁師たちに、一緒に秋味漁をやろうと持ちかけている。でも、鞠ちゃんには悪いけど、若い成夫くんがオカィスマをまとめるのは容易なこっちゃないだろう――。あくまでも、おらの見方だどもな」

桔梗町議の話を聞いた鞠夫は、こみあげる怒りを必死に抑えた。

枝幸海区漁業調整委員会は表向き、どこからも文句がつけられないように鮭定置網漁業権を漁業協同組合に優先して許可したという。しかし、漁協は枝幸漁業のボスたちの傀儡にすぎず、従来の秩序が温存されることは誰の眼にも明らかだった。漁民の民主化を目指した漁業制度改革の趣旨にもとる、このような見せかけの漁業権を容認した北海道漁業調整委員会や北海道庁の見識のなさには、あきれるばかりだった。

のちに鞠夫は、トイマッケとオチュウペッツの鮭定置網漁業権は、枝幸漁業の幹部が設立した生産組合が五割五分、漁協が四割五分の持分で経営されたらしい、という噂を耳にした。

クラシックの調べに身を委ねながらも、鞠夫の脳裏には海野のカジカのように奇怪な顔や、縕袍姿で葉巻をくゆらす田舎の成金らしい姿が、残像のように浮かんでは消えた。政務次官室での茶番劇や、議員会館の部屋で啖呵を切るような代議士など、陳情で垣間見た政治とやらの舞台裏に、彼はたまらない嫌悪を感じるのだった。

北海道の水産界で権勢を誇る海野も、もとはといえば、広谷や北見商会、佐賀家など枝幸の漁業先駆者たちを食い物にしてのしあがり、日中・太平洋戦争下の統制経済と敗戦後のどさくさにまぎれて大金を手にした成金じゃないか。そうしたボスたちに対抗しようと兄の成夫は昨秋、㊭との最終契約年ということもあり鮭定置網漁へ身を投じたが、結果は不漁に終わった。

一方、鞠夫は兄と違う道を選んだ。海野ら枝幸のボスたちが牛耳る地を離れ、新たな人生を求めて東京へやってきた。しかし、現実は厳しかった。貧乏でもひもじくても、自由な人生を歩むんだ——そうした当初の意気込みは、次第にしぼみはじめていた。

今の自分は、仕送りが足りないことを言い訳に放課後はアルバイトにかまけ、勉強に身が入っておらず、成績が悪くなるのは目に見えていた。子供たちに自分の無念を晴らすことを期待して、父が進学させてくれた思いに、充分応えているとはとてもいえなかった。悲しそうな表情で鞠夫を見つめる、父の実直な顔がまぶたに浮かび、彼は自責の念に駆られた。

その時、シベリウスの曲が店内に流れ出した。いつの頃からか、彼は落ちこんでいる時にシベリウスの交響曲を聴くと、身体中に力がみなぎってくるようになった。ひもじさがなんだ。学資が足りないのがなんだ。俺は海野や田舎のボスどもにない、若さと可能性を秘めた自由の身なのだ。

サルトルが言うように、人間は本来何物にも束縛されない、実存するものとして生を受けている。それゆえに、自由であることの苦悩から逃れられぬ宿命を背負って生きていかなければならない。たとえ一介のサラリーマンになろうとも、都会の片隅で小市民として自由に生きれば、それでいいではないか——。

ふと、自分は研究者でなく、物書きになる道もあるのではないかという考えが、鞠夫のなかで首をもたげてきた。幸い、旧制弘前高校でドイツ語を鍛えられているので、一年生の科目のなかでドイツ語だけは人に引けをとらなかった。文学部のドイツ語学科へ進むことも、新たな選択肢の一つではないか――。同時に、かつて自分が佐賀家の興亡を書き残すよう運命づけられていると感じ、慄いた出来事を思い出した。

それは、昭和二十一年も押し迫った年末のことだった。彼は食糧の運搬も兼ねて、オカィスマに帰省していた。その頃は、寸暇を惜しんで勉強していたので、風呂に薪をくべながら、その薄明りで小型のコンサイス英和辞典を開いていた。そのとき、ふと「ＳＡＧＡ」という単語に眼が止まった。

ＳＡＧＡとは北欧の英雄を描いた叙事詩であると記され、アイスランドのＳＡＧＡには、アイスランドで圧政を敷いたノルウェーの王に、父子二代にわたって復讐を挑む壮烈な物語があるという。

彼が生まれ育ったオカィスマにある母屋をはじめ、古ぼけた番屋、壊れかけた船倉、切倉などは、すべて先祖の佐賀長兵衛が建てたものだ。幼い頃に遊び回った前浜一帯には、「廊下」や鰊釜、積み重ねられたダンプの山、朽ちかけた三半船《さんぱせん》、桟橋の石積跡なども残っていた。

ようし、アイスランドＳＡＧＡのような英雄譚は書けないにしても、俺は鰊や鮭の建網に賭けた初代佐賀長兵衛にはじまる、時代に翻弄された網元・佐賀家の興亡を書き残して、父や母の恨みを晴らすのだ。幼い頃、何度も死にかけた俺を父と母が必死で看病し、生き延びさせてくれたのは、最涯《さいはて》の地で二人が味わった屈辱を、いつか俺が書き残すことを期待したからではなかったのか——。

五　血にそまった宮城前広場——昭和二十七年五月

昭和二十七年五月一日、午後の授業が休講になった鞠夫は、昼過ぎには井の頭線東大前駅のホームに立っていた。

「おい、佐賀。どこか行く予定でもあるのかい」

そう声をかけてきたのは、クラスメートの前田甫だった。

「いや、これといった予定はないけど」

「そんなら陽気もいいし、一緒にメーデーでも見に行かないか。今年は宮城前広場が駄目になって神宮外苑が会場だから、ピクニックがてら行ってみようよ」

元活動家とは思えないにこやかな笑顔で、前田は鞠夫を誘った。彼は全学連指導のもと、昭和二十五年秋に全国の大学で繰り広げられたレッドパージ計画粉砕闘争の際、教養学部のストライキを主導した首謀者の一人として、半年間の停学処分を食らった。そのせいで留年し、復学後は鞠夫たちと同学年になった前田は、一年遅れで入った鞠夫たち浪人組と気安くつきあっていた。

前田が関わったレッドパージ粉砕闘争は、中国軍の参戦により朝鮮半島で国連軍が苦戦を強いられるなど、中国共産党の台頭を警戒するＧＨＱが、共産主義勢力を弾圧する方針に転じたことに端を発する。

昭和二十五年九月になると天野文相は、レッドパージ強化のため、十月に大学教授の適格審査を行うと言明。九月二十二日には吉田首相が、「大学教授のレッドパージは断固行う。大学の一つや二つ、つぶれても構わない」と放言したことを新聞が報じた。

危機感を持った全学連が、レッドパージを阻止する緊急事態宣言を発したことから、これを受けて東大教養学部は二十九日からの中間試験をボイコット。その二日目の三十日朝、正門周辺を固めた学生数百名のピケラインに対し、学校側は警官隊の出動を要請したが、学生たちはスクラムを組んで抵抗し、警官隊は構内に突入することなく引き揚げた。

さらに十月五日、都内各大学の有志参加によるレッドパージ計画粉砕全学総決起大会が本郷構内で行われ、入門を阻止する警官隊を突破した数千人の学生が構内をデモ行進した。こうした一連の行動を主導したのが、前田ら首謀者たちだったのである。

二人は千駄ケ谷駅でおり、大急ぎで神宮外苑に駆けつけた。メインの会場となる絵画館前広場で開かれた第二十三回メーデーの祭典は、ちょうど終わったところだった。数万人はいるであろう参加者は広場を埋め尽くし、周囲の道路にまであふれていた。

鞠夫は、初めて目のあたりにする大群衆のエネルギーに、押しつぶされそうな圧迫感を感じた。混沌とした熱気をみなぎらせた労働者や学生の群れは、労働組合や大学自治会などの旗を先頭に隊列を組み、それぞれ決められたコースに分かれて行進をはじめた。

前田は東大の学生自治会が参加する集団を知っているらしく、鞠夫を連れて神宮球場の横から青山へ向かって行進する隊列に入った。そして、東大学生自治会の旗を掲げる集団に追いつくと、隊列の最後尾についた。それは青山通を進む中部コースの大梯団の、先頭に近い集団だった。

デモ参加者たちは、

「再軍備反対！　民族の独立を闘いとれ！」

「低賃金を統一闘争で打ち破れ！」

などとメイン・スローガンを書いたプラカードを掲げ、威勢よくメーデー歌や労働歌を斉唱しながら、時折「平和憲法を守れ！」「再軍備反対！」といったシュプレヒコールを繰り返して行進した。青山通から赤坂見附を右折し、虎の門から霞が関の官庁街を通り抜け、一時間余りかけて解散地点の日比谷公園に到着した。

先発していたいくつかの梯団は、すでに野外音楽堂前の公会堂を背にした広場に到着し、辺りには赤旗や組合旗が林立していた。間もなく、参加団体ごとに流れ解散を宣言するかに思われたその時、どこからともなく、

「宮城前広場を取り戻そう!」

「人民広場を奪回しよう!」

という叫び声があがった。

敗戦の翌年にメーデーが復活して以降、毎年五月には宮城前広場に十数万人の労働者や学生が集まり、盛大な祭典が開催されていた。特に、昭和二十一年五月十九日の食糧メーデー(食糧危機突破人民大会)は、参加した二十五万人が広場を埋め尽くし、天皇を糾弾するプラカードとともに、その参加者数は語り草になっていた。

しかし、二年前の昭和二十五年六月二十五日に朝鮮戦争が勃発したことで、日本の民主化路線は大きく軌道修正された。昭和二十六年四月、GHQの意向を受けた政府と東京都は、労働運動の高まりを押さえ込もうと、メーデーに宮城前広場を使うことを禁じた。

メーデー実行委員会は、宮城前広場の使用禁止は違法であると申し立てを行い、東京地裁は宮城前広場の使用禁止は違法であるとの判断を示した。それに対し、東京都側は都の公安条例

を盾にとって不服の申し立てを行ったことから、広場の使用禁止が解かれることはなかった。

そのためこの年のメーデーは、やむなく会場を神宮外苑に変更して開催されたのである。

昭和二十七年四月二十八日、日米講和・安保条約が発効し、日本は独立を果たした。連合国による占領が終わり、日本が主権を回復したからには、国民のデモや集会の自由は当然認められるべきであった。

「人民広場を奪回しよう！」

その叫び声を聞いた鞠夫の胸中には、官憲に対する憎悪がむらむらと湧き上がってきた。これまでも、教養学部の学生たちが渋谷ハチ公前広場で再軍備反対の署名活動を繰り広げると、その度に警察当局は無届け集会だとして解散を命じ、機動隊を使って排除してきた。

その一方で、右翼が拡声器のボリュームを一杯にあげて軍艦マーチを轟かせ、反共演説をがなりたてるのを警察は黙認し続けていた。さらに、予断を許さない朝鮮半島の戦況から、日本に軍隊を復活させようという動きも出ていた。

鞠夫たち学生のみならずメーデー参加者全員が、不当な宮城前広場の使用禁止や、右翼がのさばりはじめたことに対して激しい怒りを覚えていた。それだけに、日比谷公園の一角に沸き起こった叫び声は瞬く間に、

「宮城前広場を取り戻そう！」「人民広場を奪回しよう！」

という津波のようなシュプレヒコールとなって公園一帯を揺るがした。

午後二時頃、参加者たちが再び隊列を組んで動きはじめた。いつの間にか、鞠夫の参加する集団は、日比谷門から日比谷通へ先頭を切って出た梯団の最後尾についていた。梯団は日比谷交差点の方に向けて行進を開始した。大きな赤旗を翻し、プラカードを掲げた先頭の集団が日比谷の交差点を渡り終わろうとした時、信号が黄色から赤色に変わった。指揮していたリーダーは、ピィーと笛を鳴らすと、手を挙げて第二集団にストップを命じた。

交差点の左右には、都電が何台も立ち往生していた。というのも、日比谷は都電の路線が輻輳する十字路で、東西に渋谷や新宿から銀座・築地へ、南北には巣鴨や神保町から田村町・三田などへ向かう、複数の路線が走っていたからだ。

信号が青に変わり、三つ目か四つ目の集団が、梯団からはぐれまいと急いで交差点を渡りはじめたその時だった。突然、お濠端と反対側の歩道に警官隊が現れ、交差点の中央に展開して通りを遮ると、デモ参加者たちに向かって棍棒をふりかざし襲いかかってきた。

一瞬のうちに、日比谷交差点の一帯は棒倒し合戦さながらに、プラカードと警官の棍棒が交差し、肉体と肉体がぶつかり合う乱闘の場となった。桜田門の方から数寄屋橋に向かっていた一台の都電が、その渦に巻き込まれ立ち往生した。

警官隊との揉み合いで先頭の何列かは崩れたが、人数の上では圧倒的に勝るデモ参加者たちは、敵に襲われた蟻の集団が、それを飲み込むようにして行進を続けるように、警官隊の防衛線を突破してお濠端を北上し続けた。いきなり警官隊に襲いかかられ、乱闘となったことに、デモの参加者たちは逆上した。先ほどまでお祭り気分で歩いていた者たちが、今ではゲリラ戦士のような戦闘的な集団と化していた。

彼らは口ぐちに、

「アメ公帰れ！」「ゴーホーム・ヤンキー！」

と、道路右側の濠に面した第一生命ビルに向かって罵声を浴びせかけた。このビルこそ、一年前までマッカーサーがＧＨＱ総司令官として君臨し、日本を統治していた権力の所在地だった。デモ隊は、車道に駐車していたアメリカ製の乗用車をプラカードで叩くなど、極度の興奮状態に陥っていた。

宮城前広場を目指した梯団は、日比谷交差点での小競り合いで隊列が乱れたことから、先頭集団が馬場先門の土橋の上で待機し、三十メートル幅の広い道幅一杯に隊列を組み直し、間をあけずに整然と前進を開始した。すると、一列に展開して立ちはだかっていた数十名の警官隊が、さあーっと左右に分かれて退いた。もはや行く手には、赤旗やプラカードの波を遮る何物も存在しなかった。

鞠夫が加わっていた学生自治会の集団は、高らかにシュプレヒコールを上げながら、宮城前の広大な砂利道を、二重橋の方へ向かって足早に前進した。

「人民広場を解放したぞーっ！」

さらなるシュプレヒコールの大合唱が、宮城前広場の松林を揺るがすように沸き上がった。

「ばんざあーい、ばんざあーい、やったぞーっ、人民広場を奪回したぞーっ！」

デモ参加者はそれぞれに歓声を挙げ、小躍りしているグループの姿も見られた。広場のなかに入った参加者たちは、実力で宮城前広場を解放したという勝利感に酔い痴れていた。スクラムは解かれ、ピクニックさながらに芝生の上で車座になる者や、なかにはコーラスをし出すグループまで現れた。

そのさなか——のちに二時四十五分のことだったと知った——、二重橋の右手前あたりに青白く輝くものが見え、こちらへ向かってきた。その青白い一団は、やがて鉄カブトをかぶった乱闘服姿の警官隊の姿となって、労働者や学生たちへ迫ってきた。

「ウォーッ！　キャーッ！」

不意を突かれた群衆から悲鳴が上がった。一瞬のうちに広場は怒号と叫び声に包まれ、棍棒を振りかざして襲いかかってくる警官隊と、攻撃を阻止しようとするデモ参加者の旗竿やプラカードが入り乱れ、白兵戦さながらの凄まじい騒乱状態に陥った。手になにも持っていない参加者の中には、周囲の小石を投げて抵抗する者もあった。

しかし、鉄カブトと乱闘服に身を固め、訓練を積んだ屈強な警官隊と、お祭り気分で集まっていた軽装の群衆との力の差は歴然としていた。警官隊の突進に、デモ参加者の抵抗線は蹴散らされた。混乱した群衆は悲鳴を上げて逃げ惑い、「頭を割られて」血を吹き出す者や、ワイシャツやブラウスの袖がちぎれたまま逃げる者など、凄惨な光景が展開した。

どのくらい乱闘が続いただろう。警官隊が追撃を止め、退く気配を見せた。あちこちにいる負傷者の救出に取り掛かろうとしたデモの参加者目掛けて、今度は二重橋の方角から、再び大勢の警官隊がヘルメットを輝かせながら突撃してきたのだ。警官隊の方から十数発の爆発音が響いたかと思うと、デモ参加者の間に白煙をあげながら花火のようなものが落下し、炸裂した。周囲が白く煙ると、眼が開けられず涙がとまらなくなった――催涙ガス弾だ。

怯んで一斉に逃げ出した群衆の背後から、銃声が轟き、耳元を弾丸がかすめる音がした。紛れもなく、実弾が発射されたのだ。弾を受けた何人かが倒れた。いくら鎮圧のためとはいえ、武装警官隊が同胞である日本人の労働者や学生に向かって実弾を撃ち込むとは、夢想だにしない暴虐非道な行為だった。

〈逃げるんだ、ポリ公の弾なんかに殺られてたまるもんか〉

鞠夫は外壕の土手に向かって必死に走ろうとした。しかし、初めて間近に聞く実弾が空気を割く音に、体は恐怖で震え、膝もガクガク震えて思ったように前に進まなかった。

「Fuggièro! Fuggièro!（早く逃げろ！）Rispondi al mèno!（返事をしろってば！）」

不意に、鞠夫の脳裏に浮世絵役者のような教養学部の大賀教授の顔が浮かぶと、イタリア語の叫び声が稲妻のように閃いた。ドイツ語の講義で使ったトーマス・マン『マリオと魔術師（Mario und der Zauberer）』に出てくる、イタリアの避暑地の海辺で、足の指をカニに鋏まれ悲鳴を上げた幼児に、母親が甲高い声で叫んだ台詞だった。

その大賀教授の顔が、海軍叔父のイヌワシのような精悍な顔に変わると、「鞠夫、逃げるんだ。吾さついてこい！」と絶叫している。いつの間にか、鞠夫はテニアンの玉砕戦を生き延びた叔父のあとを追い、よろめきながらオカィスマの前浜を、かつてヒグマとトドが血まみれになって戦ったという熊石の方へ向かって走っていた。二人のあとには、「ホユッパ！ ホユッパ！（走れ）ホクレ！（急げ）キラ！（逃げろ）」と声をあげる、遊び仲間のアイヌの子供たちも加わっていた。もんどりうって倒れた鞠夫の背を、地響きとともにデモ参加者と警官隊の靴が踏み越えていった。

五月一日三時すぎ、南部コースをとった数千人の集団は、デモ参加者が宮城前広場内で警官隊に襲撃されているとは知らずに、祝田橋を渡って広場へ入った。そして、逃げ惑う中部コースの参加者たちを巻き込んで警官隊に反撃をはじめ、宮城前広場はデモ隊と警官隊が入り乱れる白兵戦さながらの修羅場と化した。広場を逃れたデモ参加者の一部は、日比谷交差点から有楽町、田村町付近にまで退避し、ようやく午後六時頃になって騒乱は沈静化した。

この日、デモ参加者のうち二名が警官隊に射殺され、約二千名の重傷者と軽傷者を出し、検挙者は千二百三十名余にのぼったとされる。のちにこの日のことは、「血のメーデー事件」と呼ばれるようになった。

検挙された者のうち、二百五十九名が騒擾罪で起訴され、第一審は昭和二十八年二月にはじまったが、裁判は長期化した。事件発生から十七年後の昭和四十五年一月二十八日、東京地裁は衝突の前半は警官隊違法、後半はデモ参加者の騒擾罪成立の判決を下した。

続く控訴審は昭和四十六年十二月十四日にはじまり、同四十七年十一月二十一日、東京高裁は「集団員の間に暴行、脅迫の共同意思が成立していたとは認められない」として騒擾罪については不成立、全員無罪とし、うち十六名については公務執行妨害で有罪判決を下し、東京高等検察庁は上告を断念、判決は確定した。すでに、事件から二十年六か月という長い歳月が過ぎていた。

平成十九年九月十三日付の北海道新聞は、枝幸漁業株式会社が遠洋マグロ漁業から撤退することを報じた。資源保護のための漁獲規制と燃料の原油高騰から採算割れとなり、同年八月、債権者会議を開いて方針を伝えた。その後、遠洋マグロ漁船六隻、サンマ棒受網漁船二隻を平成二十年九月までに売却し、残った負債は四十七億七千万円（うち北海道信漁連十億、農林中金三億）と伝えられている。

昭和四年の会社設立以来、八十年目のことだった。

あとがき

本書の出版に際しては、いくつかの僥倖に恵まれた。

拙稿は、筆者が長年にわたって書き綴ってきたものである。ストーリー上はメインでないものの、筆者の目論見としてはこの物語のなかで、昭和二十七年の漁業制度の改革によって、旧漁業法下における最後の鮭定置漁業権所有者となった人々、そして制度切り換え後の新しい鮭定置漁業権免許取得者を明らかにしたかった。しかし、その原資料の入手は困難を極めた。何度となく、宗谷支庁（のちの振興局）や北海道庁の担当部署に問い合わせたが、なにぶんにも数十年前の古い資料なので所在がわからないとの一点張りで、埒が明かなかった。

平成三十一年の年明け、これが最後と思って道庁の情報公開請求部署に対し、昭和二十七年に新交付された鮭定置漁業権免許取得者の資料を探す手立てはないか尋ねてみた。すると、そこから連絡を受けた道立文書館員の宮上さんから、幸運にも「昨秋、鮭定置漁業権免許原簿が移管され、第一次の原簿はないが第二次の原簿ならある」との返事をもらい、ようやく出版に踏み切る決意をしたのである。

そこで、オカィスマ漁場の船頭をされた杉山兵三氏の令孫、杉山和彦さん（北大出身）に、拙稿を札幌で出版できないか相談した。すると、弟の杉山和次さんが亜璃西社の和田由美代表と学友であることから、早速、紹介の労を取ってくれるという奇縁に恵まれた。さらに、編集担当の井上哲さんは『北海道の歴史がわかる本』などの歴史書を担当され、かつての北海道の事情に詳しいことから、晦渋でつたない拙稿の整理に敏腕をふるってくださった。

なお、枝幸漁業の設立・変遷、鮭定置漁業権に関わる内容については、筆者の父や母から語り継がれたものと、佐賀家に残っていた文書に基づいて記述した。したがって、文責はすべて筆者にある。

本文にも記したように、枝幸漁業会社から漁業権を取り戻した母の執念が、筆者を執筆に駆りたて、さらには本書の刊行に尽力くださったみなさんに、引き合わせてくれたものと信じている。

令和元年十二月

佐賀郁朗

《主要参考文献等》

〈枝幸海区の鮭定置漁業権〉

＊明治期漁業法下について『枝幸郡免許漁業権原簿』（北海道立文書館所蔵）

＊漁業制度改革後について『第二次鮭定置漁業権原簿』（北海道立文書館所蔵）

〈漁業関係〉

『昭和二十六年枝幸海区漁業調整委員会議事録』（中央水産研究所図書資料館所蔵）及び佐賀家所蔵漁業権関係文書、㋱枝幸漁業株式会社の設立経緯・累年決算書

高崎龍太郎『北海立志編』（北嶋社、一八九七）

〈その他〉

枝幸町史編纂委員会編『枝幸町史　上巻・下巻』（枝幸町、一九六七〜一九七一）

北水協会編『北海道漁業志稿』（北海道水産協会、一九三五）

続北海道漁業史刊行委員会編『続　北海道漁業史』（続北海道漁業史刊行委員会、一九六九）

新北海道漁業史編さん委員会編『新北海道漁業史――戦後50年の軌跡』（北海道水産林務部、二〇〇一）

全国漁業協同組合連合会水産業協同組合制度史編纂委員会編『水産業協同組合制度史　第二巻』（全国漁業協同組合連合会、一九七一）

北海道水産部漁政課編『北海道漁業生産統計表―昭和十五年至昭和二十六年―』（北海道漁業共濟特別基金、一九五二）

『北海日日新聞』

田島佳也「北の海に向かった紀州商人」、山田健「利尻・礼文島における鰊漁場の漁撈習俗」（各、網野善彦編著『海と列島文化1　日本海と北国文化』〈小学館、一九九〇〉所収）
西村通男『海商三代　北前船主西村屋の人びと』（中央公論社、一九六四）
伊藤孝博『北海道「海」の人国記』（無明舎出版、二〇〇八）
宮本秀明『漁具漁法学　網漁具編』（金原出版、一九五六）
坂本福太郎『建網の手びき』〈第2版〉（左文字書店、一九四八）
大洋漁業80年史編纂委員会編『大洋漁業80年史』（大洋漁業、一九六〇）
梶野悳三『ジャコ万と鉄』（寶文館、一九四八）
知里幸恵編訳『アイヌ神謡集』（岩波書店、一九七八）
知里真志保・小田邦雄『ユーカラ鑑賞』（元々社、一九五六）
知里高央・横山孝雄『アイヌ語イラスト辞典』（蝸牛社、一九八七）
佐々木利和ほか編著『街道の日本史1　アイヌの道』（吉川弘文館、二〇〇五）
北海道編纂『新北海道史年表』（北海道出版企画センター、一九八九）
伊吹武彦監修『サルトル全集13巻　実存主義とは何か』（人文書院、一九五五）
山田榮一『あの頃の弘高日誌より』（私家版、発行年不詳）

〈参考映像〉
谷口千吉監督、黒澤明・谷口千吉脚本『ジャコ萬と鉄』（東宝、一九四九）

＊参考資料

《枝幸海域の明治漁業法下の最後の鮭定置漁業権》

次の㋓枝幸漁業財産目録に掲載の漁業権と、昭和二十六年の枝幸海区漁業調整委員会議事録付属漁場一覧図に記された十九ヶ統（含む中陸網三ヶ統）は、内容がほぼ一致することから信頼性ある資料として収載する。
◇昭和十年度（第七期）㋓枝幸漁業第決算書財産目録の漁業権
第七拾九号（問牧漁場、村金拓殖）　第五拾八号（問牧漁場、村金拓殖）
第五拾九号（問牧漁場、村金拓殖）　第四拾七号（枝幸漁場、北見株式会社）
第六拾五号（枝幸漁場、佐賀きみ、北見株式会社）　**第四拾八号（枝幸漁場、佐賀きみ、北見株式会社）**
第五拾六号（幌別、村山喜作、扇谷源吉）　第六拾七号（幌別、村山喜作、扇谷源吉）
第参拾参号（岡島漁場、佐賀きみ）　**第六拾号（岡島漁場、佐賀きみ）**
第参拾四号（不明、□□□□）　第六拾参号（不明、□□□□）
第参拾五号（チカフトムシ、岩谷弟吉）　第六拾四号（チカフトムシ、岩谷弟吉）
第参拾六号（不明、□□□□）　第六拾八号（不明、□□□□）
第四拾六号（不明、□□□□）　第六拾一号（不明、□□□□）
第五拾五号（不明、□□□□）

＊（　）内は筆者注記、推量含む。ゴシック部分は佐賀きみ漁業補償対象分

漁場名・権利者不明のなかに、乙忠部、小樽弁漁場、枝幸漁業役員あるいは枝幸漁業名義があるはずだが、資料が入手できず明らかにできなかった（以上十九ヶ統）。このほか、第八拾四号（不明、佐賀きみと共有者）が漁業補償の対象となっていた。また函館の駒井合名会社は、旧枝幸村、旧礼文村（現音標《おとしべ》を含む）に鮭定置漁業権を所有していた（駒井文書見出しによる）。

また、明治漁業法下のすべての定置漁業権（含む鮭定置網漁業権）を地図上に記したものとして次の資料がある。

「枝幸海区調整委員会議事録付属漁場一覧図」（中央水産研究所図書資料館所蔵）

《新漁業法で免許された第二次漁業権原簿》＊次ページに図版掲載

なお、宗谷管内の他の海区と異なり、枝幸町内での漁業権は海域を四つに区分し、漁業協同組合が鮭定置網漁業権の免許を取得する形態をとっていた。その漁業権を、町内集落のいくつの生産組合に、何ヶ統認めたかについて確認できる資料は入手できなかった（漁業権原簿をあたると、昭和二十六年漁業改革後の第一次の原簿がないため、第二次の原簿で代替せざるを得なかった）。

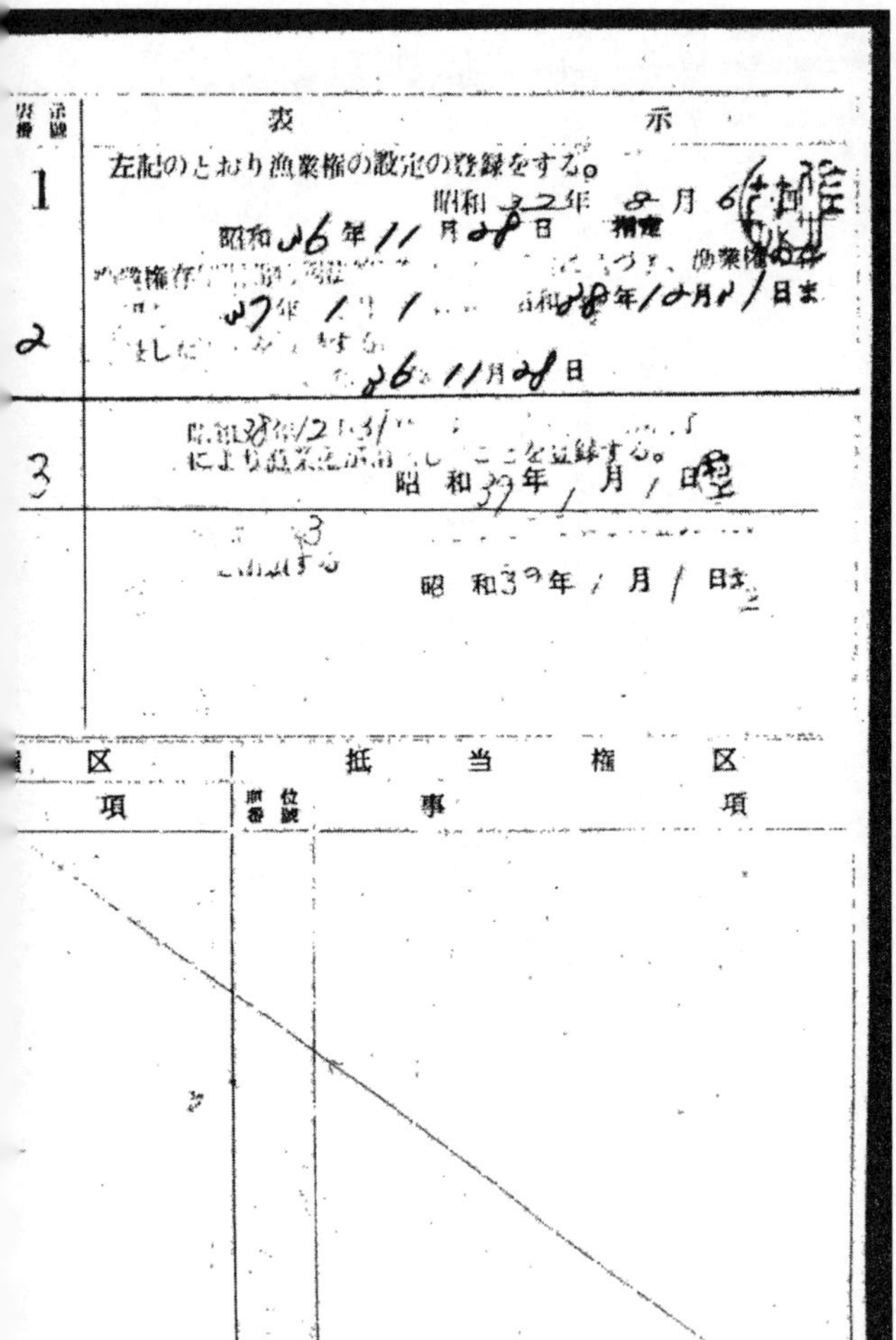

◇新漁業法下における第二次鮭定置網漁業権原簿（北海道立文書館所蔵）

表示番号	表示	
1	免許年月日	昭和22年8月6日　存続期間　昭和22年8月6日から 昭和26年12月31日まで
	漁場	別紙漁場図の通り
	漁業の種類	さけ定置漁業
	主な漁獲物	さけ
	漁業時期	8月15日から11月30日まで
	制限又は条件	

漁業権区　　先取特

順位番号	事項	順位番号	事
1	枝幸郡枝幸町 枝幸漁業協同組合 のため漁業権の設定の登録をする 昭和22年8月6日		

漁区　宗谷　免許番号　枝さけ定第

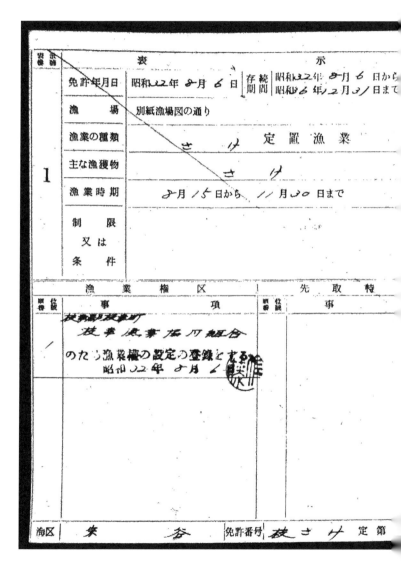

◇著者略歴　佐賀郁朗（さが・いくろう）

一九三一年（昭和六）北海道生まれ。旧制弘前高校を経て、一九五六年東京大学農学部卒業。翌年全国農業協同組合中央会に入り、教育部出版課長、教育部長を務め、八六年農協電算機研究センター常務理事、九〇年（平成二）農林放送事業団常務理事を歴任。五四年の日本農民文学会結成に参画し、「農民文学」作家たちを知る。著作に『君臣平田東助論――産業組合を統帥した超然主義官僚政治家』（日本経済評論社、一九八七）、『石田三成と津軽の末裔』（北の街社、一九九七）、『受難の昭和農民文学――伊藤永之介と丸山義二、和田伝』（日本経済評論社、二〇〇三）、『世も幻の花ならん――今官一と太宰治・私版曼荼羅』（北の街社、二〇〇七）、共著に日本農業新聞編『協同組合運動に燃焼した群像』（富民協会、一九八九）などがある。

オホーツク鮭《さけ》物語《ものがたり》
――時代に翻弄された網元一家

二〇二〇年二月十二日　第一刷発行

著　者　佐賀《さが》郁朗《いくろう》
装　幀　須田照生
編集人　井上　哲
発行人　和田由美
発行所　株式会社亜璃西社
札幌市中央区南二条西五丁目六―七
メゾン本府七〇一
TEL　〇一一―二二一―五三九六
FAX　〇一一―二二一―五三八六
URL　http://www.alicesha.co.jp/
印　刷　株式会社アイワード

ISBN978-4-906740-41-3 C0093